COLLECTION FOLIO

Jean Renoir

Les cahiers du capitaine Georges

Souvenirs d'amour et de guerre
1894-1945

Gallimard

Né en 1894 à Paris, Jean Renoir est le second fils du peintre Pierre-Auguste Renoir. Après avoir fait ses études à l'Université d'Aix-en-Provence, il a été successivement céramiste puis officier de cavalerie. Cinéaste à partir de 1924, il a réalisé plus de trente-cinq films parmi lesquels *La chienne* (1931), *Boudu sauvé des eaux* (1932), *Les bas-fonds* (1936), *La partie de campagne* (1936), *La grande illusion* (1937), *La règle du jeu* (1939), *Le fleuve* (1950), *Le carrosse d'or* (1953), *Le caporal épinglé* (1962). Il a obtenu de nombreuses récompenses pour ses œuvres et, en 1975, Hollywood lui a décerné un « Oscar » pour l'ensemble de sa carrière cinématographique.

Auteur dramatique (*Orvet,* 1955 ; *Carola,* 1960), Jean Renoir a également écrit un livre sur son père, *Renoir* (1962), et recueilli ses souvenirs dans son autobiographie *Ma vie et mes films.* Il est mort le 12 février 1979.

CHAPITRE I

Greystone 1947.

Mon nom est Richard Edmond Hartley. J'ai soixante-cinq ans. En 1914 j'ai reçu une balle dans le poumon. Le résultat en est un asthme indécrottable. Quand je suis essoufflé, j'émets un son qui rappelle le sifflet d'une locomotive française. En 1937 j'ai vendu mon commerce de liqueurs situé à Liverpool et me suis retiré dans une maison de campagne du pays de Galles qui me vient de la famille de ma mère. C'est là où la Deuxième Guerre mondiale vint me trouver. Mon asthme m'interdisant de m'engager dans l'armée, mes services à ma patrie se limitèrent à des exercices en vue de repousser une possible tentative de débarquement de l'ennemi, ceci en compagnie des vieillards et estropiés des villages voisins. Les armes étant rares au début — la pacifique Angleterre n'avait pas préparé la guerre — nous manœuvrions avec des fourches, des faux, voire des bâtons épointés. M. Sawyer, l'écrivain qui habitait un vieux manoir sur la colline, était notre instructeur. Maintenant il est mort. Il faisait notre envie avec sa hallebarde des Gardes Suisses du château de Versailles avant la Révolution française, une véritable pièce de musée. Je suis convaincu que si les Allemands s'étaient présentés nous aurions au moins retardé leur marche.

Ma maison date du début de XIXe siècle et n'a jamais été réparée. Elle fut certainement confortable quand les fenêtres fermaient et que le toit comportait un nombre raisonnable de tuiles. Ma mère prétendait que lorsqu'elle était petite on pouvait encore deviner les traces d'un jardin à la française autour du bâtiment principal. Maintenant les genêts ont tout envahi. J'aime beaucoup leurs fleurs jaunes. A chaque printemps je remercie Dieu de m'entourer d'une telle beauté sans que cela ne me coûte ni argent ni travail. Les médecins me disent que pour mon asthme je devrais aller en Suisse. Je ne les écoute pas pour trois raisons : 1° j'aime le pays de Galles ; 2° je n'ai pas l'argent nécessaire pour vivre à l'étranger ; 3° j'aime les corgis et en fais l'élevage sur une modeste échelle. Je dois préciser que ce sont les Pembroke terriers qui m'intéressent. Ceci pour deux raisons : j'habite non loin de Pembroke et il me semble normal dans leur lieu d'origine d'élever des corgis Pembroke. Les Cardigans ont évidemment pour eux leur ancienneté. Ils étaient là avant l'invasion romaine. Mais ces Cardigans sont-ils bien les mêmes corgis que ceux qui gardaient les troupeaux des Celtes ? Au cours des siècles n'ont-ils pas été croisés avec d'autres races, par exemple les collies ? La seconde raison est que le Pembroke est plus solide. Le Cardigan est plus sujet à des accès de paralysie du train arrière. Et puis je crois que le Pembroke a plus de sens de l'humour. C'est important pour un vieil homme dont les chiens sont la plus fréquente compagnie.

J'élève une portée de corgis à la fois et recommence seulement après avoir vendu les chiots. Il m'est arrivé de garder trois portées, ce qui me faisait en tout dix-sept petites bouches suçotant mes bouts de doigts, les prenant pour les mamelles de leurs mères. C'était trop ! J'avais barricadé toutes les issues de la cuisine avec des vieilles planches, espérant limiter à cette pièce l'activité de ces inlassables créatures. Mes planches étaient irrégulières et joignaient mal. Je trouvais des chiots dans les cheminées, sous les fauteuils, dans les endroits les plus inattendus. Quand ils commençaient à avoir des dents cela devenait tragique. Ils mangeaient mes chaussons, les pieds des meubles, les franges des draperies. Un jour l'un d'eux prit dans la cheminée un morceau de bois dont l'autre extrémité était enflammée et alla jouer avec, derrière un rideau du salon. Il faillit mettre le feu. La maison était souillée de pipis et de cacas. Les mères se haïssaient entre elles et haïssaient leurs époux que je devais tenir à la laisse dans la cour. Cette attitude était justifiée par le fait que ces pères dénaturés n'établissaient pas grande différence entre leurs rejetons et les lapins qu'ils poursuivaient sur la lande. Ils les eussent dévorés avec la même insouciance qu'ils dévoraient le produit de leur chasse. C'est du moins ce que prétendait la vieille Margaret, ma servante. Je suis personnellement plus enclin à croire que les corgis ne sont pas absolument dénués de tout instinct paternel.

Je résolus de limiter le nombre de mes pensionnaires. D'ailleurs, Margaret l'exigeait. Elle a l'air très gentille au premier abord mais c'est un tyran. Quand elle commence à crier et à me menacer de retourner dans son village je n'ai qu'une ressource, c'est la fuite. J'ai une peur nerveuse de ses éclats de voix. Je dois reconnaître qu'elle aime les corgis autant que moi et accepte de m'aider à soigner la portée unique à laquelle je m'en tiens maintenant. Je dois aussi admettre qu'elle sait très bien fumer les jambons et que ses hotchpotches sont définitivement comestibles.

Je ne me suis jamais marié. J'ai aimé une fois dans ma vie. C'était à Paris quand je suivais les cours de littérature médiévale du professeur Cohen. Elle était la fille d'un violoniste de l'Opéra. Elle-même était bonne pianiste. Pendant deux ans je suis allé la voir tous les jours. Elle me jouait un morceau de musique classique. C'est ainsi que je devins familier avec Mozart, Beethoven, Bach, Scarlatti, Rameau, Couperin, Brahms, Schubert, Chopin, Haydn, Schumann et d'autres grands musiciens. Leur compagnie est très agréable. Je l'apprécie tellement que j'ai moi-même appris à jouer du piano et tous les jours je consacre quelques instants à l'un de ces maîtres. Je les aime autant que mes corgis, que le jambon fumé de Margaret, que le vent humide du pays de Galles, ce qui prouve que Dieu en fabriquant notre esprit y a sagement ménagé de la place pour les intérêts les plus divers. Il a même prévu les amours mortes. Après un quart de siècle je pense toujours à Louise avec la même émotion. Nos réunions musicales durèrent deux ans. Il me fallut tout ce temps-là pour vaincre ma timidité. C'était au début du mois de juillet. L'appartement du papa de Louise donnait sur le square d'Anvers. Il avait plu et les feuilles des arbres étaient très vertes. Des enfants jouaient au cerceau. Louise allait partir en vacances et je risquais de ne plus jamais retrouver l'occasion de lui déclarer mon amour. Je me levai et commençai gravement : « Louise, peut-être avez-vous deviné le sentiment qui… » Elle m'interrompit en me mettant la main sur la bouche. « Taisez-vous, me dit-elle, je sais que vous m'aimez. Je le sais depuis deux ans. Mais vous avez tellement attendu pour me le dire que j'en ai conclu qu'une impossibilité grave vous empêchait de devenir mon mari. Depuis une semaine je suis fiancée. Dans trois jours je pars en vacances et je préfère ne plus vous revoir. »

Elle était blonde, fine, avec des manières aristocratiques. Elle me faisait penser à la reine Marie-Antoinette. C'est peut-être pour cela qu'elle m'intimidait tant. Son chignon d'or pâle pendait lourdement sur sa nuque. Je suis sûr que le soir quand elle le dénouait, ses cheveux descendaient au-dessous des genoux.

Son fiancé était un fonctionnaire colonial. Ils sont morts tous les deux en Indochine, du typhus.

Si j'avais été moins bête, j'aurais pu dénouer ce chignon et passer ma main dans ces cheveux d'or pâle.

Je dois dire que les corgis ont bien des avantages. Quand je me sens un excès de tendresse pour l'un d'eux, je n'ai pas à faire de manières. Je lui frotte les oreilles ou bien je lui gratte l'estomac. Il se met sur le dos en remuant la queue et nous sommes contents tous les deux.

Au début de juin 1944 — les Allemands venaient de nous envoyer leurs premiers V1 et les Alliés venaient de débarquer en Normandie — je dus aller à Londres pour recueillir le dernier soupir de mon frère aîné. Il était veuf et ses enfants étaient mobilisés. Je ne me suis jamais entendu avec mon frère.

C'était le type d'homme qui ne tolère aucune contradiction. Je suis sûr que la crise cardiaque dont il mourut fut provoquée par ses colères contre le général de Gaulle. Il détestait tout ce qui est français, accusant nos voisins d'outre-Manche de pervertir le monde avec leurs spectacles indécents et leurs filles sans pudeur. Après l'enterrement je me rendis à l'état-major du général de Gaulle. Je fus reçu par un lieutenant. Je lui proposai de donner l'hospitalité à un officier français au repos, amateur de grand air et de solitude. Les imprécations de mon pauvre frère me donnaient envie d'entendre le langage de Louise. J'expliquai le genre de ma baraque, n'essayant pas d'en dissimuler l'inconfort et la rusticité. Je ne manquai pas de mentionner mes chiens. Pendant la guerre j'en avais gardé seulement quatre.

Quelques semaines plus tard je reçus une lettre m'annonçant l'arrivée du capitaine Georges en convalescence pour une pneumonie. Une petite Austin conduite par un marin français s'arrêta devant ma porte. Ma vieille Margaret sortit pour aider à porter les bagages, une valise en imitation cuir, une serviette contenant quelques papiers et un paquet enveloppé d'un vieux journal. Elle voulait surtout examiner l'Etranger. Elle m'avait prévenu que s'il ne lui plaisait pas elle me laisserait me débrouiller seul avec lui.

Le capitaine Georges était un grand corps maigre avec un grand nez, une grande bouche, de grandes mains, de grands pieds et des cheveux gris-roux. En dépit de son costume de tweed usé jusqu'à la corde, de son imperméable déteint, de ses grosses chaussures de paysan et de son chapeau de feutre défoncé, son allure était indiscutablement celle d'un gentleman. Sur léger bégaiement et sa nonchalance non affectée étaient les sûrs garants de sa naissance et de son éducation. Mon opinion fut renforcée lorsque le capitaine, ayant ouvert son veston pour prendre dans son portefeuille la lettre qui l'accréditait, m'exhiba involontairement un sweater du plus fin cachemire naturel. Une telle pièce est mon rêve depuis que j'ai l'âge d'apprécier ce qui est vraiment beau. J'ai toujours reculé devant le prix.

Le capitaine se présenta me serrant la main à la française et ne mentionnant que ce prénom de Georges dont la brièveté m'étonna. C'était sans doute un pseudonyme dû à quelque raison de sécurité et je m'en contentai. Il s'inclina devant Margaret que cette attention sembla flatter. Elle fut tout à fait conquise lorsqu'elle reconnut dans le breton que l'Etranger employa pour parler à son marin quelques mots qui lui rappelaient le patois de son village natal. Je voulus montrer sa chambre au capitaine et lui faire visiter la maison, lui représentant que si l'endroit ne lui plaisait pas il pourrait repartir dans l'Austin. Pour toute réponse il huma avec délices le vent chargé de senteurs marines et affirma qu'il était certain de se plaire chez moi.

Le lendemain matin, lorsque le marin repartit avec l'Austin, me laissant le capitaine Georges, j'eus l'impression qu'on venait de déposer un orphelin sur le seuil de ma porte.

Le paquet enveloppé de journal contenait quelques bouteilles de whisky. Nous les vidâmes ensemble avec grand plaisir malgré les sermons de la vieille Margaret qui ne cessait de nous répéter que l'alcool pave le chemin de l'enfer. Nous portâmes toast sur toast au succès des Alliés que je voyais presque immédiat après leur victorieux débarquement. Le capitaine, plus réaliste que moi, me disait que de longs mois s'écouleraient avant la complète libération de son pays. Ce penchant pour le produit de la vieille Ecosse fut le second chaînon de notre amitié, le premier ayant été notre goût commun pour les bourrasques du pays de Galles. Mais le sentiment qui nous rapprocha le plus fut notre amour des chiens.

Le capitaine aida beaucoup Margaret et moi à élever une portée de trois chiots que ma chienne Daisy mit bas au début de septembre. Il se prit pour Daisy d'une affection sincère et je dois dire tout à fait réciproque. Il aimait bien aussi Peter, un mâle d'une ancienne portée de Daisy que j'avais gardé n'ayant pas trouvé d'acheteur convenable. Peter était du type rustique, grosses pattes de devant, grosse tête, un estomac de capacité illimitée et à l'appel duquel il ne résistait pas. C'était un goinfre. Je crois intéressant de relater un malheureux incident qui s'avéra n'être qu'une sorte de signe avant-coureur du drame qui devait conclure l'histoire de la vie du capitaine Georges. Mme Sheppard, ma seule voisine à un mille à la ronde, avait insisté pour me donner une petite chienne corgi particulièrement mignonne. Mme Sheppard s'était engagée comme infirmière et laissait sa maison entre les mains d'un jardinier que Daphné — c'était le nom de la petite chienne — n'aimait pas. Ce fut le coup de foudre entre Peter et Daphné. Ils couchaient tous deux dans la même corbeille au pied de mon lit, enlacés comme deux amoureux, le museau de Peter enfoui entre les pattes de Daphné. Ils grognaient ensemble au moindre bruit nocturne et me réveillaient dès l'aube en me demandant de les faire sortir pour leurs besoins.

Malgré sa tendre affection pour Peter, Daphné n'oubliait pas sa maîtresse. Plusieurs fois elle s'enfuit. Le capitaine et moi la retrouvions devant la grille de la maison de Mme Sheppard, poussant des gémissements à fendre l'âme. Je la ramenais dans mes bras. Même une bonne portion de foie de bœuf, si difficile à trouver en temps de guerre, ne lui rendait pas sa belle humeur. Il fallait l'insistance de Peter qui à force de la bousculer avec son nez finissait par l'entraîner dans une grande chasse à travers le salon.

Au cours de l'une de ces disparitions, hélas la dernière, l'attitude de Peter sembla étrange à Margaret et à moi-même. Le capitaine était allé au bureau de poste. Peter s'était couché tristement dans le panier qu'il partageait avec Daphné laissant ostensiblement vide la place de sa compagne. Il semblait mal à son aise. Nous conclûmes d'abord à quelque indigestion, un os qui ne passait pas. Soudain il se mit à hurler. C'étaient des gémissements très forts et prolongés dirigés vers le plafond comme lorsque les chiens hurlent à la lune. Je pris le parti de le laisser avec Margaret et d'aller seul à la recherche de Daphné. A mi-chemin je croisai le jardinier de Mme Sheppard. Daphné avait été écrasée par une voiture. Il venait me demander ce qu'il devait faire du cadavre. Je pris le pauvre petit corps dans mes bras et retournai sur mes pas. Sur ces entrefaites le capitaine me rejoignit. Nous n'échangeâmes pas une parole. Je lui confiai Daphné et allai prévenir Margaret lui demandant de rester avec Peter dans la cuisine. Je pris une pioche et rejoignis le capitaine. Nous creusâmes une tombe dans la lande, sous un buisson de genêts. Le sol rocailleux était très dur et nos visages étaient inondés de sueur. Nous enterrâmes Daphné. Pendant l'opération Margaret, dans la cuisine, ne cessa de caresser Peter dont les plaintes persistèrent jusqu'à notre retour. Curieusement, en quelques jours ses poils devinrent blancs.

Au cours de nos promenades sur la lande, le capitaine me raconta l'origine de sa pneumonie. Je venais de lui décrire en détail les circonstances de ma blessure en 1914. Dès que je compris son intention je craignis qu'il ne se crût obligé de répondre à mon récit par un autre récit du même ordre. Mais il insista avec cette nonchalance que je commençais à bien connaître et que je savais n'être qu'une apparence. Il me demanda seulement de l'arrêter au cas où son récit m'ennuierait. « Après tout, me dit-il, cette bruyère est plus intéressante que nos petites histoires. Sa lutte pour la vie a un caractère d'éternité, les sentiments généraux qui motivent nos guerres sont marqués du sceau du provisoire. » En émettant cette proposition il bégayait plus que d'habitude. Je suppose que c'est parce qu'il était déchiré entre sa volonté de se faire mieux connaître de moi, ceci dans le but de renforcer notre amitié, et l'horreur de parler de sa propre personne. Moi, j'étais dévoré de curiosité et je lui affirmai sans avoir à mentir que son récit ne saurait en aucun cas m'ennuyer. C'est ainsi que j'appris qu'il était dans le service secret.

Il avait attrapé sa pneumonie en passant les Pyrénées au retour d'une mission en France. Le voyage aller, comme d'habitude, s'était déroulé sans incident. Un simple parachutage ! Le retour était moins facile. Les chemins permettant de gagner l'Espagne étaient interrompus par des crevasses dissimulées sous la neige. Le capitaine avait roulé dans une de ces crevasses et y serait resté si sa chance n'avait pas amené là un berger pyrénéen chargé de tabac de contrebande. Cet homme spécula-t-il sur la générosité de Georges ou obéit-il simplement à son bon cœur ? Le fait est qu'il abandonna son précieux fardeau et aida le rescapé à gagner Andorre où celui-ci fut reçu et soigné par un correspondant. Le berger fut récompensé avec tant de générosité qu'il courut à l'église et brûla d'un coup vingt-quatre cierges aux pieds de la statue de la Vierge. Puis il repartit avec l'espoir de retrouver son tabac, dissimulé au pied d'un arbre. Le capitaine était encore à Andorre lorsqu'il apprit la suite de l'histoire : le berger avait retrouvé son tabac et l'avait vendu un bon prix. Mis en appétit par ce succès et se voyant déjà à la tête d'une petite fortune qui lui permettrait d'épouser la fille de son patron dont il était amoureux, il avait organisé avec l'aide de quelques camarades un service de passage de frontière. Leurs principaux clients étaient des israélites fuyant les persécutions hitlériennes. Leur recrutement nécessitait une publicité discrète. Le secret tomba dans l'oreille des autorités allemandes. Une embuscade fut dressée et le berger fut tué. Avant de mourir, il eut le temps de donner à son frère tout l'argent qu'il portait sur lui. Ce frère se cacha dans un trou de neige et après que les Allemands eurent enlevé les cadavres gagna Andorre où il raconta cette malheureuse histoire au capitaine.

Tous les matins, qu'il pleuve ou qu'il vente, nous partions sur la lande.

Après le déjeuner, nous faisions un tour au village, éloigné d'environ deux milles, toujours accompagnés des chiens. Quand la pluie était vraiment forte, nous entrions un instant à l'auberge.

Vers trois heures, le capitaine se retirait dans sa chambre et écrivait jusqu'à six heures et demie, heure du dîner. Pendant ce temps je bricolais, réparant une porte, redressant un volet. Je jouais aussi un peu de piano, pas trop pour ne pas troubler mon hôte dans ses écritures.

Les soirées se déroulaient au salon, les pieds au feu, un verre de whisky à la main. De temps en temps nous rompions le silence de quelque réflexion. « Hitler est fou », disait l'un de nous... « Il l'est certainement ! » surenchérissait l'autre. Habituellement c'était à propos du temps. « Le vent a tourné au nord. — Oui ! Nous avons eu un superbe coucher de soleil. »

Un soir, dévoré du besoin de sa sympathie, je lui parlai de Louise. D'abord je lui dis seulement que j'avais connu une Française dont les cheveux étaient les plus beaux du monde. Comme son intérêt semblait éveillé, je lui dis tout, mon amour perdu et la beauté de Louise et mon désespoir lorsqu'elle se maria et ma maladie quand j'appris sa mort. Le capitaine était pendu à mes lèvres. Il voulait d'autres détails. Je lui décrivis les mains fines et blanches de Louise courant sur le clavier du piano et lui racontai comment ma sœur, maintenant morte, m'avait sauvé la vie quand après la mort de Louise j'avais eu une rechute d'inflammation du poumon. Je m'arrêtai brusquement, honteux de m'être laissé aller à dévoiler des sentiments aussi intimes. Le capitaine ne disait rien. Le silence se prolongea pendant plusieurs minutes. Puis il se leva et se mit à arpenter le salon à grandes enjambées. Visiblement il avait oublié ma présence. Puis il me vit et me sourit, comme pour dire : « Chacun sa croix ! » Je m'attendais à ce qu'il me déballât son histoire à lui. Parce que lui aussi avait une histoire d'amour malheureux. Je le sentais. J'en étais sûr ! Mais il se contenta de me serrer la main à me la briser. Puis il me souhaita le bonsoir et se retira dans sa chambre.

Le capitaine alla plusieurs fois à Londres. Une voiture venait le chercher. Il revenait avec du whisky et du papier à écrire. Un soir, après le dîner qui suivit son retour, il m'annonça son départ pour une mission. Nous restâmes silencieux pendant plusieurs heures à regarder les bûches se consumer dans la cheminée. J'étais très triste. Je crois que lui aussi. A la mélancolie de la séparation s'ajoutait mon inquiétude. Je savais qu'avec la défaite l'oppression des autorités allemandes sur les pays encore occupés était devenue intolérable. Leur police redoublait d'activité et ne reculait devant aucun moyen pour « faire parler » ceux qu'elle soupçonnait d'activités clandestines. Le capitaine Georges, si reconnaissable avec son allure de « gentleman » était une victime toute désignée à la vengeance des vaincus.

Il remplit nos verres de whisky et me demanda de l'attendre un instant. Il alla chercher dans sa chambre la serviette que j'avais remarquée à son arrivée dans ma maison, maintenant bourrée de papiers.

« Mon intention, me dit-il, était de brûler ces feuillets. Ce nettoyage eût meublé une bonne soirée d'hiver. Si d'ici un an vous n'entendez pas parler de moi, vous me remplacerez dans cette exécution. »

Il lut une interrogation dans mes yeux.

« Bien entendu, répondit-il, vous pouvez les lire. A dire vrai, j'aimerais que vous les lisiez. Ne sommes-nous pas deux compagnons de la même cohorte ? »

Il partit le lendemain. Avant de répondre à son matelot qui l'attendait au volant de l'Austin, il passa une bonne demi-heure avec Daisy qui n'arrêta pas de le lécher. Il faut dire que c'était une lécheuse. Sa grande joie était d'insinuer son nez dans les jambes de mon pantalon et de commencer par le bas, juste au-dessus de la chaussette. Sa langue glissait sur la peau avec la régularité d'une horloge, n'abandonnant un endroit que lorsque celui-ci était bien humecté. Quand le pantalon la gênait, elle le relevait d'un petit coup de nez. C'était du travail soigné.

Margaret pleurait d'une façon peu convenable. Le capitaine l'embrassa et il m'embrassa. Quand la voiture fut hors de notre vue, Margaret s'essuya les yeux avec son mouchoir et s'en retourna dans sa cuisine. Une fois seul, je séchai une larme que je sentais rouler sur ma joue. Avant, j'avais soigneusement tourné le dos à Margaret affectant de regarder un gros nuage qui nous amenait la pluie d'Irlande. Je suis à peu près certain qu'elle n'a rien vu. Ensuite j'allai scier du bois.

Je me mis à la lecture des feuillets du capitaine. Dès les premières pages je fus conquis par la sincérité des confessions de cet honnête homme. Qu'on ne croie pas que j'approuve sa conduite. Mais je me l'explique. Ses rares outrances de langage, ses opinions peu orthodoxes pèsent peu, à mon sens, en face de la grandeur de l'histoire d'amour qui constitue l'essence de sa vie et de ses actions.

Environ trois semaines après le départ du capitaine, alors que Margaret faisait la vaisselle du dîner, Daisy se mit à hurler. C'était une nuit très froide et très belle. Les étoiles étaient toutes petites mais très lumineuses. Nous caressâmes Daisy et lui donnâmes de la viande de poule qu'elle refusa. Ses hurlements rappelaient ceux de Peter au moment de la mort de Daphné. Malgré nos attentions elle continua à gémir jusqu'au matin.

Ce n'est qu'après la guerre que nous connûmes la mort du capitaine Georges.

Je dois expliquer pourquoi je me suis permis de faire publier les notes du capitaine Georges augmentées des renseignements que je suis maintenant à même d'ajouter. C'est parce que j'ai besoin d'argent. Non pas pour moi, mais pour une personne qui m'est chère et dont la présence dans ma maison est la conséquence directe de ma lecture des notes du capitaine. Mais je ne veux pas anticiper. Ce qui importe est ma certitude que le capitaine approuverait ma décision.

CHAPITRE II

Notes du capitaine Georges

Quand j'étais petit, je connaissais mieux ma nurse anglaise et le majordome, qui était d'ailleurs son amant, que mes véritables parents. C'étaient des gens charmants, pas fiers avec les autres domestiques et d'une patience de saints avec moi. Nancy me passait tous mes caprices. C'était sa façon de m'aimer, elle en vaut bien une autre. Elle ne me mettait au lit que lorsque j'en avais envie. Elle ne me forçait pas à manger ma soupe. Je me souviens de certaines fêtes à l'office où je me gavais de foie gras et buvais du champagne jusqu'à ce que mes yeux se ferment. Nancy me prenait tendrement dans ses bras et me portait sur mon lit qui était dans sa chambre. De peur de me réveiller, elle ne me déshabillait pas, ne m'enlevant que mes chaussures « pour la circulation ». Dans un demi-sommeil, j'avais conscience de la douceur de ses gestes et j'en jouissais pleinement. Souvent, au milieu de la nuit, Corneille, le majordome, rejoignait Nancy. J'entendais le lit craquer. Elle essayait de retenir ses gémissements et je savais que c'était à cause de ma présence dans la chambre. J'avais envie de lui dire : « Je ne dors pas, tu peux crier si tu veux. » Mais je craignais que mon intervention ne vienne tout gâter. Je n'établissais aucune corrélation entre ces exercices et l'amour. Pour moi, l'amour c'était d'être contre quelqu'un qu'on aime bien et de s'endormir en respirant son odeur.

Le matin, dès qu'elle m'entendait remuer, Nancy accourait et m'embrassait. Je la trouvais belle et je me serrais très fort contre elle. Son odeur de blonde se mélangeait à celle de son parfum favori, la violette. « Je t'ai entendue cette nuit avec Corneille. — Tu as rêvé. » Je ne discutais pas, bien que sachant à quoi m'en tenir. J'avais trop peur qu'elle n'aille retrouver Corneille dans sa chambre et ne me laisse seul dans la sienne.

J'avais moins de cinq ans lorsque je demandai à Nancy de me donner une cigarette. D'abord, elle poussa de hauts cris. « Tu es fou ! » J'insistai sur le ton monotone et persistant des enfants gâtés, répétant sans arrêt : « Je veux une cigarette… je veux une cigarette ! » Je la suivais partout, m'accrochant à sa jupe, lui tirant les bras, interrompant son travail de couture et poursuivant ma litanie. « Je veux une cigarette. » Elle crut avoir trouvé l'argument qui me damerait le pion. « Attends d'avoir sept ans, l'âge de raison ! » Ce rappel maladroit de mon extrême jeunesse fut comme un coup de fouet. Je me jetai à terre, me roulai sur le tapis et me cognai la tête contre le pied de la table de couture accompagnant ces absurdités de hurlements d'écorché. Ma crise de nerfs simulée menaçait d'en devenir une véritable. Nancy ne put résister. « Tu l'auras ta cigarette. » Elle me prit sur ses genoux, m'embrassa, me sécha les yeux et alla chercher une Abdullah dans la réserve de mon père. Dans son idée, ce tabac aristocratique convenait mieux à ma tendre jeunesse que le caporal de Bastien, le chauffeur, ou les cigares noirs pattes d'éléphant de Corneille.

Elle alluma elle-même ma cigarette. J'eus très mal au cœur. Elle me tint la tête au-dessus d'un seau de toilette tandis que je vomissais. Je résistai avec plus de succès à une seconde expérience. A six ans, j'étais un fumeur invétéré.

Cette colère au refus de la cigarette ne fut pas la seule. A la moindre contradiction, je perdais la tête et me laissais aller à des actes déraisonnables. Ça se terminait en général par une grande séance de larmes. Simone, la cuisinière, m'administrait un grand verre de Chartreuse, remède brutal mais infaillible qui agissait sur moi à la façon d'un soporifique.

Sans aller jusqu'au tendre et maladroit dévouement de Nancy tous les commensaux de l'office se montraient pour moi d'une patience que je m'explique difficilement. Leur attitude était peut-être le prélude à ce culte de l'enfance qui est en train de gagner le monde et auquel nous devons nos insupportables petits tyrans.

Lorsque je m'amusais à casser des assiettes ou à lancer des pierres dans les carreaux avec la fronde que m'avait fabriquée Fernand, le valet de chambre, lorsque je mettais mes mains sales dans les sauces destinées à la table de mes parents — les singes, comme on disait à l'office sachant que je ne cafarderais pas —, lorsque je dévissais les robinets, sciais les pieds des chaises, faisais des trous dans les cloisons avec un marteau, ils se contentaient de hocher la tête avec indulgence. « C'est des envies, disait Noémie, la vieille femme de chambre, à cet âge-là il faut les laisser passer, sinon ça peut leur revenir. » Ce précurseur de la « progressive education » et de la « psycho-analysis » racontait qu'un de ses neveux à qui on n'avait jamais laissé toucher un couteau lorsqu'il était petit, cela dans l'espoir de le détourner d'une étrange passion pour les couteaux, ayant été mobilisé dans la cavalerie avait été tellement bouleversé par son premier contact avec son sabre qu'il en avait transpercé son brigadier.

Mon premier « merde » eut un succès mitigé. Simone voulait me le faire répéter. « Dis-le encore mon chéri. Il est trop drôle ! » Corneille n'était pas de cet avis. Il fronçait les sourcils, hésitant à me faire un sermon que j'aurais mal pris. Bastien, Fernand et Agathe étaient neutres. Sur ces entrefaites Nancy entra et Corneille la mit au courant. « Monsieur Georges a dit merde et Simone veut le lui faire répéter. » Nancy me regarda d'un air si triste que j'en fus ému. Cependant Simone continuait : « Dis-le mon chéri. Tu es drôle quand tu dis cela. » Cette insistance m'agaça. L'enfant gâté que j'étais ne supportait pas l'apparence d'un ordre. « Eh bien, dis-je à Simone, puisque tu veux que je dise merde, je ne le dirai pas ! » Et je courus à ma chère Nancy qui m'étreignit délicieusement.

A six ans, je faisais encore pipi au lit. Nancy le cacha toujours à mes parents. Elle voulait m'éviter la visite du médecin, un grand homme maigre, noir, barbu, de qui émanait une odeur de pharmacie.

Il m'arriva plusieurs fois de battre Nancy. Elle ne résistait pas, se couvrant seulement le visage des mains et suppliant : « Georges... naughty boy... tu me fais mal ! »

Elle était forte et j'étais un moucheron. Elle aurait pu me prendre sous le bras et me donner une fessée.

L'idée ne lui en venait même pas. « Pourquoi me bats-tu ? » me demanda-t-elle un jour. « Parce que je t'aime, lui répondis-je. Si je ne t'aimais pas, je ne te battrais pas ! » Il ne me serait pas venu à l'idée de battre ma mère.

J'avais un peu plus de six ans quand mon père me fit comparaître devant lui et m'annonça que j'allais passer du monde des domestiques et des enfants à celui des maîtres. C'était le matin. Il était vêtu d'une robe de chambre à ramages et me parlait de derrière son fixe-moustache. Il me faisait penser à un gros chat. Je n'entendais rien de ce qu'il me disait. Ce n'est que lorsque Nancy me serra très fort contre elle en sanglotant que je compris que j'allais changer d'existence. Elle pleura beaucoup. Moi pas. Les larmes me semblaient au-dessous de l'ampleur de la catastrophe.

Après plus de trente ans, Nancy est encore présente à mon esprit. Je n'ai jamais essayé de la revoir. Je sais qu'elle épousa Corneille et que le couple émigra en Nouvelle-Zélande. A part l'odeur, son odeur mélangée de violette, mes souvenirs physiques d'elle sont confus. Elle était blonde, mais ce blond reste pour moi un simple adjectif. Mon évocation de Nancy ne prend pas une forme humaine, pas même une forme définie. C'est comme une mousse très douce et cependant très ferme qui m'envelopperait. Ce n'est pas de la soie, ni du sable, ni du foin, ni un nuage. Cette matière est vivante. Quelle que soit la position que je donne à mes membres ankylosés elle les enveloppe et les soutient délicieusement.

Vous comprenez pourquoi je me suis autant étendu sur ma prime enfance. Ce n'est pas si commun de nos jours de commencer sa vie par

« l'exaltation sentimentale ». Les bébés que leurs mamans bercent dans leurs bras et nourrissent de leur sein connaissent ce bonheur. Il y en a de moins en moins. Moi, grâce à Nancy, je l'ai connu alors que j'étais déjà un petit garçon capable d'accumuler des impressions.

A partir du moment où mon père me priva de ce paradis terrestre, je n'eus plus qu'une idée : le retrouver. Comme vous le verrez dans la suite de ces notes, je l'ai retrouvé sous une autre forme. Dieu savait que je n'étais pour rien dans l'échec de la première tentative. Il me devait une nouvelle chance.

On me mit externe libre dans un collège « fashionable » et l'on me donna un répétiteur, homme du monde ruiné qui m'enseigna le langage de notre caste. Tous les jours de la semaine je déjeunais avec lui. Il m'apprit que les chauffeurs en livrée conduisent les automobiles tandis que les gens du monde « mènent leur machine ». Je sus par lui qu'on ne baise pas la main des jeunes filles, que les messieurs s'inclinent devant les dames alors que les domestiques ne s'inclinent que dans les mélodrames des théâtres de quartier, que la particule nobiliaire ne peut s'employer que dans l'énoncé du nom, précédé du titre ou du prénom, que l'on s'adresse aux nobles anglais par leur prénom précédé du titre « sir », que l'on ne dit pas d'un bon cavalier qu'il monte bien à cheval mais qu'il monte bien. Il m'établit une liste des mots d'argot indispensables aux personnes de la société désirant paraître « à la page ». Je disais d'une « voiture » sans soupapes qu'elle était « urf », de mon cousin Xavier qui portait monocle qu'il était « copurchic » tandis que mon autre cousin Charles, avec son faux col de dix centimètres de haut était un « gommeux ».

Le soir Fernand me servait mon dîner dans le petit salon. Rarement il m'arrivait de dîner avec mes parents.

La nuit, pour compenser l'image de Nancy, je rêvais d'une femme irréelle. Elle ressemblait à une danseuse du Châtelet que j'avais vue dans Michel Strogoff. Elle était l'une des bayadères se trémoussant devant le chef des Mongols alors qu'il venait de donner l'ordre de brûler les yeux de Michel Strogoff avec un sabre rougi au feu. Elle était blonde et de teint rosé. Elle me prenait sur ses genoux, ouvrait son corsage et j'enfouissais mon visage entre ses seins. Pour se livrer à ces effusions elle gardait son tutu. Ce que je devinais de son corps émergeait d'un froufrou de dentelles empesées. Ces visions m'excitaient singulièrement. Mais jamais l'envie ne me vint de me livrer à des plaisirs solitaires. L'amour dont je rêvais était au-dessus de la basse satisfaction d'un besoin physique.

Au collège, mon voisin en classe de français s'appelait Bardoux. A neuf ans un soupçon de duvet assombrissait déjà sa lèvre supérieure. Il était très brun de poil, très rouge de figure, me faisant penser à un garçon boucher. Il ne lui manquait que le tablier en bandoulière. Il était littéralement possédé par ses appétits sexuels. En pleine classe il déboutonnait sa braguette et, protégé par un dictionnaire, sortait ce que je pense et se le caressait. Ses poches étaient bourrées de photographies représentant des dames et des messieurs tout nus dans des positions extraordinaires. Ces photos ne me disaient rien. Les seins des dames brunes avaient pour moi quelque chose d'animal. J'étais bien sûr que ceux de ma danseuse ne se terminaient pas par cette espèce de cible au cercle brutalement marqué, mais par une délicate petite pointe rose à peine perceptible. Il fallait passer la main doucement pour sentir cette légère protubérance. C'est ce que je faisais la nuit, en rêve !

Un jour Bardoux, à la sortie du collège, insista pour m'accompagner dans le coupé Renault. Bastien le laissa monter de mauvaise grâce. Il était payé pour me conduire et pas ce gamin dont la tenue disait la condition inférieure des parents, sans doute des commerçants du quartier.

Bardoux me suivit dans ma chambre et sortit une photographie qu'il jugeait irrésistiblement excitante. La dame était à genoux devant le monsieur. C'était la première fois que je me doutais que l'on pouvait faire l'amour de cette façon. Je ne cachai pas ma répulsion. « Cette femme n'est pas dégoûtée » dis-je à Bardoux. « Oh, me répondit-il en haussant les épaules, bien lavé ! »

Je lui rendis la photo et lui dis que mon père m'attendait pour sortir, ce qui était un mensonge. Il partit très désappointé. « J'avais espéré que ça te ferait de l'effet et qu'on aurait pu s'amuser ensemble en la regardant. »

Ce qui me bouleversait dans cette histoire est que la femme de la photo était assez jolie. Son visage présentait même un certain air d'innocence. Je songeai à une citation que mon père répétait volontiers et qu'il attribuait à Pascal : « La femme n'a ni goût ni dégoût. » J'étais certain que Nancy, aussi bien que la danseuse du Châtelet, avaient du goût et du dégoût. Cette dernière devait ne se nourrir que de fruits exotiques et de crème Chantilly. De sa voix suave elle devait n'émettre que des propos éthérés. Je ne la voyais pas allant au cabinet ou se gavant de saucisson à l'ail. C'était bon pour les créatures de Bardoux. Décidément il y avait deux races de femmes : les délicates et les grossières. Seules les premières m'intéressaient.

La maison de mes parents était pleine de chiens. Ma mère était constamment suivie d'une meute de pékinois. Mon père était fier de son couple de cairn terriers apparentés aux cairns de la famille d'Angleterre. Dans notre château en Bretagne, il entretenait une meute pour ses chasses à courre. Mais aucun de ces chiens n'était à moi. Il arriva que Myriam, la femelle cairn de mon père, alors qu'elle était en chasse, fila par la porte de l'office que le livreur de charbon avait laissée ouverte. Un gardien du parc Monceau sur lequel donnait notre hôtel particulier la reconnut et vint nous prévenir. Il était rouge et hors de souffle. « Reprenez votre cabot ou je l'envoie à la fourrière. » Agathe, Simone, Bastien et Fernand se précipitèrent. Ils trouvèrent Myriam entourée d'une douzaine de chiens de toutes tailles s'entre-déchirant en son honneur, accompagnant leur lutte de hurlements sauvages. Un énorme dogue de Bordeaux n'arrivait pas à se débarrasser d'un fox-terrier miniature pendu à la peau de son ventre. Myriam était accouplée à un papillon jaunâtre dans une étreinte qui semblait indissoluble. Le marchand de glaces prêta un seau et l'on aspergea combattants et amoureux de l'eau du bassin. Les cygnes contemplaient ce spectacle d'un air supérieur. Finalement Myriam fut ramenée à la maison. Le bilan de la lutte se chiffrait par de nombreux accrocs aux pantalons des pacificateurs. Mon père se montra généreux et les gardiens du parc Monceau étouffèrent l'incident. Neuf semaines plus tard Myriam accouchait d'une portée de deux charmants bâtards. Un seul survécut. Il était minuscule et ressemblait à un petit singe. Mon père voulait le faire piquer. Je m'y opposai, déclarant mon intention de l'adopter. Mon père accepta de mauvaise grâce et par dérision affubla cet avorton du nom de César. Dès qu'il cessa de téter sa mère, je fis coucher César dans ma chambre. De peur que les domestiques ne le prennent en grippe, j'allais moi-même lui faire faire ses besoins le long des allées du parc Monceau. Avec César, je connus à un degré moindre et à rebours une sorte de revenez-y de l'idylle Nancy. La différence était que c'était moi qui jouais le rôle de dispensateur de voluptés. C'est moi qui donnais à César sa pâtée, souvent le faisant manger dans ma main. La nuit il dormait au pied de mon lit. Parfois, pris d'un accès de tendresse, il rampait jusqu'à mon oreiller et s'endormait contre ma figure. Dans la journée, sauf bien entendu quand j'allais à l'école, je le gardais entre mon gilet de flanelle et ma chemise. Sous ses poils, il était gros comme le poing et si léger que je ne sentais sa présence que par la chaleur de son souffle. Quand je faisais mes devoirs il était sur mes genoux. Il était devenu une sorte d'appendice. Mon père m'interdisait de le prendre en dehors de la maison. J'en étais arrivé à ne plus sortir, les joies et spectacles du monde extérieur ne sachant compenser l'absence de César. Je lui donnais mon assiette à lécher. Bastien qui, en tant que chauffeur, avait des idées modernes, disait que ce n'était pas hygiénique et qu'il aurait fallu désinfecter les assiettes utilisées par César avec de l'eau de Javel. Cette proposition faisait rire tout le monde, à commencer par mon père qui, oubliant Pasteur, prétendait que les microbes étaient une invention des Anglais.

J'avais onze ans quand mon père décida que nous passerions les vacances de Noël et du Jour de l'An à Monte-Carlo. Ma mère emmènerait ses pékinois. Mon père confia ses cairns à Salabert, le majordome qui avait remplacé Corneille, et m'annonça que je devrais en faire autant pour César. Je n'avais pas pleuré depuis Nancy. A l'annonce de cette décision je courus dans ma chambre, pris César dans mes bras et l'embrassai en l'inondant de larmes. Heureux de ce qu'il prenait pour un jeu, il poussait des petits cris de plaisir. Le soir je refusai de dîner. Le lendemain, je refusai d'aller au collège. Mon père répondit à ma révolte en m'annonçant que si je ne cédais pas il me mettrait pensionnaire et que je ne verrais jamais plus César. Bien entendu, je cédai. Radouci, il me servit un petit sermon sur l'avenir de notre famille :

« Ton grand-père nous a légué ce titre de baron de l'Empire qui n'impressionne pas même les domestiques. Lorsque Salabert me dit : " Monsieur le baron désire-t-il que Fernand allume le chauffage ", j'ai l'impression qu'il se fout de moi. Il nous faudrait annexer un titre dont l'ancienneté déborderait sur ma baronnie. Ça me plairait assez d'avoir des petits-enfants dont la noblesse remonterait aux Croisades. Je compte sur toi pour cela. Mais, bon Dieu, si tu veux réussir, modère-toi. Les sentiments exagérés sont non seulement inélégants, ils sont grotesques. En tout cas, à tort ou à raison, ils ne sont pas tolérés chez les gens de notre sorte. Je suis heureux que seuls les domestiques aient été témoins de cette crise. Tu arrives à l'âge dangereux où l'on se sent prédisposé à manquer de mesure dans le domaine du sentiment. Je suis pour le sentiment. Il en faut ! Mais chaque chose en son temps. A partir de maintenant, je ne cesserai de te seriner le grand précepte dont il ne faut à aucun prix t'écarter : pas de passion !... à tout prix pas de passion ! »

Je remerciai mon père du bout des lèvres et passai la soirée avec César. Un pressentiment me disait que je ne le reverrais plus. En effet, le jour du départ, à peine avions-nous quitté le salon que César se mit à hurler. Pour le calmer Agathe lui donna une carcasse de poulet. Il la renifla mais refusa de manger. Agathe insista pendant quelques jours. César continuait à bouder les nourritures les plus tentantes. Elle se lassa. César passait ses journées à gémir sur ma descente de lit. Il était devenu très sale et Bastien le battit plusieurs fois. Un jour il disparut.

Mon désespoir fut immense. Mon père pour me faire oublier César décida de me mettre à cheval. Le temps approchait où il me faudrait suivre les chasses à courre. Il me confia à l'un de ses protégés, propriétaire d'un manège à Neuilly. Wuillaume, ancien sous-maître au Cadre Noir, ne vivait que pour son métier. Il se trouva que j'étais doué. Cette circonstance, plus encore que sa reconnaissance pour mon père qui l'avait aidé à s'établir, le porta à s'intéresser à moi.

Pendant les six premiers mois il m'interdit l'usage des étriers. Je devais ouvrir la leçon par les assouplissements classiques, flexions du corps en arrière et de côté, toute la gamme, d'abord au pas, puis, quand le cheval était échauffé, au galop. Suivait une séance de voltige en chaussons. Pour clôturer, je remettais mes bottes et subissais un quart d'heure de tape-cul au trot. Tout cela au manège. Au bout d'un an je ne faisais qu'un avec ma monture et d'un simple titillement du petit doigt sur la rêne de filet je pouvais décontracter la bouche du cheval le plus abruti par l'usage inconsidéré du mors de bride.

J'éprouvais pour Wuillaume une admiration sans bornes et même une certaine amitié que je dissimulais sous cette réserve souriante que mon père, à force de plaisanteries sur « les indécrottables », réussissait à me faire adopter comme une seconde nature. Je sais que Wuillaume devinait mes sentiments. Entre nous deux la communication s'établissait par le truchement de notre intérêt commun pour « mes petits chevaux ». C'est ainsi qu'il désignait ses bêtes. Il eût aussi bien pu dire « mes enfants » ou « mes frères », car pour ce célibataire endurci ils étaient la seule famille qui comptât. Je l'ai vu refuser des clients sous les prétextes les moins vraisemblables, la véritable raison étant qu'il les avait vus abuser du mors de bride.

Wuillaume aurait pu occuper dans ma vie la place laissée vacante par les disparitions de Nancy et de César. Je commençais à identifier la malédiction qui pèse sur les privilégiés qui gagnent leur gâteau quotidien sans avoir à répandre la sueur de leur front. En les chassant du Paradis Terrestre, l'Eternel leur a dit : « Tu auras l'argent, le luxe, le confort, voire le pouvoir ; tous les plaisirs de la terre. Mais pour acquérir et défendre ces avantages, il te faudra renoncer au seul vrai plaisir que je laisse à ta portée, à savoir d'aimer ton prochain comme toi-même. »

Je réussis à me faire inviter à déjeuner par Wuillaume. Il m'emmena au restaurant ! Je n'avais pas droit à son désordre, à son frichti cuisiné par la concierge, à ses odeurs. Seule Agnès devait me faire le don complet, non seulement d'elle-même (leur propre personne est ce qui importe le moins aux femmes), mais de toutes les richesses de son royaume secret, de sa façon de se gratter, de se laver, de s'endormir, de se peigner, de digérer ; de cet ensemble d'habitudes et de manies qui confirment l'existence de l'individu et finalement deviennent sa vraie personnalité.

Pendant mes vacances en Bretagne, mon père et moi étions entrés dans une chaumière pour nous mettre à l'abri de la pluie. Je n'oublierai jamais les habitants de ce taudis. Des enfants, et encore des enfants, de tout âge et de tout sexe. Ça grouillait. Dans leur crasse, ils m'apparurent comme les princes et princesses d'un royaume dont une muraille invisible m'interdisait à jamais l'entrée.

Les quelques apparitions de mon père dans ces notes vous ont déjà fait deviner que la grande affaire de sa vie était l'élégance, la vraie. Mon répétiteur qui l'admirait me définit cette élégance dans les termes suivants : « A chaque chose sa fonction et pas d'autre fonction. Le vêtement approprié au jeu de golf ne l'est pas à l'équitation. Le vin que vous buvez avec le poisson n'est pas celui que vous buvez avec le rôti. Le langage que vous utilisez avec votre maîtresse n'est pas celui avec lequel vous vous adressez à votre femme. La voiture qui vous mène au théâtre n'est pas celle que vous prendrez pour aller à Trouville. » Mon père avait une Delaunay-Belleville pour les voyages, un coupé Renault pour la ville et une de Dion-Bouton monocylindrique pour la cuisine. Ses penderies étaient garnies d'une quantité incroyable de vêtements, chaussures, cravates, chapeaux, mais il eût considéré de mauvais goût de se montrer habillé de neuf. Il faisait étrenner ses costumes et briser ses chaussures par Fernand qui se trouvait avoir la même taille que lui. Fernand n'en tirait aucune vanité. Cependant les tours de tête du maître et du valet différaient. Mon père devait assouplir lui-même ses chapeaux.

Ma mère était l'une des plus jolies femmes de Paris. Tout petit je la comparais aux poupées du *Nain Bleu* qui, lorsqu'on les couche sur le dos, entrouvrent gracieusement une bouche minuscule et émettent un petit son définitivement mécanique. Le même mouvement ferme leurs grands yeux un peu trop ronds, bordés de cils gigantesques. Ce physique enfantin influençait la manière d'être de ma mère et aussi son vêtement. Elle exhibait souvent des robes style première communion rehaussées de modestes dentelles crochetées par des orphelines dans des couvents mal chauffés. Ses bijoux étaient moins innocents. Je revois un certain collier de perles roses !...

Son parler dépassait ses robes dans le genre enfantin et rejoignait positivement le bébé. Cette affectation s'est popularisée passant des femmes du monde aux actrices et de celles-ci aux vendeuses de magasin. Ma mère fut un précurseur.

Sa constante préoccupation était mon gilet de flanelle. La crainte que je n'oublie de revêtir cet accessoire magique la poursuivait. Il lui arrivait au milieu d'un grand dîner de me poser brusquement la question : « Gougou ! — c'est le surnom dont elle m'affublait — vous avez bien votre zézé de flanelle ? » Je répondais gravement : « Oui mère, j'ai bien mon gilet de flanelle. » Ce court dialogue était considéré comme d'une rare élégance. Il n'y a que les gens du très grand monde qui se permettent de couper les conversations les plus sérieuses du récit de leurs intimités les plus triviales. On allait jusqu'à comparer ma mère à ma grand-tante, la marquise de T... qui n'avait pas hésité à interrompre les explications savantes de mon cousin Xavier sur les obstacles d'Auteuil par une description minutieuse de son opiniâtre constipation.

Cette grand-tante, gardienne jalouse des manières aristocratiques, n'était marquise que par son mariage. Toujours les néophytes !

Ma grand-mère paternelle, nièce de la marquise en question, était la fille d'un chiffonnier devenu boursier. Parti des poubelles en passant par les pieds humides, cet ancêtre avait fini ses jours dans le fauteuil présidentiel d'une grande banque. Etrangement le mariage de sa fille et de mon grand-père, capitaine de cuirassiers dont la carrière s'était terminée à Reichshoffen avec la perte d'un bras, avait été un mariage d'amour. Ils s'étaient rencontrés tout à fait par hasard, sur un trottoir de Paris, exactement au coin des grands boulevards et de la rue Taitbout. C'était un peu après la Commune. Mon grand-père souffrait encore de son bras. Il s'était évanoui. Ma grand-mère, alors une toute jeune fille, avait arrêté un fiacre et l'avait ramené chez lui. Mon arrière-grand-père, l'ex-chiffonnier, oubliant la roture qui avait précédé sa bourgeoisie, s'opposa d'abord à cette union. Le titre de baron conféré au cuirassier par Napoléon III ne lui suffisait pas. Il voulait pour sa fille un vrai titre, remontant au moins à la monarchie et non pas l'un de ces titres impériaux dont se paraient tant de financiers juifs parce que amis du baron Haussmann. Mon grand-père lui rit au nez et fit publier les bans. Il y avait d'autant plus de mérite que son futur beau-père venait de perdre tout son argent dans la faillite de la Banque Baring de Londres. Ce grand-père possédait un terrain dans cette partie de Paris qui devait devenir le quartier de l'Alma. Il le vendit et, soit manque de rancune, soit confiance dans le génie financier du père de son épouse bien-aimée, il mit le produit de cette vente à la disposition de l'ancien biffin. Celui-ci, jouant habilement à la dépression puis à la reprise des affaires, refit une fortune bien plus considérable que la première. Cela permit à mon grand-père de vivre dans une oisiveté luxueuse. Il jouait de sa blessure pour justifier sa paresse naturelle et se refusait à quitter son fauteuil. Cela troublait beaucoup mon arrière-grand-père, l'infatigable chiffonnier-banquier, qui représentait à son gendre que si son bras manquait, par contre ses jambes étaient bel et bien à leur place. Il agitait le spectre de l'obésité. Lui-même était « maigre comme un hareng saur » suivant sa propre expression et il en était fier. Ma grand-mère se rebiffait, représentant à son père que c'était elle et non pas lui qui avait épousé ce paresseux. Elle aimait les gras ! Tous les goûts sont dans la nature.

Elle devinait ses moindres désirs. Ils en étaient arrivés à communiquer sans paroles. Un clin d'œil, l'esquisse d'un geste, une moue et elle lui apportait le journal, le cigare ou le verre de cognac qu'il souhaitait.

Je me prends souvent à envier mon grand-père. Il mourut à cinquante-trois ans d'une attaque d'apoplexie. Ma grand-mère ne lui survécut pas. L'ancêtre biffin, son père, avait depuis longtemps émigré dans un paradis de poubelles et d'obligations. Je ne miserai pas sur le bonheur terrestre de ce dernier personnage. Il aimait trop l'argent pour ne pas être inquiet. Quant aux deux autres, j'en mettrais ma main au feu. Quand j'étais petit et que j'allais les voir je ne pouvais détacher mes yeux de leurs visages, des visages de gens heureux. Ils étaicnt heureux parce qu'ils s'aimaient. Ils étaient heureux comme je l'avais été avec Nancy et comme je le fus plus tard avec celle que le Ciel devait me donner et que je n'ai pas su garder. Comme vous auriez pu l'être vous-même, mon cher Hartley, avec votre blonde du square d'Anvers !

Agnès, je voudrais oublier les années qui ont précédé notre rencontre et décrire ta peau brune. Je t'appelais ma petite Arabe et peut-être ne faisais-je ainsi qu'émettre une constatation. J'ignore tout de ta naissance. Tu n'as pas connu tes parents. Peut-être comptes-tu parmi tes ancêtres quelque berger kabyle. A moins que ce ne soit le fils du Pachaga qui aurait rencontré ta mère dans une oasis, un jour qu'il chassait la gazelle. Elle revenait de la fontaine portant une cruche de terre cuite sur la tête, comme Ruth. Ce poids donnait à sa démarche une grâce infinie, la grâce inimitable des corps libres sous l'étoffe drapée, la grâce des pieds nus sur l'argile séchée, la grâce des servantes du roi Œdipe. Je voudrais toucher tes seins bruns, si purs, reflets de la douceur d'un ciel de nuit d'été. Pour t'évoquer, il faudrait que je sois un poète. Je ne suis qu'un bourgeois auquel pendant un temps tu as fait oublier sa bourgeoisie. Et je me décris moi-même et mon environnement pour m'aider à comprendre notre histoire. Sans me connaître, comment expliquer la stupidité de mon attitude.

Mon cher Hartley, je regrette de ne pas vous avoir tout raconté de vive voix. Peut-être m'auriez-vous consolé en m'affirmant que ce n'est pas moi tel que Dieu m'a fabriqué qui perdis Agnès. C'est un autre moi, produit d'une société ayant perdu sa grandeur mais, hélas, gardé jalousement « le culte du lieu commun ».

CHAPITRE III

Au collège, parmi mes camarades, la préoccupation des filles tenait la première place avant même celle des automobiles. Avec le recul, je trouve cette prééminence tout à fait en leur faveur. Une auto, après tout, n'est que de la ferraille. Une fille est faite de chair et de sang. Et même si ses sentiments sont bas, ils sont l'expression de ce mystère passionnant que nous sommes convenus d'appeler la vie.

Nous avions dépassé l'âge de la masturbation et j'étais assez satisfait de ne jamais avoir sacrifié à cette manie que je trouvais triste. Je comprends mieux l'homosexualité, que je ne connaissais d'ailleurs que par ouï-dire. Au moins, les « tantes » font cela à deux. Leurs épanchements supposent une communication avec un autre être. La masturbation suggère une solitude déprimante. Je me rendais compte que j'y avais échappé (et en cela j'étais une exception) grâce à mes passions successives pour Nancy, pour la danseuse du Châtelet, pour Wuillaume et pour César. Je n'étais pas encore consolé de la perte de ce dernier.

Nombreux étaient les élèves qui n'étaient plus « puceaux ». Ce terme constituait même une insulte grave. Il me fut appliqué plusieurs fois par Ansenard, un grand maigre rouquin qui se vantait de ne jamais se laver et sentait le bouc. Il se vantait aussi de faire l'amour avec sa tante qui avait épousé Jacques Gaillard, le propriétaire des grands magasins *Au Bouquet de France.* M. Gaillard avait trente ans de plus que son épouse et, à en croire Ansenard, bavait comme un chien basset. Un jour où, légèrement en retard, je courais pour rattraper la ligne des élèves entrant en classe de géologie, Binet, un petit blond fils d'un mandataire aux Halles, m'accueillit par : « Tiens, voilà le puceau ! » Je fis semblant de ne pas entendre mais décidai de sortir de cette situation ridicule.

La maison n'était pas le terrain idéal pour réaliser mon dessein. Simone était trop vieille, et Agathe ne me disait rien du tout. La seule femme désirable de la famille était ma mère. Mais je ne me sentais pas doué pour jouer les héros de tragédie grecque. Je n'osais pas songer à ses amies. Il y en avait de fort possibles. Je craignais leur manque de discrétion. Je décidai donc de m'adresser à une prostituée. Celles de la rue Caumartin, le long des vitrines du *Printemps*, ne me semblaient pas trop effrayantes. Leur apparence était celle de petites bourgeoises décentes. Il était difficile de les distinguer des épouses des commerçants du quartier. J'aurais voulu une blonde pour les raisons que vous connaissez. Malheureusement je n'en trouvai aucune à mon goût. Une grande brune à figure de jument m'aborda. « Viens avec moi mon petit gars ! » me dit-elle en me tirant sous une porte cochère. Elle me demanda mon âge que je lui avouai. « Tant pis ! Je risque le coup, dit-elle, aujourd'hui je n'ai fait que deux michetons, des culs-terreux qui comptent leurs sous. Si un flic se montre trop curieux tu lui diras qu'on causait sans penser au biseness. » La chambre de l'hôtel sentait mauvais. J'eus l'idée de donner de l'argent à la fille et de filer sans consommer. Il faut croire que mon obole dépassait son tarif habituel car elle me sauta au cou avec une reconnaissance naïve qui me toucha. « J'aime mieux partir », lui déclarai-je faiblement, malheureux à l'idée de la vexer. Elle était honnête. « Alors, je te rends ton argent. Qu'est-ce que mon ami va me passer ! — Tu as un ami ? — Faut bien. Ce serait trop triste de vivre toute seule ! » Je restai. Elle se déshabilla derrière un paravent et s'étendit toute nue sur le lit à côté de moi. Ses seins étaient petits mais fermes. La fameuse cible qui m'avait tant offusqué avec Bardoux était bien marquée. La réalité me sembla aussi plaisante que son reflet m'avait paru choquant. C'est avec un plaisir indéniable que je caressais des deux mains ces délicats petits globes. La fille semblait flattée de mon attitude.

Je n'entends pas rendre compte de tous les détails de la perte de ma virginité. C'est arrivé à tout le monde. Mon cas ne présente rien qui vaille la peine d'être relaté. J'avouai à la fille que c'était la première fois. Elle me répondit en me demandant comment je voulais « faire ça ». Elle m'énuméra plusieurs propositions du ton d'une commerçante vantant sa marchandise. « Nous avons en magasin la chaussette tout fil ; si vous voulez du solide je recommande la chaussette fil et coton. » Les termes différaient mais l'esprit était le même. « Si ça te dit on peut faire ça “ au bord du lit ” ou bien “ en ciseaux ” ou “ à la paresseuse ”. Mais puisque c'est la première fois, je te conseille “ à la papa ”. » J'acquiesçai. Elle écarta les jambes accompagnant ce mouvement de cette phrase que je sus plus tard être un des lieux communs de la profession : « Viens ici, mon petit gars, je vais t'arracher ton petit pavé. » Je dois dire que l'opération se déroula fort agréablement. J'en oubliai l'odeur de la chambre. La « petite affaire » terminée, la dame brune repassa derrière le paravent pour faire « sa petite toilette ». Elle était très propre et n'en finissait pas de se savonner. Quand elle reparut, vêtue de sa chemise, je lui offris une cigarette, une de ces Abdullah auxquelles m'avait habitué Nancy. « Mazette ! » dit-elle en se laissant tomber sur le fauteuil bancal. J'allumai la cigarette. C'est avec respect qu'elle aspira l'aristocratique fumée.

Je renouvelai mon expérience plusieurs fois avec des filles différentes dans des quartiers différents. Ma famille ignorait tout de ces excursions. Je couvrais mes absences du prétexte de visites de musées. Ce n'était qu'un demi-mensonge. J'allais vraiment de temps à autre au Louvre. Mon père n'en revenait pas et me mettait en garde contre un passe-temps qui n'entrait pas sur la liste des activités autorisées à l'homme du monde. Il me posait des questions. Mon admiration pour Goya, el Greco et Vélasquez perçait dans mes réponses et ça l'inquiétait. Il avait tort. L'art occupait une place secondaire dans mon esprit. La réalité m'intéressait beaucoup plus.

Ma méfiance des appas féminins avait fait place à une sorte de culte. Maintenant quand je croisais une femme mon regard allait immédiatement à la poitrine. Femmes du monde descendant de leur coupé, blanchisseuses balançant leur grand panier, midinettes trottinant comme des trottins qu'elles étaient et finalement professionnelles me proposant leurs services, toutes pour moi étaient d'abord une paire de seins. Si Bardoux — que j'avais perdu de vue — m'avait ressorti sa photographie pornographique, j'eusse sans doute admiré les « nichons » bien marqués du modèle.

A peine avais-je pénétré dans la chambre où m'avait entraîné une prostituée que je lui demandais de se déshabiller devant moi. Chose curieuse, presque toutes insistaient pour se dévêtir derrière le paravent. L'une d'elles me dit : « Je ferai tout ce qui te plaît. Si tu veux je vais appeler une copine et on t'en montrera de toutes les couleurs. Mais me déshabiller devant toi ? Ça jamais ! » Où la pudeur va-t-elle se nicher ?

Au cours d'un grand dîner en l'honneur des quatre-vingts ans de ma grand-tante, la marquise de T., je me trouvai déraisonnablement ému par le décolleté, d'ailleurs outrancier, de ma cousine Marie-Amélie. Cette jeune personne n'était pas particulièrement jolie. Son nez bourbonien me déplaisait même singulièrement. Mais ses deux seins soulevés par le corset semblaient s'offrir à ma convoitise. Je renversai un verre de Mouton Rothschild 1893 et laissai passer le cuissot de chevreuil sans même le remarquer.

Le lendemain mon père, me croisant dans l'escalier, me dit d'un ton détaché : « Que fais-tu ce soir ? — Un peu de pas espagnol avec Wuillaume. — Je t'attends à cinq heures chez Rumpelmayer. Je te présenterai à une de mes amies qui a envie de te connaître. — J'ai pris rendez-vous avec Wuillaume. — Je passerai le prévenir. — Qui est cette amie ? — Gilberte de Térence, une très jolie femme. —

Pourquoi veut-elle me connaître ? — Ne pose pas de questions inutiles et sois à cinq heures chez Rumpel. »

Cette Mme de Térence, grue de haut vol, avait été la maîtresse de mon père. Mon cousin Xavier m'avait renseigné sur son compte. Elle avait une réputation de grande distinction. On l'appelait « la petite marquise ».

En me jetant dans ses bras, mon père ne faisait que suivre la règle de son milieu. De même que pour préparer un jeune homme du monde à Saint-Cyr ou à Polytechnique on s'adressait aux Jésuites de la rue des Postes, éducateurs célèbres, de même la préparation au mariage devait être confiée à une spécialiste de réputation indiscutable. L'innovation consistait dans le choix d'une hétaïre dont lui-même, en personne, avait pu contrôler la valeur. Cette audace fut saluée dans les milieux bien parisiens comme étant « d'un culot fou ! »

Mon cousin Xavier, qui aurait pu être l'historiographe des gloires de notre demi-monde, m'avait conté les malheureux essais théâtraux de Gilberte du temps qu'elle s'appelait Claire Couvert. Xavier accompagnait ce renseignement de plaisanteries douteuses sur la facilité avec laquelle la future « petite marquise » se faisait couvrir à ses débuts. Elle n'avait pas encore entrevu cette grande vérité que, pour une fille, le don de son corps n'a de valeur que s'il reste dans le domaine du futur.

La carrière dramatique de Claire n'avait guère dépassé le divan des directeurs de théâtres, acteurs ou impresarii qu'elle allait solliciter. Elle n'était pas bête et avait compris que l'insistance ne la mènerait à rien. Elle changea non seulement de nom, mais de profession. Ses études théâtrales lui valaient au moins de s'exprimer avec une certaine élégance. Elle en joua. Elle « épatait » ses amants. Le premier « payant » fut un entrepreneur de plomberie. C'est lui qui la mit dans ses meubles — de style Louis XV bien entendu. Plus elle avançait dans sa profession, plus elle se montrait difficile. N'était pas son amant qui voulait. En prenant de la bouteille, elle devenait inabordable. Les candidats devaient exhiber patte blanche, c'est-à-dire se montrer généreux et surtout parfaitement bien élevés. Ses « thés » étaient célèbres pour la tenue des conversations.

CHAPITRE IV

Avant 1914 Rumpelmayer, le pâtissier à la mode, était probablement le seul lieu public de Paris où un homme du monde pouvait s'attabler avec une irrégulière, et cela à la même table où la veille il s'était bourré de « petits fours » en compagnie de son épouse légitime. Cela venait de ce que la direction triait les filles sur le volet, s'arrangeant pour éliminer sans éclat celles dont la tenue pouvait laisser à désirer.

A l'heure dite, j'étais au rendez-vous, regardant la petite marquise, ou plutôt ce que je pouvais en deviner, et me sentant comme le dauphin en face d'un Fénelon invisible derrière son épaisse voilette. C'était une accumulation de froufrous, de boucles blondes, de dentelles. Des ruches d'une sorte de cape elle sortit une petite main gantée de dentelle que je baisai. Enfin elle releva sa voilette et trempa ses lèvres dans le liquide de sa tasse — du thé de Chine. Elle ne pouvait supporter le thé de Ceylan, « bon pour les femmes de ménage anglaises ». Ce geste me permit de découvrir une jolie grande bouche charnue et des yeux mauve pâle terriblement précis. Je me sentis dans la position inconfortable d'un insecte

examiné au microscope par un naturaliste. F
ment mon père avait décidé de ma tenue, un co
sport marron pied-de-poule, chaussures marron, c
vate à larges bandes transversales de deux marrons différents. Il n'était pas encore question de col mou. Ma chemise et mon col dur rabattu étaient zébrés de fines raies également marron. Pour couronner cet ensemble je tenais à la main un chapeau melon marron et des gants de même teinte. Ça faisait recherché, mais pas habillé, ce qui était l'essentiel.

La conversation, comme toutes les conversations chez mes parents, chez nos amis, aux courses, chez Rumpelmayer et en général sur les terrains foulés par les gens de notre milieu roulait sur « les relations ». C'est là la grande affaire des bourgeois qui se figurent que la noblesse et la célébrité sont contagieuses, comme la scarlatine. Je vais essayer de vous donner une idée de ce genre de propos. — Gilberte : « Etiez-vous à Saint-Honoré-d'Eylau ce matin ? » — Mon père : « Ce matin j'ai pris un canter avec le petit Burke. » — Gilberte : « Le fils du comte Burke, des Danois ? » — Mon père : « Le père est je ne sais quoi auprès du roi. » — Gilberte : « Chambellan ou quelque chose de ce genre. » — Mon père : « Qu'y a-vait-il à Saint-Honoré-d'Eylau ? » — Gilberte : « Le baptême de Colette d'Anthyme. Sa mère, Hortense de Vallars, était ma camarade de classe aux Oiseaux. C'était très émouvant. Le général de Maugiron pleurait. » — Mon père : « Maugiron ?... Il doit être gâteux ! Quatre-vingt-deux ans, sans compter la fine champagne et les petites filles. Nous sommes vaguement parents. »

Dans ce jeu de relations, mon père était imbattable, mais je dois dire que Gilberte était une partenaire de choix. On eût dit qu'elle était la confidente, la sœur de lait, de toutes les célébrités de la capitale, qu'elle les tutoyait et à l'occasion partageait la même salle de bains.

Mon père prétexta une course urgente et nous quitta. Je réglai l'addition, attentif à laisser le pourboire convenable. Un trop gros pourboire eût suggéré que je cherchais à « épater » Gilberte.

Elle habitait rue de Rivoli, à deux pas de Rumpelmayer. Tandis que je tirais le câble de l'ascenseur, elle me dit : « J'aurais aimé vous présenter à mon fiancé. Il fait sa cure à Contrexéville », du ton dont elle m'eût annoncé l'absence de sa levrette italienne retenue chez le vétérinaire. Je savais par Xavier que cet amant en titre — Xavier disait « le miché sérieux » — n'était autre qu'Irénée Peleux, président du conseil des textiles Peleux Frères, principal actionnaire des grands magasins *Aux Galeries Desaise* et de bien d'autres entreprises prospères. Par la même source, je savais qu'il était croulant et atteint d'un bégaiement qui le rendait incompréhensible. Toujours d'après Xavier, il fallait que Gilberte ait de l'estomac pour se « farcir » ce macrobite. Tandis que l'ascenseur, avec la solennité d'une chaise à porteurs venant accueillir son maître à la cour du Roi-Soleil, descendait lentement dans sa cage de fer forgé rehaussée d'arabesques dorées, Gilberte d'elle-même abordait la question, du même ton « comme c'est drôle et de peu d'importance » dont elle avait évoqué le baptême à Saint-Honoré-d'Eylau. « Vous avez certainement entendu parler du bégaiement d'Irénée. Tout Paris ne parle que de cela. Certains prétendent qu'il le fait exprès, comme le prince de Galles. Chez Irénée, c'est naturel. C'est comme son léger accent anglais. Il lui vient de sa mère dont le père avait des tissages à Manchester. L'autre jour il est resté accroché au " ra " de " ché-ra-mie " pendant presque une minute. C'était amusant ! »

La femme de chambre de Gilberte nous ouvrit. C'était une grande, grosse, blonde et aimable Allemande. Tandis qu'elle désharnachait sa maîtresse, celle-ci me la présenta : « Ma fidèle Herminie. » La géante répondit en affirmant avec un fort accent qu'elle était toute à mon service. Ses vastes proportions mettaient en valeur la grâce délicate de Gilberte. La petite marquise était vraiment petite, ce qui n'était pas pour me déplaire. J'aime devoir me pencher pour embrasser une femme sur la bouche. Tout chez elle évoquait l'adjectif mignon. Au fur et à mesure qu'Herminie enlevait le chapeau, la cape, les voiles divers, je découvrais un délicat biscuit de Saxe à la peau d'un rose irréel, digne de figurer dans une vitrine au milieu des statuettes dont l'appartement était bourré. J'admirais mais m'avouais intérieurement que jamais je n'oserais satisfaire mes instincts de mâle sur cette fragile évocation des belles dames des Fêtes Galantes de Watteau. J'étais loin des filles récoltées devant les vitrines du *Printemps*. « Je vous rejoins dans un instant », me dit la petite marquise en me poussant dans un minuscule salon, certainement un fumoir à en juger par les nombreuses boîtes de cigares dispersées sur les tables et suggérant l'appartenance au sexe mâle des visiteurs habituels. Ce disant son sourire était plus marquise que jamais, un mélange de condescendance et de bienveillante familiarité. La châtelaine adressant un bonjour aimable mais sans équivoque au chevalier son voisin de campagne. Comment oserais-je jamais ouvrir ce corsage et envelopper ces appas de mes mains ? A propos de poitrine, j'ai oublié de vous dire que le sein qui battait sous le corsage de Chantilly me paraissait se tenir fort bien et cela sans le secours du corset protecteur réduit à son rôle de réducteur du diamètre de la taille. C'était la mode d'avoir une taille de guêpe. Celle de Gilberte eût tenu dans le cercle formé de mes deux mains jointes. Tout cela était très gentil mais me paraissait inacessible. J'eus un instant l'idée de filer. La crainte du ridicule me retint et j'essayai de changer mes idées en regardant les tableaux qui garnissaient les murs. L'un d'eux représentait des cardinaux aux visages enluminés dégustant des verres de liqueur. Les visages exprimaient leur délectation, non pas comme ça se fait dans la vie où l'on ne se croit pas obligé de faire des grimaces chaque fois que la cuisinière a réussi un plat, mais comme au théâtre où les acteurs doivent s'exciter à froid sur des petits verres d'eau colorée. Mes quelques visites au Louvre et à la Galerie Durand-Ruel me revinrent à la mémoire et brusquement je compris l'une des raisons pour lesquelles cette peinture des cardinaux était fausse. C'est parce qu'elle représentait des personnages faux, pas des êtres humains, mais des cabots jouant un rôle. Brusquement la petite marquise me parut aussi fausse. Elle était faite pour être bonniche et se faire trousser dans les escaliers — ce qui eût été plaisant — et non pas pour jouer les La Vallière de pacotille.

J'en étais là de mes réflexions lorsque deux bras très doux m'enlacèrent. Je ne l'avais pas entendue entrer. Je sentis un corps chaud, à peine isolé par un peignoir de soie, se coller à moi. Puis la bouche charnue se posa sur la mienne. Les yeux pâles me regardaient, non plus en dissecteurs d'insectes, mais avec une lueur de plaisir anticipé. Ils semblaient dire : « Nous allons bien nous amuser tous les deux ! » Je sentais s'évanouir toutes mes préventions. Elle me poussa vers sa chambre. « Déshabillez-vous », ordonna-t-elle d'un ton doux mais sans réplique. Elle-même passa dans la pièce à côté. A travers la porte je l'entendais qui donnait des instructions à Herminie. A leurs voix s'ajoutait une autre voix qui devait être celle de la cuisinière. Gilberte décidait du dîner. « Le général La Fournaye ne boit que du Pommery!... Battendier a-t-il livré le foie gras ? » Ces soucis domestiques mélangés à l'amour ravivaient mes objections. Heureusement ça ne dura pas. Alors que je finissais de retirer mon pantalon, Gilberte fit irruption dans la chambre et sans un mot m'attira sur le lit. Ce fut délicieux. Dans mes imaginations de collégien les plus lubriques, je n'avais jamais rêvé à rien de pareil. Le choix paternel d'un guide dans le domaine des sens s'avérait aussi heureux que son choix de Wuillaume dans le domaine équestre.

Je ne revis pas mon père de quelques jours. Un soir nous nous rencontrâmes à dîner. « Tu as vu Gilberte? me demanda-t-il. — Elle t'envoie ses amitiés. » Ma mère, tout en se servant à peine de potage bisque suivait vaguement la conversation. « Vous parlez de Gilberte de Térence... Est-il vrai qu'elle lâche Callot pour Lanvin ? — Irénée Peleux peut lui payer et Callot et Lanvin », rétorqua mon père. Ma mère sourit, amusée. Il est évident qu'elle n'ignorait rien des activités de la petite marquise et était probablement au courant des anciennes relations de cette grue et de son mari. Certainement même elle connaissait ma propre liaison. Quelque amie avait dû, à l'occasion d'une tasse de thé, lui glisser le renseignement. Comme mon père, ma mère devait se féliciter de cette solution qui me permettait de gagner quelques années tout en échappant aux dangers habituels semés sous les pas d'un fils de famille : vérole, enfant naturel, sordides aventures compliquées de sentiment. Soudain le sourire léger qui relevait les commissures de la bouche enfantine s'effaça. Une inquiétude parut dans ses yeux de poupée. « Gougou, demanda-t-elle d'une voix angoissée, j'espère que pour aller voir cette fille vous gardez votre zézé de flanelle ! » J'eusse dû mentir et affirmer mon attachement inébranlable à ce sous-vêtement. Au lieu de cela, dans un accès de sincérité idiote, j'avouai que, pour aller voir Gilberte, je retirais mon gilet de flanelle. Ma mère fondit en larmes et se réfugia dans sa chambre. Mon père et moi n'arrêtâmes ses sanglots que sur la promesse que jamais plus je ne retirerais mon gilet de flanelle.

A propos d'enfants naturels et autres catastrophes, une expression familiale me revint à l'esprit. Il y a comme cela des mots typiques d'un clan, d'une génération, d'un collège. Par exemple les garçons de mon âge — et déjà leurs aînés immédiats — avaient constamment recours à l'adjectif « astucieux ». Le système de blocage du canon de 75 était « astucieux ». Etaient « astucieux » l'alliance franco-russe ou le comportement de Gilberte vis-à-vis de ses amants. L'expression qu'affectionnaient les miens, la marque de la famille, était « crochet », signifiant prise de possession, conquête, tromperie. Chez moi, on ne disait pas : « Un tel s'est laissé rouler. » On disait : « Un tel s'est laissé mettre le crochet ! »

De ma grand-tante de T., dont on citait encore la maîtrise avec laquelle un demi-siècle auparavant elle avait conquis son futur mari, on disait qu'elle lui avait mis le crochet. Je ne résiste pas au plaisir d'exhumer cette vieille histoire. Hélène était la fille d'une sœur du grand-père chiffonnier-banquier. Le mari de cette sœur avait fait fortune dans les fournitures aux armées. Elle faisait ses études au couvent des Oiseaux. Sa meilleure camarade de pension était une fille du marquis de T. Ces demoiselles portaient encore des crinolines et attendaient qu'on leur adressât la parole pour ouvrir la bouche. Pendant les vacances, Hélène fut invitée chez son amie. Le jeune comte de T. — le futur marquis — la lorgnait mais ne s'avançait pas, sachant bien que ses parents ne tenaient aucunement à avoir pour bru cette nièce de chiffonnier. Une jolie rivière traversait le parc. Hélène trouva le moyen de se faire emmener en barque par le jeune comte. Elle trouva également le moyen, en faisant semblant de cueillir un nénuphar, de tomber à l'eau et de s'en faire tirer par son compagnon. Il voulut courir au château chercher secours. Mais elle toussait si lamentablement qu'il n'osa pas la quitter. Il l'aida à retirer sa robe et la réchauffa dans ses bras. On devine la suite. Mon père, qui ne craignait pas les expressions gaillardes, disait que ce pauvre Henri avait cru mettre le crochet à Hélène, alors que c'était elle qui le lui avait mis.

Bien entendu, Henri épousa Hélène qui devint la brillante marquise de T. La grande réputation de cette parvenue était bien méritée. Jamais marquise ne fut plus authentiquement « grand siècle » que ma grand-tante.

Cet usage symbolique du mot « crochet » venait de mon arrière-grand-père. Il le tenait de son premier métier. Le crochet est l'outil des chiffonniers. C'est avec leur crochet qu'ils fouillent les poubelles. Par une sorte de snobisme à rebours, mon père insistait sur cette origine. « Comme l'eût dit mon grand-père qui s'y connaissait en ordures, proclamait-il, cette garce de petite chose a mis le crochet sur ce dadais de petit machin ! »

Avec Gilberte, je ne risquais rien de ce genre. Les grues de la « belle époque » avaient leur code de convenances. L'usage du crochet ne leur était autorisé que lorsque la victime avait atteint l'âge des renoncements, ou alors, comme nous allons le voir, dans le cas d'un étranger.

Je voyais Gilberte deux fois par semaine. C'est un bonheur que ses obligations et les miennes eussent limité nos rencontres. Sinon, j'y aurais laissé ma peau. La petite marquise était possédée du désir de faire l'amour. Ce n'était pas de l'hystérie. Elle n'avait rien d'une nymphomaniaque. C'était plus simplement une question d'hygiène. Sa position de grande demi-mondaine la mettait dans l'obligation de tenir la dragée haute à ses clients. On ne paye bien que ce qui est rare. « Comprenez, mon cher, m'expliquait-elle, s'il s'agissait pour eux de satisfaire un besoin physique, les maisons closes ont été inventées pour cela. » Et oubliant un instant la distinction de son langage elle énonçait la déclaration suivante : « Une vraie poule de luxe ne baise pas… ou du moins baise le moins possible ! » Elle disait aussi : « Ce qu'ils viennent chercher chez nous ce sont leurs propres manières, mais un peu plus libres, les mêmes mets un peu plus épicés, le même champagne un peu plus sec, la même atmosphère familiale mais avec l'idée réconfortante qu'ils peuvent se défiler si ça leur dit. Nous leur apportons les joies solides du permanent avec tous les avantages du provisoire. Croyez-moi, mon cher, cette vie conjugale en dehors du mariage n'a rien de folichon. Certaines gloires de mon métier s'en contentent. Elles sont connues pour leur froideur. Elles n'ont pas de sens. Moi, j'ai des sens et il me faut une soupape de sûreté. — Et je suis la soupape de sûreté ! » concluais-je.

Ce rôle me convenait parfaitement. Je ne vous décrirai pas mes ébats avec Gilberte. Leur description transformerait ces notes en une sorte de Kama-Sutra. J'en suis pour le Kâma-soûtra, mais avec Agnès. Le but final de ces notes n'est-il pas de m'amener une dernière rencontre, hélas imaginaire, avec elle. Cette rencontre ne durera probablement que quelques secondes. Elle ne saurait, hélas, se situer dans la réalité de la vie.

Agnès, je te verrai laissant tomber ton peignoir. Chez toi, ce geste était modeste. Tu n'avais pas l'air de dire : « Regarde comme je suis belle ! » Tu ne croyais pas me faire un cadeau incomparable en m'offrant ton corps nu. Tu pensais simplement : « Ça lui fait plaisir que je sois nue et moi je suis heureuse que ça lui fasse plaisir ! » Mes lèvres se collaient aux tiennes, mon haleine devenait ton haleine, ma langue retrouvait ta langue, je sentais tes petites dents dans un semblant de morsure. Mes mains remontaient le long de tes hanches et trouvaient tes seins. Elles les enveloppaient tout juste. Mes mains étaient faites à la mesure de tes seins. Tout chez moi était à ta mesure et tout chez toi à ma mesure. Je caressais lentement ces globes. Je me pénétrais de leur texture. Leur pointe brune et bien marquée se raidissait en une petite boule. C'est cela que je veux retrouver.

Entendons-nous bien. Il ne s'agit pas de masturbation. Il s'agit de sensation. Je veux sentir une fois encore la douceur de ta poitrine. J'ai essayé sur d'autres poitrines. C'était le jour et la nuit. Ce que j'ai trouvé me rappelant le plus le velouté de tes seins est le lobe de mes oreilles. Mais ça n'est encore qu'une grossière approximation. Je compte uniquement sur la rédaction pratique, réaliste, fidèle de mes souvenirs pour me rapprocher de toi au point de retrouver la sensation de tes seins au bout de mes doigts.

Je connais une petite Arabe à Touggourt. Elle a douze ans. Elle est belle. Ça me coûterait quelques francs. Mais je sais bien que je ne pourrais même pas frotter ma joue contre sa joue d'enfant. Cette réalité interromprait le rêve. Autant en prendre mon parti et continuer la rédaction de ces notes dont chaque mot me rapproche de toi. Je te quitte donc, provisoirement, et j'en reviens à Gilberte.

Après nos ébats, Gilberte et moi restions à converser sur le vaste lit dont les draps de soie noire mettaient en valeur son corps de lait. (Elle était maligne et savait se faire valoir.) Nous échangions quelques réflexions sur ses amants. C'est ainsi que j'appris qu'Irénée Peleux n'était pas le seul. J'appris aussi qu'aucun de ces messieurs n'avait forniqué avec elle depuis des temps immémoriaux. Quand une envie les prenait elle les satisfaisait avec des caresses plus ou moins raffinées suivant l'état de leurs forces. En général ils n'entraient même pas dans la chambre à coucher. Ça se passait sur un fauteuil dans le salon. « Ça me fait des économies de blanchissage », disait Gilberte. J'étais heureux de savoir que les draps noirs m'étaient en quelque sorte réservés. Les confidences de Gilberte se terminaient en général par un nouvel assaut. C'était éreintant !

Gilberte m'a appris le secret des étreintes réussies. C'est de se retenir. Les amants maladroits possèdent leur maîtresse comme un affamé dévore son bifteck. Les délicats font durer le plaisir. Nos étreintes étaient interminables. Je ne me laissais aller que lorsque je sentais qu'elle et moi avions atteint le plus profond de la jouissance physique. Le reste devenait une magnifique conclusion.

Irénée Peleux très vite me manifesta une véritable amitié. Entre nous, bien entendu, il n'était jamais question de mes relations avec Gilberte. Elle était une amie chez laquelle par le plus grand des hasards nous nous rencontrions et voilà tout. Elle eût été vierge que notre attitude à son égard et nos propos la concernant n'eussent pas différé. Je passe sur l'identité des confrères d'Irénée Peleux, industriels, commerçants, financiers, voire un baron du Saint-Empire. Ils n'étaient que des troupiers anonymes de la cohorte du « Tout-Paris ». Tandis que Peleux, avec son bégaiement était vraiment un type. J'aimais surtout sa manie de se déchausser et de parcourir l'appartement nu-pieds en remuant ses orteils. « Les pieds doivent res… doivent res… doivent respirer ! » affirmait-il. Cela agaçait Gilberte qui, redevenant

Claire Couvert pour quelques secondes me confiait : « Il me fait suer à exhiber ses nougats ! » Si elle s'était toujours exprimée de la sorte, peut-être l'aurais-je aimée vraiment. C'est le déguisement qui est insupportable.

J'acquis bientôt la certitude que la connaissance de ma véritable fonction n'était pas l'apanage d'Irénée Peleux. Aucun de ces messieurs ne se faisait d'illusion sur les raisons de ma présence. C'étaient des sages. Ils comprenaient le besoin de Gilberte d'hommages un peu moins respectueux que les leurs. Ils se félicitaient de la voir sacrifier aux exigences de la nature avec un jeune homme de leur monde, bien élevé, suffisamment lavé et vraisemblablement exempt des maladies que traînent souvent avec eux les maquereaux professionnels. J'imagine Irénée Peleux commentant la situation : « Si ça l'a... l'a... l'amuse cette petite ! » et le tremblant baron Huss concluant avec son rire aigrelet : « Il faut bien que jeunesse se passe ! » En somme le royaume de Gilberte était une oasis de tolérance, de bonne tenue et d'équilibre, un exemple à donner à notre monde bouleversé par l'orgueil, la grossièreté et l'outrance. Sachant ce que je sais maintenant, je me demande si un Hitler mis pendant quelques années à l'école de Gilberte, n'en serait pas sorti transformé par cette atmosphère d'authentique civilisation. Et cependant, je n'étais pas heureux. Je n'étais pas heureux parce que je n'aimais pas Gilberte. Elle me procurait des jouissances extraordinaires, mais je ne l'aimais pas. Elle ne comblait pas le vide laissé par les disparitions de Nancy et de César. Tout en traduisant Ovide — car parallèlement à mon éducation sexuelle l'étude des autres matières ne s'en poursuivait pas moins —

je cherchais à définir les causes de l'angoisse dont je n'arrivais pas à me défaire et que, curieusement, mes relations avec Gilberte avaient ravivée. Les causes factuelles, je les connaissais. Mais pourquoi ces faits, à savoir l'absence de ma vie d'une gouvernante et d'un chien, agissaient-ils sur le fonctionnement de mes artères et de mon cerveau ? La réponse facile était : « C'est l'amour ! », un amour d'autant plus profondément blessé qu'il s'agissait dans les deux cas, Nancy, puis César, d'un amour d'enfant. On aime ainsi à régler les questions les plus graves avec des explications vagues. C'est comme si à la question, pourquoi cet élève est-il aussi nul en géographie, on eût répondu : « C'est l'âge. » Et encore l'âge tout en étant relatif — il y a des jeunes qui sont vieux et des vieux qui sont jeunes — est une réalité. Les années et les jours peuvent se compter. Mais l'amour ! Pourquoi pas la destinée, ou bien la civilisation gréco-judéo-chrétienne dont je suis, paraît-il, un produit. J'eusse préféré trouver une explication telle que : c'est le foie, ou bien, c'est la température ! Je commençais à haïr les idées générales et à me méfier des abstractions.

Amour — définition du Larousse 1865 : « Sentiment qui porte l'âme vers ce qui est beau, grand, vrai, juste et en fait l'objet de nos affections et de nos désirs. » Je ne marche pas pour cette sentimentale définition d'un sentiment. D'abord parce que je suis certain que l'amour n'est pas seulement un sentiment. Des éléments physiques entrent dans sa composition. Et pourquoi limiter les objets de l'amour à ce qui est beau et grand, vrai et juste. Nancy n'était pas juste. Elle me donnait toujours raison, même contre toute vraisemblance. César était un affreux cabot.

Passons au Littré de 1878 : « Sentiment d'affection

d'un sexe pour l'autre. » J'aime mieux cela, bien que je ne voie pas pourquoi en amour nous devrions nous borner à l'autre sexe. Et, de nouveau, que devient César là-dedans. Le dernier petit Larousse présente une définition plus acceptable : « Un sentiment par lequel le cœur se porte vers ce qui lui plaît fortement, et en désire la possession. » C'est ce mot possession qui me gêne. C'était Nancy qui me possédait. J'avais l'air de la tyranniser mais c'est elle qui menait la danse. Je me méfie aussi de cet usage constant du mot cœur. Qui nous dit que le siège de l'amour n'est pas le pancréas ou la vésicule biliaire. Un dictionnaire américain me parle « d'entente sympathique pour ses frères et sœurs ». Cette puritaine définition amène à mon esprit une question à laquelle je n'avais jamais songé : « Maintenant que tu es homme, si Nancy revenait, aurais-tu envie de faire l'amour avec elle ? » La question est idiote. Nancy doit être une vieille peau. Je ne la reconnaîtrais sans doute pas.

Je sais maintenant ce qui faisait d'Agnès un être exceptionnel. C'est une qualité si rare que l'on peut passer une vie entière sans la trouver chez un être vivant. On la trouve chez les grands artistes, les grands poètes, les génies. Rarement chez les gens ordinaires. Je ne l'ai rencontrée chez aucune des filles qui marquèrent les étapes de mon éducation sentimentale. Pas même chez cette bonne pâte de Lucie que je vous présenterai plus tard. Cette qualité, c'est l'authenticité. Agnès était authentique. Pardonnez-moi, mon cher Hartley, de constamment anticiper.

Entre Gilberte et moi, il n'était pas question d'argent. Ma contribution consistait en petits cadeaux, invitations au restaurant, billets de théâtre. Ces menus plaisirs se chiffraient d'ailleurs par d'assez jolies sommes. Mon « auteur », comme disait Gilberte pendant ses retours à Claire Couvert, veillait à ce que mon porte-monnaie soit toujours bien garni. Ce modèle des pères jugeait que les leçons de ladite Gilberte valaient ce petit sacrifice. N'avait-il pas essayé la monture avant de me la refiler ?

Nos sorties étaient d'ailleurs relativement rares. Quatre ou cinq jours de la semaine, elle devait s'exhiber avec un de ses admirateurs payants, et moi j'avais la préparation de mon bac. Elle adorait les *Ambassadeurs*. Elle y rencontrait des collègues auxquelles elle était fière de me présenter. Ces dames en général ne pouvaient exhiber que des gigolos douteux, métèques à l'accent impossible, boxeurs aux muscles trop proéminents, acteurs qui rappelaient à Gilberte les sombres années de ses débuts. On buvait du champagne. C'est moi qui payais, suivant la recommandation de mon père, ce qui immédiatement me différenciait des gigolos faméliques et chatouillait délicieusement la vanité de Gilberte. Bien vite les gigolos se groupaient et parlaient sport, surtout automobiles et chevaux. Les filles également groupées se passaient les derniers tuyaux de leur profession. Moi, je faisais groupe avec elles. Les garçons sentaient un peu trop le cosmétique. De plus, la conversation des copines de Gilberte m'amusait. « Un tel est maintenant avec une telle — Telle actrice a décroché le baron chose — elle n'est pas dégoûtée !... » et suivait le récit détaillé des manies auxquelles devaient se prêter les bonnes amies du baron. « Moi, j'aimerais mieux faire des ménages ! » proclama un soir Irma Gambier, une grande rousse maigre de partout, sauf « du nichon », une poitrine, munie de jambes, de bras et surmontée d'une tête minuscule. A son affirmation Gilberte sourit. « Si le baron sifflait, tu serais la première à courir et tu serais trop contente de te rouler dans la saloperie. Et j'en dis autant pour chacune de nous ! » C'était tellement vrai que toutes se mirent à rire. Les gigolos à la table voisine interrompirent une discussion sur la voiture Isotta Fraschini pour rire aussi, bien que ne sachant pas de quoi il s'agissait. Nous passions ainsi d'excellentes soirées dans ce jardin théâtre, où les mondains authentiques venaient se frotter au Tout-Paris de la galanterie et du sport. Les marronniers des Champs-Elysées formaient une voûte frémissante au-dessus de nos têtes. Les lumières, moitié gaz, moitié électricité, se teintaient des reflets verdâtres des feuilles pas encore jaunies. A l'arrière-plan, la scène brillait comme un écrin posé sur un lit de mousse. Dans cette ambiance, les habits noirs, les vestons foncés — la tenue de soirée n'était pas de rigueur — les robes claires, prenaient un aspect irréel. Ils faisaient partie du spectacle au même titre que les attractions qui se succédaient sur la scène. C'était l'époque des grands chapeaux garnis de tout ce que la fantaisie des chapeliers pouvait imaginer, plumes énormes ondulant au moindre souffle, oiseaux empaillés, fleurs artificielles, voire réelles, ruches et nœuds. Les chapeaux de Gilberte étaient célèbres. Aux *Ambassadeurs* les femmes, aussi bien bourgeoises que « cocottes », s'arrangeaient pour passer près de notre table et sans en avoir l'air lorgner en douce le chapeau de ma compagne. Pour moi, c'était la gloire.

Je séchai à mon bac de philo. Mon précepteur,

vieilli, mais tenant le coup sous son monocle et sa perruque, et qui me continuait ses services en tant que conseiller, fut d'avis de ne pas tenter la session d'octobre. Il jugeait qu'une année entière ne serait pas de trop pour, parallèlement à Gilberte et à ces dames des *Ambassadeurs,* renforcer mes liens avec Platon, Aristote et Descartes. Mon père approuva. Je n'avais que dix-huit ans et être bachelier à dix-neuf ans n'avait rien de déshonorant.

CHAPITRE V

Un événement inattendu vint à la rescousse de mes études. Gilberte éprouvait une grande admiration pour l'actrice Marguerite Moreno, dont Paris commençait à découvrir l'immense talent. Mais puisque nous sommes avec Moreno, avant de vous raconter mon histoire, je ne résiste pas au plaisir de vous citer une boutade de cette grande artiste, qui trouvait le moyen d'être aussi une femme d'esprit. Elle déjeunait au *Pré Catelan* avec deux grues célèbres. C'était une des distractions favorites de Moreno d'écouter ce genre de filles parler « boutique ». Ce jour-là, l'une des deux, une blonde plantureuse — un Rubens comme on disait alors — déclarait : « Ce qui plaît aux hommes, c'est une vaste poitrine. Les miens sont peut-être un peu mous mais ils sont gros. » L'autre dit : « Ce qui leur plaît, c'est une poitrine ferme. Les miens sont petits, mais ils sont durs ! » C'était le tour de Moreno : « Moi, dit-elle, les miens sont petits mais ils sont mous ! »

Dans la loge de Moreno, Gilberte avait fait la connaissance d'un certain Richard Allan Mitchell, un Américain follement riche qui cherchait à convaincre l'actrice de venir fonder un théâtre dans sa ville natale, quelque part en Arizona ou au Texas. Ce fut le coup de foudre. A peine les présentations étaient-elles terminées qu'il demandait à la petite marquise de l'emmener chez elle. Emmanuèle d'Asti était aussi dans la loge et guignait l'Américain. Bonne fille et jugeant qu'elle avait perdu la partie, elle prit Gilberte à part et « l'affranchit » — langage de Claire Couvert — les deux mains écartées pour mimer l'importance du magot. Gilberte décida de jouer le grand jeu. Pendant plusieurs semaines, elle refusa de recevoir Richard — Dick pour les intimes — chez elle. A peine lui accorda-t-elle le bout de ses petits doigts émergeant de la dentelle d'une mitaine à baiser. Enfin, elle lui ouvrit sa porte, mais ne lui permit pas de dépasser le salon. Elle ne se laissa embrasser sur la bouche qu'après la demande en mariage. Cependant le baron Huss, la mort dans l'âme, car il savait qu'il travaillait à son propre malheur, s'était renseigné sur ce Mr. Mitchell et, par des amis de l'ambassade, avait acquis la certitude que le personnage était vraiment riche et célibataire. C'est en pleurant qu'il communiqua cette assurance à Gilberte. Elle l'en récompensa à sa façon, ce qui aviva les regrets du baron et lui valut une crise de rhumatismes qui le tint au lit plusieurs jours. Tous ces messieurs étaient d'ailleurs jaloux de Dick qui était beau, relativement jeune et, dans le genre puritain, parfaitement élevé. Rien de l'Américain d'opérette. Mais ils étaient beaux joueurs et s'en seraient voulu de compromettre les intérêts de Gilberte. C'est moi qui faillis involontairement tout casser. C'était par une chaude après-midi. Gilberte et moi avions retiré nos vêtements. Etendus sur les draps noirs, nous nous livrions aux petits agacements qui chez les amants civilisés précèdent l'action brutale, hors-d'œuvre plus délicieux que le repas lui-même, quand un coup de sonnette retentit. Par l'œilleton de la porte du palier Herminie identifia l'Américain. Elle se garda bien d'ouvrir et courut frapper à la porte de la chambre à coucher, accompagnant ses coups de « Matame, Matame, c'est M. Rigard. Nous sommes pertues ! » Gilberte était une femme de tête. Elle rassembla ses vêtements sur mes bras et me poussa dans le placard à balais de l'office. Puis elle passa un peignoir de bain et fit couler tout grands les robinets de la baignoire. Elle aida Herminie à retaper le lit et l'envoya ouvrir. Il était temps. Richard menaçait de démolir la porte à coups de pied. Il écarta Herminie et se mit à fureter dans l'appartement, ouvrant brusquement les portes, soulevant les rideaux, plongeant sous les lits. Quand il arriva devant la porte de la salle de bains, il la trouva fermée. Il poussa un grand soupir, comme pour dire : « Je les tiens ! » et alla chercher une paire de pincettes pour lui servir de levier. Herminie voulut l'empêcher de forcer la porte. Son intervention dégénéra en une bataille où, contre toute logique, elle eut le dessus. Elle réussit à arracher les pincettes des mains de son adversaire et lui en assena un grand coup sur les doigts. C'était très douloureux et il se mit à hurler en tournant en rond dans la pièce. A ce moment, la porte de la salle de bains s'ouvrit, et Gilberte parut, drapée dans un peignoir éponge, l'œil courroucé, l'attitude d'une reine de tragédie qu'un esclave eût égratignée de son chasse-mouches. Elle demanda ce que cela signifiait. Richard demanda pourquoi on l'avait fait attendre six minutes — il avait compté — à la porte. Gilberte daigna expliquer qu'Herminie était avec elle près de la baignoire et que l'eau coulant des robinets empêchait d'entendre la sonnette. « Quelqu'un a marché derrière la porte et vous a prévenue, hurla Richard. J'ai entendu les pas " tip toe ". C'est vous, j'en suis sûr », affirma-t-il en pointant un doigt accusateur sur Herminie, qui n'avait pas lâché ses pincettes. « Pourquoi cette hâte à me visiter ? » demanda Gilberte de sa voix la plus mondaine. Richard, confus et rougissant, dut avouer qu'Emmanuèle était venue le voir à l'hôtel *Ritz*, avait vidé une bouteille entière de cognac puis, dans sa soûlographie, lui avait raconté que Gilberte avait des amants, notamment un jeune homme de bonne famille. Mais maintenant qu'il avait vu que l'appartement était vide, il était persuadé qu'Emmanuèle avait menti sous l'empire de l'alcool. « Vous allez partir, ordonna Gilberte, vous me téléphonerez et je verrai si je peux vous pardonner. » Elle croyait l'affaire réglée quand brusquement Richard bondit vers la cuisine. Il ouvrit la porte de service et, sa colère revenue, s'écria : « Il a pu sortir par ici ! » Gilberte haussa les épaules. « Nous interrogerons ensemble la concierge. Personne ne peut entrer dans cette maison ni en sortir sans demander l'ouverture de la porte cochère. — Excusez-moi, je m'en vais, soupira Richard. Me donnerez-vous la main en signe de pardon ? » Elle lui donna sa main à baiser, et il se prépara à vider les lieux. Gilberte devait m'avouer que cette situation lui avait follement plu. Pendant quelques instants, elle s'était crue la comtesse Almaviva cachant Chérubin, rôle qu'elle avait rêvé de jouer, quand elle se prenait encore pour une artiste. Malheureusement l'intrigue, comme dans Beaumarchais, devait rebondir. Richard avait déjà la main sur la poignée de la porte quand il aperçut mon chapeau, oublié sur le coffre du vestibule. Il serra les poings, jura et se remit à chercher. Sa chance le conduisit au placard à balais. A la vue de ce jeune homme essayant de dissimuler sa nudité derrière un paquet de vêtements, il poussa un rugissement. Il m'eût certainement étranglé si une main n'était venue lui frapper doucement sur l'épaule. C'était Irénée Peleux dont l'intervention me sauvait, sinon de la mort, du moins de l'épreuve d'une sévère correction. Il avait trouvé la porte du palier grande ouverte, un oubli d'Herminie bien excusable dans son affolement, et craignant que Gilberte ne soit en danger s'était permis d'entrer. Je profitai de la diversion pour aller me rhabiller dans la salle de bains. Quand je revins, je trouvai un Richard radieux. Il me serra les deux mains à les briser et me félicita de mon sentiment à l'égard d'Herminie. Un clin d'œil d'Irénée Peleux me fit comprendre que c'était lui qui avait inventé cette bouée de sauvetage. Il ponctua son message muet d'une citation : « L'amour est le roi des jeunes gens et le ty… ty… tyran des vieillards. C'est le roi Louis XII qui le… qui le… qui le dit ! » La situation l'inspirait au point de presque supprimer son bégaiement. Richard me fit un petit sermon sur l'immoralité de la fornication en dehors du mariage. Je dus lui promettre d'épouser Herminie au plus vite. Rassuré sur la pureté de mes intentions, il se décida enfin à partir. Sur le palier il eut encore une hésitation et demanda : « Mais pourquoi ce jeune homme s'était-il déshabillé ? Ça n'a aucun sens ! — C'est une mama… une mama… une manie, lui répondit Peleux, venez déjeuner avec moi demain chez Larue et je vous expliquerai tout ! » Richard disparut enfin dans les profondeurs de l'escalier. Nos explications ne tenaient pas debout. Ce qui le convainquait était l'autorité bégayante d'Irénée Peleux.

Nous passâmes au salon, où nous dégustâmes en silence une remarquable fine 1893, cadeau du baron Huss. Soudain Gilberte éclata d'un rire énorme, un rire de fille du peuple, un rire de Claire Couvert. Entre deux hoquets, elle lança le surprenant commentaire que voici : « Il y a de quoi se taper le derrière par terre ! » Irénée Peleux resta un instant interdit. Moi, j'étais ravi. Je le répète : peut-être aurais-je aimé Gilberte sans son déguisement. Irénée déclara : « Il n'y a que les gens de classe qui peuvent se permettre un langage cru. Chez les gens du commun cela devient de suite vulgaire. Ma chère, vous parlez comme à la cour de Louis XV le Bien-Aimé ! » Je vous fais grâce de la reproduction des bégaiements qui accompagnèrent cet interminable compliment.

Un matin mon père entra dans ma chambre alors que je finissais de nouer ma cravate. Il défit le nœud et le refit de façon que les deux pans tombent d'une façon presque égale. « Un nœud de cravate doit être parfait pour qu'on puisse l'oublier. Laissons aux calicots la manie de le rectifier constamment devant les glaces des boutiques. » Puis il me remit un écrin et me dit d'un air qui coupait à l'avance toute envie d'épiloguer : « Cette petite attention fera plaisir à Gilberte. Vous l'avez payée de vos économies. » Et il sortit. J'ouvris l'écrin. Il contenait un diamant de dimension fort honorable. Rien d'exagéré. Exactement ce qui pouvait provenir d'un jeune homme ne possédant pas encore de fortune personnelle, mais à qui ses riches parents ne refusent rien.

C'était un dimanche. Gilberte et moi avions décidé de dîner en tête à tête au *Pavillon d'Armenonville*. Le fiancé américain avait dû accepter de déjeuner chez les Deutsch de la Meurthe. Je glissai l'écrin sous la serviette de Gilberte. Elle l'ouvrit et sourit amusée. « Ce n'était pas la peine, dit-elle, suivant les règles de ma profession, c'est moi qui devais te faire des cadeaux. » Charmante fille !

Gilberte devint Mme Mitchell. Elle partit pour l'Amérique. Aujourd'hui elle est la présidente du club de femmes de sa localité. Cette ville est devenue énorme. Le pétrole y coule à flots. Son mari lui a fait bâtir une imitation de Trianon, le seul cadre pouvant, dans son esprit, convenir à la « petite marquise ». Je devais la revoir entre les deux guerres. Mais ceci est une autre histoire.

Je sortis deux ou trois fois avec Emmanuèle d'Asti, mais elle était vraiment trop visiblement grue. Une certaine Sonia de Bellevue m'engloutit dans ses appas débordants. Cette exploration ne se renouvela pas.

Les conversations qui couraient sous les immenses chapeaux empanachés de ces dames ne m'amusaient plus. Elles ne parlaient que de « diams ». « Robert m'a donné un diam » — « Olga a dû vendre son diam » — « Le diam d'Elyane est moins gros que le diam d'Arlette. » Je me rendais compte que ces propos n'étaient supportables que pimentés par l'élégant cynisme d'une Gilberte. Je décidai de couper. Mes études en bénéficièrent. A ma grande surprise, je m'intéressai à la philosophie et me pris d'une sorte de passion pour Pascal. Mon intérêt pour la peinture se réveillait. Je découvrais Matisse, Bonnard, Albert André, Vuillard et les néo-impressionnistes. Je n'étais pas positivement heureux. Je n'étais pas vraiment malheureux. Je vivais dans une sorte d'attente, l'attente de quelque chose que je ne pouvais définir. Maintenant je sais que c'était toi, Agnès. Depuis que tu m'as quitté je vis dans la même attente, en plus insupportable puisque je sais que cette attente ne finira pas. Je me sens comme un voyageur dans une gare qui viendrait d'être désaffectée. Il y a encore quelques employés. Le buffet sert ses derniers cafés. La marchande de journaux exhibe quelques magazines poussiéreux. Mais il n'y a plus de trains.

Pourquoi me pressurer les méninges à trouver une comparaison exprimant mon état présent, alors que l'Ancien Testament me fournit un fait. Quoi de plus simple qu'un fait ? Que représentent une hypothèse, un raisonnement, une théorie, en face d'un fait ? Ce fait est que Dieu créa la femme avec une côte d'Adam. C'est donc que cette côte manque maintenant à Adam et que, lorsque Eve n'est plus contre lui, il sent un vide. C'est pour cela que l'union de deux êtres qui s'aiment doit être indissoluble. Quand je dis « qui s'aiment », je n'entends pas le simple plaisir du couchage. Je n'entends pas non plus cette morne harmonie basée sur des intérêts communs, des goûts communs. « Tu aimes Chostakovitch. J'aime Chostakovitch, donc je t'aime et tu m'aimes. » Quelle farce ! Pour moi, l'amour c'est beaucoup plus que cela. L'amour c'est une côte rentrant tout juste dans le vide qu'elle a laissé. Pour moi, l'amour c'est Agnès.

Des esprits forts me diront que l'histoire de la côte ne tient pas debout. Ils oublient que les histoires vraies tiennent rarement debout. Les pièces de théâtre de Scribe tiennent debout. Tout y est logique, normal, croyable. Et pourtant elles sont fausses à crier. Les gens qu'elles mettent en scène n'ont jamais existé et n'existeront jamais, intérieurement du moins. Par contre, la guerre que nous subissons ne tient pas debout. Tout le monde sait très bien que les adversaires danseront en rond autour du veau d'or, dès que l'écho des bombardements se sera tu. Et pourtant cette guerre illogique, anormale, incroyable, est une réalité. Alors, pourquoi voulez-vous que la côte d'Adam ne soit pas aussi une réalité ?

Malgré les conseils de mon père, je me laissai coincer dans plusieurs aventures navrantes. Heureusement il n'en sut jamais rien. J'imagine les sarcasmes avec lesquels il eût accueilli la nouvelle de ma capitulation devant une lycéenne hystérique, amie de ma cousine Marie-Amélie. Cette créature mal lavée et mal embouchée me viola littéralement. Elle m'avait attiré chez ses parents, un jour que ceux-ci étaient absents, soi-disant pour me montrer un K. X. Roussel que son père venait d'acheter chez les Bernheim. Elle me donna à peine le temps de voir le tableau et se cramponna à mon cou en criant : « Ne crains rien, ça n'est pas la première fois ! » Mettez-vous à ma place ! Je connus aussi, au sens biblique, une petite actrice blanche de poudre de riz. En sortant de nos rendez-vous dans son pied-à-terre près de l'Odéon, je me faisais l'effet d'un mitron sortant du fournil. Puis ce fut une secrétaire de mon cousin le banquier, ardente révolutionnaire, qui entreprit de me faire lire Karl Marx. Je pus me dégager de ces pièges avec un minimum de pleurs et de grincements de dents.

CHAPITRE VI

Je passai brillamment mon bac de philo. Mon père me poussait à faire mon droit. Une visite de Wuillaume m'orienta différemment. Le vieil écuyer suait le bonheur. Il venait d'acheter une incomparable jument de quatre ans, qu'il était bien décidé à ne laisser monter par aucun client. « Sauf vous, monsieur Georges », me dit-il en se tournant vers moi. Il me vint à l'esprit que mes séances d'équitation avaient compté parmi les moments les plus intéressants de ma jeune existence. Après le départ de Wuillaume je demandai à mon père ce qu'il pensait pour moi de la carrière d'officier de cavalerie. L'idée lui parut bonne. Nous savons que son ambition était de me faire grimper plusieurs échelons de la hiérarchie mondaine internationale. Le prestige de quelques années passées dans un milieu où l'aristocratie authentique joue encore son rôle ne pouvait que servir son dessein. Il n'était pas question de Saint-Cyr. Le peu de mathématiques demandées pour l'admission était encore trop pour moi. Nous décidâmes donc que je m'engagerais, deviendrais sous-officier et me présenterais à Saumur. Mon père me conseilla un régiment de hussards dont il connaissait indirectement le colonel. C'est ainsi qu'un beau matin, après une nuit en chemin de fer, je débarquai dans cette petite ville de garnison de l'Ouest où je devais faire la rencontre d'Agnès. C'était la plus banale des petites villes, avec la classique grande rue bordée de boutiques, l'église du XIIe siècle abîmée par la Renaissance et achevée par les Jésuites et les ruines d'un château féodal évidemment d'Anne de Bretagne. Le « quartier » de cavalerie était relativement neuf, une régulière succession de bâtiments aux fenêtres bordées de briques. J'étais un peu inquiet en pénétrant dans le corps de garde et en me présentant au maréchal des logis. Mes craintes étaient injustifiées. Les problèmes d'un cavalier de deuxième classe riche sont très différents des problèmes d'un cavalier pauvre. Au régiment, comme ailleurs, on arrange bien des choses avec de l'argent. En échange de quelques francs, un camarade de chambre se chargea de cirer mes houseaux et nettoyer mes armes. Mes abondantes distributions de pinard amolirent le cœur de mon brigadier et de mes compagnons. Ils s'arrangèrent pour me faire couper aux corvées pénibles, nettoyage des cabinets, transport des latrines ou du fumier, voire simple épluchage de pommes de terre. Même les anciens m'acceptèrent. Je n'eus à subir qu'un mininum de réflexions désagréables telles que : « Les Russes, c'est fait pour en chier », ou « Tu crevais donc de faim chez toi que tu t'es vendu ! » Ces apostrophes étaient formulées sans intention agressive et purement pour se conformer à la tradition. Je questionnai un ancien sur l'origine de cette expression « russe » appliquée aux nouveaux. Il l'ignorait. Je fus l'objet de quelques brimades. Je les pris en riant, sachant que la coutume en est sacrée et qu'il faut bien en passer par là. Mon attitude me valut l'éloge de Quentin, l'ancien des anciens, le dur des durs, trois ans de Biribi et tatoué de la tête aux pieds. « Ce bleu-là, dit-il, je l'ai à la bonne ! » J'eus mon lit en portefeuille une fois, mon paquetage démoli deux fois et « la vue éclaircie » trois fois. Cette dernière pratique est bien l'une des plus étranges qu'il m'ait été donné d'observer. Voici en quoi elle consiste : le matin, lorsque le bleu dort encore du sommeil de ses vingt ans, l'ancien s'approche de lui à pas de loup. Pour ne pas faire de bruit il a même évité d'enfiler ses sabots. Toute la chambrée attend, figée dans cette angoisse heureuse qui précède l'exécution d'une bonne farce. Alors, l'ancien applique de toutes ses forces sa main à plat sur le front du nouveau, accompagnant ce geste du commentaire suivant : « T'en fais pas, mon bleu. Je vais t'éclaircir la vue ! » L'effet de cette claque est très désagréable. Pendant quelques secondes la chambre danse devant les yeux et l'on a l'impression qu'une gerbe d'étincelles vous sort du crâne.

Je sortis deux ou trois fois avec deux cavaliers riches d'un autre peloton, François de Chiron et Jules Gaillard. Ils m'avaient repéré comme je les avais repérés. Toujours les castes ! Elles persistent, même sous l'uniforme. Nous dînâmes dans la salle à manger à deux francs cinquante de l'hôtel Brigant. Les sous-officiers et hommes de troupe y étaient admis. Seuls les officiers pouvaient franchir le seuil de la salle à manger à trois francs vingt-cinq. Nous parlâmes « voitures ». Chiron en tenait pour les sans soupapes. Gaillard croyait à une innovation qui semblait dangereuse à Chiron, les soupapes en tête. « Si la queue d'une soupape vient à se briser, la soupape tombe dans le cylindre et son moteur est bousillé ! » J'abandonnai ces passionnantes discussions, pris l'habitude de manger la soupe avec mes camarades de l'escouade et de passer la soirée avec eux dans la chambre. Herriot, mon tampon, approuva : « La soupe est peut-être moins bonne qu'à l'hôtel Brigant, mais elle ne te coûte pas deux francs cinquante, sans compter le pourboire au grand feignant de garçon, qui se fout de toi et te prend pour une poire. » Il était Morvandiau et ses *r* roulaient comme des tambours.

Le seul inconvénient que j'eus du mal à surmonter au début fut l'odeur. Mes nouveaux camarades sentaient « le peuple ». Mes préjugés ne me déformaient pas le sens olfactif au point de me faire croire que seuls les bourgeois sentaient bon. Nous étions en 1913, et la majorité des Français vivait encore sous le régime du pot de chambre. Même chez les gens très riches, le bain était rare. Disons-le franchement, les intérieurs gracieusement ornementés de rideaux à pompons, dentelles, velours de soie, satins brochés et autres mignardises, sentaient le pipi. Les parfums de Grasse n'arrivaient pas à couvrir cette odeur qui était celle du XIXe siècle. J'imagine que les siècles précédents devaient être tout aussi odoriférants. Ça ne gênait personne, tant il est vrai que l'habitude devient une seconde nature. Après tout, l'échappement de nos automobiles ne sent pas la rose, et nous l'acceptons fort bien.

Si j'essaie de définir les odeurs, je dirai qu'avant la guerre de 14 l'odeur des bourgeois était à base de « renfermé », une odeur de corps bien chauffés, bien nourris, bien protégés des intempéries. C'était l'odeur de mes parents. C'était celle des domestiques, de Gilberte et de ses pareilles qui étaient des bourgeois par naturalisation. J'avais vaguement deviné l'odeur du peuple au cours de brèves rencontres avec le vitrier venant remplacer un carreau cassé ou le bougnat plié sous son chargement de bois. Il me semblait que cette odeur était plutôt à base de sueur. Elle me fascinait et me dégoûtait à la fois. Ma réaction n'était qu'une facette de l'éternelle histoire des rapports des bourgeois et des gens du peuple. Le riche est attiré par le pauvre. Il voudrait l'aimer. Il en aime déjà la poésie, les traditions, les filles et le langage. Il se sent intrigué par une pensée qu'il ne définit pas complètement, par des habitudes étranges et peut-être surtout par une gaieté qui depuis longtemps a déserté sa propre caste. A l'époque de mon histoire l'exotisme jouait encore son rôle là-dedans. Le terrassier dans ses larges pantalons de velours, ceinturé de rouge, moustachu comme un Sicambre, paraissait aussi loin du monsieur à faux col cassé que l'eût été un indigène du centre de l'Afrique.

Le bourgeois aimait l'homme du peuple et le lui disait. Et c'est ici que le malentendu commençait. L'homme du peuple, trompé par l'attitude du bourgeois, croyait que celui-ci allait lui ouvrir les portes de son hôtel particulier, l'inviter à passer des vacances dans le Midi, et lui faire goûter les bons vins de sa cave. Pas du tout. Le bourgeois aimait l'homme du peuple à condition que celui-ci reste à sa place.

Aux Hussards, il n'était plus question de reculer, de serrer hâtivement la main du vitrier et de vite regagner le salon douillet où ma mère faisait de la tapisserie. J'étais dedans, jusqu'au cou. Pour bien faire comprendre à quel point j'y étais, il me suffira de rappeler une rentrée de permission du cavalier Abadie, garçon d'écurie dans le civil, ivre mort et

« gerbant » à la ronde aux cris amusés des camarades, qui s'exclamaient : « Attention, il y a des renards ! » Et Abadie navré, cherchant son chemin dans l'obscurité et expliquant : « Excusez-moi les copains, je suis noir ! »

Les cavaliers de mon escouade avaient des origines diverses. Quentin, l'ancien, était parisien et maquereau de profession. Il se vantait d'avoir trois femmes « en tandem », une rue de Lappe, l'autre place Saint-Michel et la troisième à la Gare de l'Est. Il avait choisi ces trois emplacements parce qu'ils sont desservis par la même ligne de métro. Sa gloire incontestée venait de ses tatouages. Ils le couvraient de la tête aux pieds sans excepter aucune partie de son individu. Je dis bien « aucune », y compris ce que je pense. Cet appendice était entouré d'une banderole sur laquelle était gravée cette indication prometteuse : « Robinet d'amour ! » Le robinet en question représentait lui-même une tête de serpent dont les anneaux s'enroulaient autour des jambes de son propriétaire. Les deux yeux étaient tatoués sur le gland. Je frémis en pensant à la souffrance que l'héroïque Quentin avait dû endurer pour répondre à l'appel de cette étrange coquetterie. En bas de son dos s'étalait l'avis suivant : « Défense d'entrer ! » La plus populaire des images de cette véritable exposition était une grande fleur s'étalant sur sa poitrine et sur le calice de laquelle était inscrite la constatation suivante : « Encore un con qui me regarde ! »

Herriot, mon « tampon », n'était pas le seul Morvandiau. Cette province avait trois autres représentants dans notre chambre : Camus, Maire et Dufour. Le brigadier Valentin était peintre en bâtiments, Abadie, garçon d'écurie chez Gervais, Goujon garçon boucher, Lesueur, le trompette, avait eu un deuxième prix de trompette au Conservatoire et espérait entrer à l'Opéra.

Quand je donnais à Herriot sa semaine qui se montait à la somme exorbitante de cinq francs, il me disait : « Je les prends parce que j'aime les sous. Qu'est-ce que c'est que de briquer un sabre et de cirer des godasses. Si tu le faisais toi-même, tu serais plus riche de cinq francs ! »

Quand j'eus des clous aux fesses, rançon de mon adaptation à la dure selle réglementaire, il me soigna avec une patience d'ange, me forçant à descendre dans la cour et à mettre mon derrière sous un robinet d'eau glacée. « L'eau froide, il n'y a encore que cela. Leur acide picrique, c'est pas naturel ! » Son père possédait une grande ferme près de Saulieu, avec des vaches, toutes blanches, dont il vendait le lait aux « ceusses du Petit Suisse » et la viande aux bouchers d'Auxerre. On était tellement regardant dans la famille qu'Herriot, grandi au milieu d'une bonne vingtaine de ruminants, ne connaissait pas plus le goût du lait non écrémé que celui du bifteck dans le filet.

Herriot était petit, trapu et large, du type bâti pour soulever des poids, très brun, avec un visage rond où tout était rond, la bouche, les yeux, le nez. Il était consciencieux en tout parce qu'il respectait la valeur des choses. La façon dont il faisait le pansage des chevaux était donnée en exemple par le chef d'escadrons lui-même. « Les chevaux, ça vaut des sous ! » expliquait Herriot. Ses armes étaient toujours en parfait état et abondamment graissées. « Une carabine comme ça, s'il fallait l'acheter, tu le sentirais passer ! » Son appétit était surprenant. Il dévorait littéralement. « C'est les ceusses qui " crrrèvrent " la faim chez eux qui se plaignent de la " nourrriture du quarrrtier ". » Il avait raison. On mangeait très bien aux Hussards. Je me souviens particulièrement du « singe aux oignons », une salade de bœuf de conserve accompagnée de pommes de terre, légumes divers et relevée d'oignons crus. Un régal ! Après le souper — c'est ainsi que, malgré son heure hâtive de cinq heures de l'après-midi, Herriot désignait le repas du soir — je passais à la cantine acheter quelques litres de vin pour les copains. « Dix sous le litre, gémissait Herriot, et en ville c'est sept sous. Il y a de quoi te rendre antimilitariste ! » Avec les premiers froids nous nous mîmes au vin chaud. Un ancien présidait à l'opération : une grande casserole, un quart d'eau par litre de vin, de l'écorce de citron — cadeau de la cantinière — quelques clous de girofle et du sucre. « Plus il y a de sucre, disait le brigadier Valentin, et plus ça réchauffe ! — On voit bien que c'est pas toi qui payes ! » lui rétorquait Herriot. On buvait et on chantait. Goujon, le garçon boucher, avait un répertoire inépuisable, à commencer par ce court refrain qu'il considérait comme l'hymne de sa profession :

C'est un p'tit boubou
C'est un p'tit boucher
Qui vend d'la bibi
Qui vend d'la bidoche.

Il prétendait que lorsqu'ils livraient la viande, les garçons bouchers se « farcissaient » invariablement toutes les cuisinières et bien souvent les patronnes. De là le refrain symbolique. Goujon était bel homme, cheveux châtains, fine moustache, une légère tendance à l'obésité. Il avait une gentille voix de ténor léger. Il s'appuyait sur le bord de la table pour chanter. « A la façon des artistes des cabarets de Montmartre. » Nous nous groupions autour de lui, assis sur les lits ou sur les bancs, sauf Lesueur qui méprisait ce genre de musique et passait ses soirées avec un flûtiste incorporé dans une autre escouade. Toujours les castes !

Des « chut » respectueux arrêtaient les conversations. C'est dans une atmosphère religieuse que Goujon attaquait sa chanson. *Entends-tu le tic-tac du moulin, chanter son joyeux refrain* ou bien *C'était un roi de la bohème, un artiste peintre, un rêveur.* La plus populaire était *93 à Paris.*

C'est 93 à Paris
On tire le canon d'alarme…

Le chevalier proscrit par la Terreur revient à Paris sous un déguisement pour voir Lison, la petite ouvrière qu'il aime. « Tout de même, disait Quentin, parmi les nobles y avait des types réguliers ! » Le chevalier se fait prendre, et on le guillotine.

Je nargue le bourreau Sanson
Sa besogne est à moitié faite
Car mon amour pour toi Lison
M'a déjà fait perdre la tête.

Nous n'applaudissions pas. L'auditoire était trop pris pour manifester. Moi-même je marchais. Je ne sais pas si c'était la chanson ou le fait de me sentir en parfaite communion avec les camarades, mais j'étais heureux. Ces réunions me ramenaient à la cuisine de mon enfance avec Corneille, Bastien, Fernand, Simone et Agathe. Il manquait Nancy qui me prenait sur ses genoux jusqu'à ce que je m'endorme. Je sentais une chaleur que je n'avais jamais éprouvée dans mes moments les plus heureux avec Gilberte et encore moins pendant mes réunions avec mes parents. Dans le monde qui était le mien, j'étais toujours sur la défensive. La bonne société n'est qu'une immense entreprise commerciale où chacun a quelque chose à vendre ou à acheter. Ici, autour du poêle de la chambre, personne n'attendait rien de personne, que la présence. Mes quelques litrons de pinard ne comptaient pas dans la balance. Sans moi, la soirée eût été la même. Les gars se seraient cotisés, voilà tout. Je me sentais détendu, confiant. Je me sentais faire partie d'un tout, ne plus être un chien perdu lâché dans une rue déserte, un chien riche, bien nourri, mais en quête désespérée d'autres chiens à renifler.

Herriot, pour chanter, montait sur un lit. Il ne connaissait qu'une chanson, que seuls comprenaient Camus, Maire et Dufour, les autres Morvandiaux. Mais la joie d'être ensemble était trop forte et nous restions tous à écouter Herriot rouler ses *r*. La ritournelle s'apparentait à une bourrée auvergnate. Ça devait venir de très loin dans la nuit des temps :

Quand Jean Couille bitacouille gendra
Pierre bitacouille Jean couille bitacouille
Quand Jean Couille bitacouille gendra
Pierre biqueni Jean couille bitera

Refrain :

Une belle bite dans un panier
Comment féi pour l'arracher
Tâtez-vous l'bibi mesdames
Tâtez-vous l'bibi.

Les Morvandiaux applaudissaient à tout rompre. Les autres se montraient condescendants. Quentin disait : « Ils ne sont pas difficiles dans ton patelin de vaseux ! — On n'est pas difficile mais on t'emmerde » répondait Herriot.

Un jour je demandai à Herriot :

« Que veut-elle dire ta chanson ?

— Si t'es trop con pour comprendre, me répondit-il, eh bien tant pis pour toi ! »

J'étais loin de Gilberte, du cousin Xavier, même de Chiron et de Gaillard. Et, croyez-moi, je ne le regrettais pas !

Quelquefois le soir, autour de la gamelle de vin chaud, Quentin ou un autre entamait les louanges du capitaine Gramme. Cet officier commandait un autre escadron et nous n'avions nullement affaire à lui. Sa réputation, je pourrais dire sa gloire, dépassait les limites de son commandement, dépassait même le régiment, la brigade et la division. Il devait cette auréole au fait qu'il était un merveilleux cavalier. Ses trophées ne se comptaient plus. Sa coquetterie était de concourir sur les chevaux les moins favorisés. On racontait qu'il avait gagné une course sur un cheval de trompette.

Le capitaine Gramme était un homme de taille moyenne, plutôt maigre, un visage régulier rappelant certains portraits de l'école flamande, de ces portraits de malicieux marchands conspirateurs. Il tirait sur le blond et portait la moustache taillée court en brosse à dents. Sa tenue ne le préoccupait pas. Ses culottes étaient mal coupées et ses bottes se tortillaient en vis de pressoir. Sa voix était extrêmement aiguë, peut-être à cause de son désir de convaincre. Son expression familière était : « C'est évident ! »

Nous aimions à nous répéter l'histoire du « dressage du cavalier Barbier ».

Le cavalier Barbier avait la manie de « faire le mur ». Le capitaine Gramme lui disait : « Comprends-moi bien, je ne t'en veux pas de te passer de permission pour aller voir ta poule, je t'en veux de te faire prendre. Tu es bon cavalier, tu finiras à Biribi et je te perdrai. C'est évident... c'est évident... » Il accompagnait son « c'est évident » d'une marche dans le bureau, les mains tripotant sa cravache derrière son dos.

Le cavalier Barbier s'étant fait prendre une fois de plus, le capitaine Gramme l'emmena dans une petite cour derrière le hangar à fourrage. S'étant assuré qu'ils étaient bien seuls, il retira sa tunique et ordonna à Barbier d'en faire autant.

« Maintenant, défends-toi. »

Barbier, un colosse, crut devoir donner une chance au capitaine.

« Mon capitaine, je suis plus fort que vous. Je vais vous rosser. »

— On verra bien. »

Gramme administra une correction sévère au grand Barbier qui n'en revenait pas.

« La prochaine fois, lui dit le vainqueur, je te casserai plusieurs dents. Les poules te trouveront laid et ne voudront plus de toi. »

Barbier renonça à sauter le mur.

Les punis des autres escadrons disaient : « Si j'étais dans l'escadron Gramme, au lieu de m'envoyer en prison, il m'aurait foutu son pied au cul et on n'en parlerait plus ! » J'admets le caractère périmé — on pourrait le qualifier « d'ancien régime » — de ce paternalisme. Mais Gramme savait le pratiquer avec grande allure.

Je n'ai pas résisté au plaisir de décrire, trop succinctement, cet extraordinaire personnage. Il fut l'idéal de mes années de régiment, le modèle auquel je brûlais de me conformer. Je ne me rendais pas compte que pour arriver à une telle maîtrise dans un métier, il ne faut pas laisser les femmes jouer un trop grand rôle dans votre vie. Il faut aussi savoir accepter le supplice de l'isolement, rançon inévitable des fortes convictions.

On parlait beaucoup de guerre en 1913. Les journaux étaient pleins des déclarations du comte Berchtold, le ministre autrichien, menaçant la Serbie ; de celles de Guillaume II prétendant que la guerre était inévitable. Notre allié le Tsar, de son côté, menaçait d'envahir l'Autriche si celle-ci pénétrait en Serbie. Les deux groupes, d'un côté l'Angleterre, la Russie et nous, de l'autre l'Allemagne et l'Autriche-Hongrie, n'attendaient qu'un prétexte pour commencer la danse. J'en étais presque heureux. Vivement l'occasion de montrer aux Uhlans allemands ce que vaut un Hussard français.

Le colonel de Laurisse me fit un matin appeler à son bureau. Il était le frère d'un camarade de cercle de mon père. Ce frère avait épousé le gros magot et vivait luxueusement là où il est de bon ton de se montrer. Le Colonel était pauvre, ayant épousé la fille de quelque nobliau de province aussi démuni que lui. C'était un homme de belle allure, taille moyenne, très maigre, grandes moustaches grisonnantes, cheveux en brosse, resté souple comme un lieutenant. Il avait longtemps servi en Afrique et à cause de cela gratifiait Quentin de certaines attentions. Lorsqu'il traversait la cour où nous faisions le pansage des chevaux, il l'interpellait de sa voix de stentor : « Alors Quentin... ça va ? » Quentin répondait du même ton : « Pas mal, mon Colonel, et vous ? » Entre Africains !

C'est le cœur battant que je pénétrai dans son bureau. Un colonel de cavalerie dans son régiment c'est plus qu'un patron dans son usine, qu'un évêque dans son diocèse. Si l'on songe à l'infaillibilité, la comparaison devrait monter jusqu'au Pape. Il était en train de rédiger un ordre contre les mouches qui, avec les premiers froids, se réfugiaient dans les bâtiments et plus spécialement dans les cuisines. Il répondit d'un geste à mon salut. « Repos ! » me dit-il, et il se replongea dans son écriture, mâchonnant son crayon comme un écolier. Il m'avait complètement oublié. J'étais là, debout devant lui, le calot à la main, me demandant pour quel grave motif il avait voulu me voir. Peut-être une catastrophe dans ma famille ? Un craquement du plancher lui rappela mon existence. « Que faites-vous dimanche prochain ? » me demanda-t-il. « Mais... rien, mon Colonel. — Vous jouez au tennis ? — Oui, mon Colonel... mal ! — Tant mieux, tant mieux... venez donc jouer avec ma fille Lucie. »

Le destin avait décidé de me présenter Lucie, et cela avant de me « placer sur le chemin » d'Agnès.

L'amour de ma vie devait m'être servi sur un méchant plateau de fer-blanc. Lucie me fut présentée dans un cadre non pas d'or massif, mais de bon gros chêne taillé à la main, pas du toc, bel et bien de l'authentique.

CHAPITRE VII

Le Colonel habitait à l'entrée de la ville un hôtel particulier de nobles proportions, mais de décrépitude avancée. Il ne devait pas y faire chaud l'hiver. On en attribuait la construction à maître Brigaudin, avocat au Tribunal de Poitiers au début du XVIIIe siècle. Je ne savais pas si je devais sonner à la porte principale ou à l'entrée de service. Lucie surveillait mon arrivée de derrière un volet. Elle me fit entrer dans un immense vestibule dallé noir et blanc. Quelques-unes des dalles noires étaient fendues. Pourquoi pas les blanches ? Mystère ! Elle me conseilla en souriant de me débarrasser de mon manteau, de mon shako et de mon sabre. Elle était rondelette, rose, blonde, yeux bleus, bouche petite, éclatante de santé. Sa façon de parler, de marcher, de remuer, me rappelait les gestes des officiers du régiment, un côté déterminé mais extrêmement souple, l'attitude des gens qui savent que pour arriver à leur but il ne suffit pas de décider, il faut aussi composer avec cet animal capricieux et dévoué, courageux autant que peureux, aussi patient que nerveux qu'est le cheval. Avec moi elle le prit tout de suite sur le ton « bon copain ». Je suis sûr que c'était sincère. Pourquoi faire des chichis si on doit devenir compagnons de jeu. Un coup d'œil sur son corsage me confirma la présence de deux protubérances n'attendant qu'une main amie. Elle savait que je la détaillais et je savais qu'elle en faisait autant pour moi. Brusquement elle me dit : « Si le tennis ne vous dit rien, ne vous croyez pas forcé. Vous n'êtes pas en service commandé. Vous préféreriez peut-être aller au bistrot avec vos copains ? » Je protestai un peu trop véhémentement. Avec un sourire non convaincu elle me tendit une paire de chaussures de tennis. Pour les mettre je dus retirer mes houseaux. Je n'en finissais plus de les déboucler. Puis ce furent les lacets de mes godillots qui s'emmêlèrent. Enfin je me trouvai dans la tenue grotesque du cavalier en culotte et sans bottes, et quelle culotte, une culotte réglementaire mal ajustée et pendant lamentablement autour de mes mollets. « J'ai une drôle de touche mais vous l'aurez voulu ! » lui dis-je. Elle rit et m'entraîna vers le jardin. Le « court » se trouvait assez loin de la maison, là où la propriété rejoignait les vergers qui entourent la ville. Elle m'expliqua que sa cousine Nicole, la fille du Laurisse marié richement, avait rencontré mon père à un concours hippique. Ils avaient parlé de moi et avaient décidé que j'avais certainement besoin de compagnie. Ce n'était pas parmi mes camarades de chambre que je trouverais avec qui converser. Comme je répondais à cette affirmation par un plissement de lèvres, elle eut l'intuition que quelque chose clochait et elle précisa : « C'est l'opinion de ma cousine et de votre père. Moi je suis sûre qu'on peut trouver de bons amis partout, surtout chez les Hussards ! » Elle était certainement loin d'être bête. A moins que ce ne fût de l'instinct.

Avec les femmes sait-on jamais ? Chez elles, la limite entre l'intuition et le raisonnement est encore moins marquée que chez nous. Elle continua : « Aujourd'hui, je suis seule, mais d'habitude nous sommes une foule, surtout l'été. Les provinciaux sont beaucoup plus amusants que vous ne le croyez. Quel âge avez-vous ? » Je lui avouai mes vingt ans. « Moi j'en ai seize. » Nous jouâmes une petite heure, puis elle m'invita à prendre une tasse de thé au salon. J'insistai pour remettre d'abord mes chaussures et mes houseaux. « Est-ce vrai que vous avez eu des tas de maîtresses ? » me demanda-t-elle en me regardant droit dans les yeux. Je protestai de la modestie de mes performances en cette matière. Elle rit en se penchant en arrière, ce qui mettait en valeur sa poitrine. « Ne faites pas le modeste et parlez-moi de la fameuse " petite marquise ". Comment s'habillait-elle ? » J'essayai de lui donner une idée des « froufrous » de Gilberte. « Moi, dit Lucie, je n'aime pas ce genre-là. C'est un attrape-nigaud.

— Je puis vous assurer qu'avec Gilberte les nigauds n'avaient pas à se plaindre de s'être laissé attraper.

— Elle avait un joli corps ?

— J'espère qu'elle l'a toujours.

— Grande ? Petite ? Grasse ? Maigre ?

— Faite au moule.

— Moi, je suis trop petite et trop rondouillarde. A trente ans et après avoir pondu deux ou trois enfants, je serai un véritable pot à tabac. » La conversation fut interrompue par l'arrivée de la Colonelle et de la sœur de Lucie, cette dernière munie d'un mari éleveur de chevaux et d'un bébé obèse, qui se prit de passion pour les boutons de ma tunique. Tout cela aurait dû suer l'ennui. Le genre « garçon » de Lucie aurait dû me puer au nez. Eh bien, pas du tout ! Je rentrai au quartier enchanté d'elle et de son visage poupin. Je rêvai que la guerre était déclarée, que j'allais lui faire mes adieux et qu'elle m'embrassait sur la bouche. Ce rêve idiot attira mon attention sur le fait que je n'avais eu de rapports intimes avec aucune femme depuis mon engagement. C'est-à-dire depuis des mois et des mois. Je m'en ouvris à Herriot.

« Je crois, lui dis-je, que j'ai besoin de " tirer un coup ".

— Va au claque, c'est encore le plus sûr », me conseilla-t-il gravement.

Je n'allai pas au claque et continuai à jouer au tennis avec Lucie et aussi avec divers rejetons mâles et femelles de la noblesse locale. J'avais résolu la question de la culotte en apportant un pantalon de toile écrue que j'avais fait couper par le maître tailleur. Je changeais de tenue dans la chambre de la sœur de Lucie, actuellement inoccupée. Nous jouions aussi au croquet, au tonneau, voire même à cache-cache. Lucie me plaisait de plus en plus. Sa franchise n'était décidément pas une attitude. Elle avouait sans sourciller : « Ma robe me serre trop, mais il faut qu'elle fasse l'été. C'est comme ça quand on n'a pas le rond ! » La Colonelle était très grosse ; Lucie avec trente ans de plus. Je la trouvais assez appétissante dans le genre Breughel. Je fus invité plusieurs fois à la table du Colonel. Très vite je m'aperçus que derrière ses moustaches guerrières et cette voix de commandement, se cachait un très brave homme. En dehors du cheval, de l'armée et de l'honneur, sa passion était les roses. Aussitôt le déjeuner terminé il se précipitait à empailler ses rosiers pour les protéger contre les premières gelées. J'étais certain qu'il n'y avait aucun calcul dans les invitations qu'il me prodiguait. Pour lui, l'argent ne comptait pas et la situation financière de mon père le laissait froid. La vérité, que je voyais clairement maintenant, était que Lucie le tyrannisait et avait dû exiger qu'il me fasse venir pour satisfaire sa curiosité. Un « type » qui a exhibé des cocottes aux *Ambassadeurs* et chez *Maxim's*, ça n'est pas si commun dans le fin fond de la Vendée.

Un jour, pendant une partie de cache-cache, Lucie et moi nous enfermâmes dans un placard. Nous nous trouvions collés l'un contre l'autre. Je sentais son corps contre le mien. Ses cheveux très fins me caressaient les narines. Un geste et je me lançais dans ce genre d'aventure que mon père eût définitivement qualifiée de « crochet ». Non pas que consciemment Lucie pensât à m'enchaîner. Mais vous me voyez l'amant de la fille du Colonel ! Nous sortîmes à temps du placard. J'allais céder. Lucie ne semblait pas déçue. Tout pour elle était un jeu. Mais je dois avouer que pendant la semaine qui suivit, je regrettai de ne pas m'être laissé accrocher.

Fin septembre, je fus nommé brigadier dans un autre peloton. Mes adieux à Herriot et aux copains de la chambre furent déchirants. En décembre, je reçus les galons d'argent de maréchal des logis. Ma promotion m'envoya dans un autre escadron. C'est-à-dire que je passais d'un monde dans un autre. Ces nouveaux visages me semblaient l'anonymat absolu. Comment découvrir parmi eux le Herriot ou le Quentin avec lequel j'aimerais boire le vin chaud de l'amitié ? Heureusement, j'avais Lucie. J'envisageais de plus en plus la possibilité de l'épouser. Mais voudrait-elle de moi ? Je le croyais. Et il y avait mon père. Quelles que fussent l'ancienneté et l'honorabilité de la famille de Laurisse, je savais qu'il visait pour moi beaucoup plus haut. J'entrerais en conflit avec lui et voilà tout ! Je n'étais plus un gamin et étais résolu à ne pas me laisser mener par le bout du nez. Une autre objection m'arrêtait. Lucie n'avait que seize ans et le Colonel son père exigerait certainement qu'elle finisse ses études avant de se marier. Telle que je la connaissais, elle ne manquerait pas de m'attirer dans les placards, de m'embrasser, de se faire peloter, bref de tout mettre en œuvre pour se faire violer avant le mariage. Mes préjugés m'interdisaient cette solution extrême. C'était donc le supplice de Tantale auquel il faudrait me résigner pendant deux ans. Je sais bien ce qu'Herriot m'eût conseillé : « Va au claque. C'est le mieux ! »

Je fus mis au dressage des jeunes chevaux. Rien ne pouvait m'être plus agréable.

Les sous-officiers de mon escadron étaient le maréchal des logis-chef Mouchez, le maréchal des logis-fourrier Grévin, le brigadier-fourrier Cuvillier et les maréchaux des logis Boulard, Marceau, Expilly, Choron et moi-même. Mouchez et Choron étaient mariés et leur ancienneté leur donnait le droit de coucher en ville. Les autres avaient leur chambre au quartier. Les plus jeunes étaient deux par chambre. Mon compagnon était Expilly. Nous étions de la même promotion. Nous décidâmes tous deux d'inviter nos anciens à dîner en ville. Mouchez et Choron promirent de venir prendre l'apéritif avec nous à la popote des sous-officiers. Ensuite ils devaient rejoindre leurs épouses chez eux.

Cuvillier, Boulard et Marceau acceptèrent l'invitation avec enthousiasme. Grévin recevait la visite de sa maîtresse, une femme mariée venue de Paris exprès pour le voir. Il n'en était pas peu fier et laissait à entendre que la personne en question était l'épouse légitime du président d'une compagnie de chemins de fer. « Espérons qu'elle voyage à l'œil », dit Marceau qui ne croyait pas un mot de cette histoire. Quoi qu'il en soit, Grévin avait loué une chambre en ville, demandé la permission de la nuit et ne pouvait être de la fête. J'aime à me rappeler tous ces détails parce que c'est à cette réunion que je dois de connaître Agnès.

Nous commençâmes par une tournée de Pernod à la popote. Mes nouveaux collègues, à l'exception de Mouchez, étaient tous des experts, faisant goutter sans hâte l'eau de la carafe sur la cuiller à trous où reposait le sucre. L'absinthe avant 1914 était mieux qu'une boisson : c'était un rite. Cependant la gravité de la réunion semblait exagérée. Je compris que j'en étais la cause. Je me trouvais dans la position du nouveau voyageur qui s'installe dans un compartiment de chemin de fer bondé, alors que les occupants ont déjà fait connaissance. Mon cas s'aggravait de ma réputation de « parisien » et de mes relations avec le Colonel. Avec les copains de mon ancienne escouade, ça n'avait pas joué. Ici, avec ces garçons plus « à la page » ça pesait dans la balance. Je sentais chez eux le besoin d' « installer ». Cuvillier surtout, un rouquin aux cheveux luisants de cosmétique, semblait désireux de me prouver que nous étions du même bord. Il n'arrêtait pas de citer les noms de femmes célèbres à Paris comme s'il les avait fréquentées intimement. « Tu connais Arlette Dorgère ? Moi, je lui préfère Spinelly ! Savais-tu qu'elle est la fille du concierge de *Parisiana ?* » Boulard rallia l'opinion générale en déclarant que rien ne valait l'Opéra-Comique : « Ah, Massenet !... *Manon !...* » Et il susurra : « En fermant les yeux, je vois, là-bas... une maisonnette... »

Mouchez et Choron nous quittèrent après la première tournée. Mouchez d'ailleurs ne buvait que des Vittel-fraisette. « Jamais d'alcool, pas même un verre de bière. » Il admirait M. de Coubertin et Hébert, regrettant d'être trop vieux pour faire de l'athlétisme. Nous le classions, ainsi que Choron, dans la catégorie des ancêtres. Ils devaient avoir un peu moins de trente ans. Après la seconde tournée, nous nous dirigeâmes vers le restaurant. Expilly et moi avions retenu un salon particulier à l'hôtel Brigant. Il était entendu que je prenais la boisson à ma charge.

Notre petite ville n'était pas très loin des Sables-d'Olonne. Aussi ne fûmes-nous pas surpris de rencontrer dans la rue un groupe de jeunes Sablaises vêtues de leur costume traditionnel, jupe courte et évasée s'arrêtant au-dessus du genou, corsage rehaussé de dentelles et un petit bonnet gracieusement posé sur le chignon. A cette époque de jupes longues, la vue d'une paire de jambes était un motif de conversation. De là à établir un rapport entre l'exiguïté du vêtement de ces filles et celle de leur vertu, il n'y avait qu'un pas. Nous les croisâmes en les lorgnant. Elles de leur côté nous surveillaient. Mais aucune amorce ne se lançait, ni d'un côté ni de l'autre. Décidément, la soirée s'annonçait solennelle.

L'idée de subir des citations de Massenet pendant plusieurs heures me terrifiait. J'eus une idée.

« Si on invitait les Sablaises ?

— Chez Brigant ? protesta Expilly, on va le sentir passer !

— Je prends toute la soirée à ma charge. N'importe comment le père Brigant enverra son addition à mon père. Ce n'est donc pas moi qui paye.

— Comme cela c'est différent ! »

Je rattrapai les Sablaises et n'eus pas de mal à les convaincre. Elles étaient quatre et nous étions cinq. Chacune prit le bras d'un de mes collègues, me laissant faire cavalier seul. Une grande bringue rousse s'en aperçut et se plaça entre Marceau et moi. La glace n'était pas encore rompue lorsque nous pénétrâmes dans le salon de l'hôtel Brigant. M. Brigant fit installer des rallonges. Le dîner était commandé. Nous commençâmes par des huîtres arrosées d'un vin blanc du pays. Ces vins sont d'autant plus dangereux qu'ils se laissent boire comme de l'eau. Ce sont des traîtres, comme l'attestèrent bien vite les visages écarlates de mes convives, sauf, curieusement, celui de Cuvillier, le rouquin, qui tournait au blanc ! Les filles jouaient à la distinction, maniant avec préciosité les fourchettes à huîtres, sauf ma voisine, une petite brune qui au premier abord me parut insignifiante. Ce n'est qu'à l'occasion d'une autre rencontre que je devais savoir qu'elle s'appelait Agnès. D'ailleurs, ce renseignement n'eût rien changé à la situation ce soir-là. Le nom d'une inconnue est un habit vide de corps. Elle suçait les coquilles avec délices, proclamant : « Moi, ce que j'aime le mieux, c'est l'eau de mer ! » Marceau fut le premier à mettre les pieds dans le plat. Dans le civil il travaillait chez un porcelainier de la rue de Paradis et prétendait connaître toutes les poules des *Folies-Bergère*. Il affectait de parler l'argot du Faubourg Montmartre. Il déboutonna sa tunique et déclara :

« On est'y des hussards ou on n'est'y pas des hussards ?

— On est des hussards ! répondit le chœur.

— Alors, qu'est-ce qu'on attend pour dérouiller ? » Il se tourna vers la grande rousse et lui prit la poitrine à deux mains. « Amène-toi que je te file un patin » ordonna-t-il. En riant elle tendit ses lèvres. Ce fut un baiser savant. « T'es pas une vraie pêcheuse ? » dit-il. Elle rit et déclara qu'elles étaient des ouvrières en goguette. Boulard, méprisant les nuances, mit la main sous la jupe de sa compagne, une mollasse blafarde aux cheveux incolores. Avec une énergie inattendue elle répliqua par une gifle et la curieuse déclaration suivante : « On n'est pas de sortie pour faire le biseness. » Je fus le seul à être étonné de ce langage. Les autres étaient trop occupés. Boulard, penaud, s'excusa. « C'est le vin blanc ! » Bonne fille, la molasse se mit sur ses genoux et se laissa faire. Sous les dehors d'un « gueulard » Boulard était timide. Ses hommes l'avaient deviné et il n'avait pas grande autorité. Son expression favorite était : « Alors, je suis le con ? » La chambre n'était pas balayée, le pansage traînait, les anciens restaient au lit après l'appel, et l'on voyait le grand corps maigre de Boulard disparaître en agitant les bras en signe de désespoir. « Je suis le con… eh bien puisque c'est comme ça je m'en vais ! Brigadier Beurdeley je vous donne cinq minutes pour rétablir la situation ! » Vous pouvez deviner si la complaisance de sa compagne l'arrangeait. Certain maintenant de ne pas être rabroué, il se livrait aux plaisanteries les plus outrancières, trempant ce que je pense dans son verre en proclamant « le général a soif ».

Marceau était passé de la poitrine de la rousse à ses jambes. « T'as de belles jambes. Si tu veux je m'en ferai une cravate ! » Elle rit tellement de cette plaisanterie qu'elle tomba de sa chaise. Elle se releva en hoquetant : « Une cravate… ce qu'il est drôle ! » et se mit aussi sur les genoux de son galant. Ce fut une capitulation à peu près générale. On délaçait les corsets, on soulevait les jupes. J'étais le seul à ne rien faire, n'ayant pas de partenaire. J'en étais assez satisfait. Expilly, jouant au délicat, chatouillait ma voisine dans le cou avec sa belle moustache, dont il était fier. Cette caresse semblait laisser sa bénéficiaire parfaitement indifférente. Je la regardai un peu mieux. C'était la seule possible du lot. Elle était très brune. On aurait dit une Arabe. En dehors de sa couleur, ce qui me frappa fut son menton, rond, détaché, petit et avançant légèrement, un menton comme celui des femmes des portraits de Hogarth que j'avais vus à Londres.

Les jeux furent interrompus par l'arrivée du brochet au beurre blanc. Ces dames se renippèrent en hâte, comme des poules rajustant leurs plumes après l'assaut du coq. Le poisson, dégusté en silence, comme il convient à un chef-d'œuvre, fut arrosé d'un muscadet de derrière les fagots. La dernière bouchée avalée, il y eut une tentative de reprise de pelotage. Mais la présentation du rôti ramena les convives au sens de la hiérarchie. La boustifaille d'abord et la bagatelle après ! Ma voisine dévorait. Elle avait les dents petites dans une bouche plutôt grande. Cela me semblait contradictoire. Tandis que j'essayais d'éclaircir ce mystère physiologique, elle sentit mon regard posé sur elle. Elle se tourna vers moi et sourit sans cesser de mâcher. Ce sourire signifiait clairement : « C'est bon et je suis heureuse de si bien manger. » Il était aussi un remerciement. Le dessert, bombe glacée, fromages et fruits fut expédié en hâte. J'avais fait apporter du champagne. Marceau, d'une voix pâteuse me porta un toast : « Au nouveau camarade... un vrai hussard ! » Et soudainement l'assaut général reprit, cette fois avec une sorte de fureur. Marceau voulait coucher la grande rousse sur la table, lui verser du champagne sur le ventre et boire le liquide dégoulinant entre les cuisses. Il expliquait à sa partenaire : « C'est comme ça que le Kronprinz boit le champagne ! Pourquoi pas moi ? » Mais la fille ne marchait pas. « Sur un lit je veux bien, mais pas sur une table... Je ne tiens pas à me couper les fesses avec les assiettes cassées. » Marceau se laissa convaincre et essaya de la prendre à cheval sur une chaise. Il avait trop bu. Le seul résultat de ses vains efforts fut d'inspirer Expilly qui, renonçant à son rôle de gentleman séducteur, tira notre voisine à cheval sur ses genoux et entreprit de la « faire reluire » à califourchon. Elle se laissait faire d'un air de totale indifférence. Nos yeux se croisèrent et je lus dans les siens une expression amusée, quelque chose comme « les hommes sont bêtes, mais si c'est comme ça qu'ils veulent me faire payer ce bon dîner, pourquoi pas ! » Boulard et Cuvillier lâchèrent un instant leurs dames pour accompagner les efforts d'Expilly du refrain des « trois orfèvres ». En douce, je récoltai mon képi et mon sabre, décidé à profiter de la pagaille pour m'éclipser. A ce moment, Expilly fut pris d'un malaise subit et sortit en se tenant l'estomac salué des cris ironiques de « au renard ! au renard ! » La petite brune se trouvait en panne. Elle rajusta sa robe, retourna à table et calmement se servit de glace à la vanille. Nos regards se croisèrent de nouveau.

« On dirait que vous aimez la glace à la vanille ? lui demandai-je.

— Ça me plaît bien », me répondit-elle avec un léger accent paysan.

Je me rassis à côté d'elle.

« Voulez-vous un peu de champagne ?

— Vous êtes bien bon, mais j'en ai ma claque. »

Toujours avec son accent de gardeuse de vaches. Je regardais les petites dents dans la grande bouche croquant un biscuit. J'avais envie de l'embrasser. Pas une envie irrésistible. Plutôt de la curiosité. Comme on a envie de tendre un journal à une chèvre pour voir si elle le mangera. Il y avait aussi l'ambiance qui agissait sur moi. Autour de la table, les couples se pelotaient furieusement. Sans même y penser je la pris dans mes bras et l'embrassai sur la bouche. Elle me regarda étonnée :

« J'aurais jamais cru ça.

— Pourquoi, ça vous déplaît ?

— Ça m'gêne pas, seulement vous n'êtes pas le genre.

— Il y a un genre pour embrasser ?

— Comme pour tout. »

Je la réembrassai. Elle me rendit mon baiser comme on rend une politesse. Quelqu'un vous dit « bonjour » dans la rue. On répond « bonjour » et voilà tout. Une simple formalité ! Ses lèvres étaient fraîches. Leur contact m'était assez agréable. Je me mis en tête de réchauffer ce bloc de glace. Je la serrai bien fort contre moi et lui plaquai un baiser prolongé. J'aurais embrassé une figure de cire que le résultat eût été le même. Soudain je pensai que je m'embarquais sur une pente dangereuse et me félicitai de la froideur de ma compagne. Je ne me voyais pas entamant une aventure avec une ouvrière du patelin. Comme « crochet » il eût été difficile de trouver pire. Et quelle ouvrière ! un véritable paillasson, prête à se laisser couvrir par le premier type qui lui payerait à dîner ! Et cela en public. Je m'imaginais la mettant enceinte ! Et les espoirs de mon père ! Et Lucie ! Et le régiment ! Et la guerre qui peut-être éclaterait bientôt. A regret, mais fermement, je décollai mes lèvres des siennes. Je retirai ma main de sa nuque. Je me reculai légèrement.

« Je ne vous plais pas, me dit-elle avec une expression de soulagement.

— On dirait que ça vous fait plaisir » lui répondis-je un peu vexé. Elle réfléchit un instant, puis : « Ça ne me fait pas plaisir, mais ça m'arrange ! » Ce langage sibyllin excita ma curiosité.

« En quoi cela vous arrange-t-il ?

— Comme ça ! Ce serait trop long à vous raconter, et j'aime mieux pas ! » Elle conclut : « Parce que vous savez, si je ne vous plais pas y a pas de quoi se vexer. C'est pas une raison de se plaire parce qu'on s'est trouvé assis ensemble à la même table. Ce serait trop commode. »

J'écartai une boucle d'épais cheveux noirs qui cachaient son front, un front normal, ni bas, ni têtu, ni trop haut, ni trop fuyant. Ça veut dire bien des choses un front. Celui-ci était en faveur de sa propriétaire. Je lui pris une main et m'amusai à l'examiner, écartant les doigts, les pliant, examinant les lignes, la forme des ongles, l'attache du poignet. C'était une ravissante petite main. Je le lui dis. Ce compliment sembla l'ennuyer. Pour meubler notre silence, je lui demandai :

« Votre amie a dit que vous étiez des ouvrières. Où travaillez-vous ? »

Sans l'ombre d'une hésitation elle me répondit :

« On est en maison.

— Vous voulez dire... ?

— On est des femmes de bordel. » Elle ajouta, non sans une nuance de supériorité : « Nous sommes des pensionnaires de M. Marjeulin. »

Le ton n'eût pas été différent si elle m'eût déclaré qu'elle était pensionnaire de la Comédie-Française. Ça faisait plutôt mon affaire. Je me sentais déchargé du péril de l'ouvrière séduite. Je hochai la tête admirativement :

« Mazette ! »

Cette ironie glissa sans même être remarquée.

« J'ai de la chance, continua-t-elle, M. Marjeulin ne prend pas n'importe qui. J'étais recommandée. Dans la vie c'est comme ça. Sans piston on n'arrive à rien ! »

J'approuvai : « Hélas, c'est bien vrai !

— L'établissement de M. Marjeulin est célèbre. Vous y êtes déjà allé ?

— Non.

— Vous devriez, par curiosité. Venez nous voir. On commence demain. Vous n'êtes pas forcé de monter. C'est le genre arabe avec des carreaux de faïence pour l'hygiène. Ça vaut le coup d'œil ! Le patron va envoyer son ancien personnel au camp de la Muraye, où il a construit une maison pour les gars du Centre d'Aérostation.

— Pourquoi ce costume de Sablaise ?

— Mes copines sont vraiment des Sablaises et elles m'ont prêté un habit. » Elle déclara sentencieusement : « On peut être Sablaise et putain, y a rien contre ! »

Pendant cette explication je n'avais pas cessé de jouer avec la main de ma voisine maintenant complètement abandonnée dans la mienne. Sa propriétaire pensait à autre chose. Je me souvins que souvent je jouais de cette façon avec la patte de César.

Pour entretenir la conversation, je lui demandai : « Avant d'entrer en maison, que faisais-tu ? »

Sa réponse fut celle que me laissait deviner son accent : « Je travaillais à la campagne. Je soignais les bêtes.

— Et maintenant tu soignes les hommes ! »

Cette réflexion assez stupide la fit rire. La sentant en confiance je continuai dans la même direction :

« Lequel des deux métiers préfères-tu ?

— Ça ne se demande pas. Dans un sens, j'aime mieux les bêtes que les hommes, mais il y a le froid ! L'hiver à cinq heures du matin, quand il fait encore nuit, ça pince un drôle de coup. Et la lessive ! et battre le beurre ! C'est de la fatigue. Et puis j'étais pas bien nourrie — des navets et du chou... du chou et des navets. Ça va bien un moment, mais à la fin c'est lassant.

— Et chez ce M. Marjeulin, l'ordinaire est meilleur ?

— Il n'y a pas de comparaison !

— En somme, tu as de la chance ?

— Sûr !

— Et tu continues à ne pas vouloir m'embrasser ?

— J'aime mieux pas.

— Veux-tu dix francs ?

— Pour vous embrasser ?

— Oui !

— Ça ne serait pas juste puisqu'on est de sortie.

— Quand tu es de sortie tu préfères te reposer des travaux de la semaine ?

— Ça va de soi. Les ouvriers ont leur dimanche, nous pas.

— C'est juste.

— Faut dire que vous nous avez payé un bon dîner.

— Donc tu me dois quelque chose.

— Je ne pense pas. Parce que personne ne vous forçait à nous inviter.

— Je l'admets. » J'essayais de trouver une faille dans cet obscur code de convenances. « Ne crois-tu pas cependant que contre ce dîner tu devrais m'embrasser ?

— P't'être ben !

— Mais ça ne te dit rien ?

— Ça me dit, mais j'aime mieux pas.

— Je ne suis pas le genre ?

— Ça non, alors !

— Qu'en sais-tu ? Sous mon uniforme de hussard je peux être un épicier, un banquier ou un garçon de café.

— Non, vous êtes un monsieur ! »

Curieusement, cet hommage à la prestance avec laquelle je représentais ma caste me flatta.

« A quoi diable peux-tu reconnaître un monsieur ? lui demandai-je.

— Vous êtes le seul à ne pas porter de bague », me dit-elle.

Je ne pus m'empêcher de rire et lui posai une question idiote.

« Et à quoi aurais-je pu reconnaître ta... profession ?

— Au parfum, me répondit-elle sans hésiter. Mes amies aiment bien les parfums. Moi je ne les aime pas. Mais ça viendra. Question d'habitude. »

Tout cela en patoisant ! Je m'amusais beaucoup. Nous fûmes interrompus par un bruit épouvantable. Marceau avait réussi à forcer sa compagne debout contre le buffet. Malheureusement, les secousses avaient provoqué la chute d'un guerrier gaulois en plâtre imitation bronze, qui s'était brisé sur le plancher. M. Brigant, attiré par le bruit, laissa éclater son indignation. Ces messieurs prenaient son hôtel pour un lupanar. Je réussis à le calmer. Mes camarades, dégrisés, rajustèrent leurs tenues. Les filles se ragrafèrent. Nous sortîmes et les deux groupes se séparèrent. Au tournant de la rue, nos invitées nous firent des signes d'adieu, sauf la mienne, qui nous ignora délibérément.

Expilly fut malade toute la nuit. Je dus plusieurs fois l'aider à s'habiller pour aller aux cabinets qui étaient dans la cour. Le lendemain matin je le poussai sous la douche et le frictionnai. Il était à peu près présentable pour la reprise. De mon côté, je me rendis au manège des jeunes chevaux. J'étais en forme et le capitaine Gramme qui passait par là me félicita de mon travail à la longe. Je réussis à faire accepter la selle par Clovis, un quatre ans et demi fraîchement arrivé des fameux haras de Tarbes et sensible des reins. Je fis sauter quelques obstacles à la Joconde, une jument de cinq ans et demi que M. de Sivel, mon lieutenant, m'avait affectée.

« C'est un crime de verser une bête comme cela à un régiment. Elle est faite pour courir et pas pour porter un hussard et son équipement. Vous êtes léger et avez la main douce. Avec vous, elle a une chance ! »

Ces devoirs agréables ne m'empêchèrent pas de penser à la petite brune. Sans exagération. Son accent paysan m'amusait rétrospectivement. Ce devait être reposant de faire l'amour avec cette gardeuse d'oies. Sa profession me rassurait. Avec une vraie prostituée je n'avais à craindre aucune des conséquences des liaisons mal équilibrées. D'ailleurs, mon envie n'avait rien d'irrésistible. Mon départ de Paris avait marqué la fin de mes habitudes sexuelles. La chasteté ne me pesait nullement. Les exercices divers, tape-cul, voltige, reprises au manège ou en extérieur, maniement du sabre, suffisaient largement à absorber le trop-plein de mes forces. De plus, comme je devais le constater plusieurs fois au cours de mon existence et comme je le constate à l'instant où j'écris ces lignes, la chasteté est une habitude. Au bout de quelque temps, on se passe très bien de femme. Regardez les moines ! abstraction faite des plaisanteries faciles sur leurs rapports avec les nonnes. Ces gaudrioles nous ramènent à l'anticléricalisme bon enfant des quarante-huitards. J'ai un cousin bénédictin, un arrière-petit-fils d'une sœur de l'ancêtre chiffonnier. Par lui, je sais que les moines sont vraiment chastes et que, à part évidemment des exceptions, ils n'en souffrent nullement. Le contraire est vrai aussi. Plus on fait l'amour et plus on a envie de le faire. Là comme dans bien d'autres domaines, l'habitude devient une seconde nature.

J'évitai de dire à Expilly, pas plus qu'à aucun de

mes camarades, que je savais où retrouver nos compagnes de l'hôtel Brigant. Ils tomberaient bien sur elles — si j'ose dire — un jour ou l'autre. Le soir même, après l'appel, je me rendis à la maison close.

Ce temple du culte de Vénus n'était pas le merveilleux monument que la petite brune m'avait fait espérer. Mais je comprenais les raisons de son admiration. C'était l'abondance de carreaux de faïence. Extérieurement, les portes et les fenêtres en étaient encadrées. Intérieurement, les couloirs, le salon, l'estaminet, la cuisine, l'escalier en étaient complètement recouverts. On se serait cru dans un bain public. Les gens de ce métier ont la passion de l'hygiène. Rien n'est propre comme une putain de bordel. Elles savent que leurs ablutions ne les immunisent pas contre la vérole, mais elles les rassurent et leur confèrent une sorte d'honorabilité. Le côté « clinique » les flatte.

Le style « arabe » du bâtiment venait de sa terrasse surmontée d'une petite tour et du fait qu'à part les carreaux de faïence il était crépi de blanc. Je sonnai. La sous-maîtresse, une grosse dame teinte en roux, perpétuellement en sueur et soufflant l'asthme, vint m'ouvrir. J'étais le premier vrai client de la soirée. Seuls, dans l'estaminet, deux vieux messieurs jouaient aux cartes. Je devais plus tard faire leur connaissance. C'étaient M. Verdier, agent voyer en retraite, et M. Paulet, contrôleur des contributions indirectes, également en retraite. Tous les soirs ils venaient faire leur partie de piquet et prendre l'apéritif, un chambéry fraisette pour Verdier, un clacquesin menthe pour Paulet. Ils ne « montaient » jamais. Une fois par semaine ils dînaient avec le patron.

La sous-maîtresse jeta un coup d'œil sur mes

galons et m'introduisit au salon. Elle me demanda si je voulais « le choix ». J'acquiesçai et m'assis sur la banquette. Elle me proposa une demi-bouteille de saumur mousseux que je refusai. « Je vois, dit-elle, vous voulez commander au goût de votre dame. Je puis vous assurer que toutes ces dames aiment le saumur mousseux... à moins, bien entendu, que vous ne vouliez offrir le champagne. » Je tins bon et elle sortit pour rassembler « le choix ». Par la porte ouverte j'entendais sa voix devenue pointue se répercuter sur les murs vernissés. « Allons, mesdames, un client au salon !... Dépêchez-vous ! Ces dames au salon... » Elle ponctuait ses cris de claquements de mains à la façon d'une maîtresse d'école. En attendant le résultat de cet appel, j'examinais « le salon ». Il contenait huit tables. Une banquette de moleskine verte courait le long des murs. Un phonographe à pavillon reposait dans un coin. Les carreaux étaient décorés de paysages alpestres bleu pâle entourés d'arabesques. C'était sinistre. Par les volets entrouverts on devinait les rangées de légumes d'un petit jardin doré des dernières lueurs du jour. J'eus envie de quitter cette antichambre d'hôpital et d'aller me promener dans un potager. Celui-là était bien défendu par la grille qui garnissait la fenêtre. Je me remémorai que toutes les fenêtres que j'avais vues à l'extérieur étaient protégées de cette façon. J'étais non seulement dans un hôpital mais dans une prison. Le pépiement de ces dames approchant me rappela le but de ma visite. Elles se turent et firent leur entrée. D'abord, je ne reconnus pas nos convives de l'hôtel Brigant. J'avais devant moi une troupe de dix filles aussi anonymes que des hussards un jour de revue. Elles étaient uniformément vêtues d'une sorte de longue tunique transparente laissant deviner leur corps et dégageant un seul sein, le gauche. Deux exceptions, Baby et Carmen. Baby était évidemment habillée en bébé et Carmen en Espagnole. Ce qui se dégageait de cette exhibition était une impression de laideur et de tristesse. Et l'odeur ! Un mélange fade au point d'en être écœurant de savonnette, de poudre de riz et des effluves de ces corps demi-nus. Cette odeur avait pénétré dans tous les recoins de la maison. Elle collait aux murs. Je comprenais mieux la déclaration de la petite brune à l'hôtel Brigant : « Moi, j'aime pas les parfums ! » Soudain je la reconnus sous son maquillage de travail semblable à celui de ses compagnes. Même bouche arquée et sanguinolente, paupière azur, rimmel appliqué à la pelle. Elle n'était plus un Hogarth de la période des portraits de bourgeoises anglaises, mais se rangeait définitivement dans le cycle du « Rake's Progress, des Folles de Bedlam et des Voleuses à la tire ». Je reconnus aussi les autres invitées de l'hôtel Brigant. J'eus un instant l'idée de les garder toutes. Mon envie de filer et d'aller dîner tranquillement dans un restaurant était aussi très forte. Entre ces deux décisions extrêmes, j'optai pour la poursuite de mon premier plan, à savoir une visite à la petite brune. Je la désignai. Elle pointa son doigt vers elle-même de l'air de dire : « C'est bien moi que vous voulez ? Vous vous trompez pas ? » J'insistai. « C'est bien toi que j'ai désignée. Qu'attends-tu pour venir t'asseoir auprès de moi ? » Au lieu de s'exécuter, elle rejoignit la sous-maîtresse et lui parla à voix basse. Les filles étonnées se regardaient de l'air de dire : « Que prend-il à notre copine ? »

La grosse dame ayant écouté les explications susurrées de la petite brune s'approcha de moi.

« Agnès ne se sent pas bien, me dit-elle, verriez-vous un inconvénient à choisir une autre dame ? »

C'était la première fois que j'entendais le nom de la petite brune. Il me plut, mais me sembla peu approprié à son état.

« Elle s'appelle Agnès ?

— Oui, Agnès.

— Eh bien, puisqu'elle est malade, je vais vous souhaiter le bonsoir. C'est elle que j'étais venu voir. »

Tout en me levant je ne la quittais pas des yeux. Sous son maquillage de carnaval il m'était impossible de lire sa pensée. Je récoltai mon képi et mon sabre, m'excusai auprès de la grosse dame, saluai gravement les filles et me dirigeai vers la porte. Soudain, Liane, la grande rousse dont les ébats avec Marceau avaient provoqué l'intervention de M. Brigant au cours de notre mémorable soirée, se planta devant la petite brune et lui cria :

« T'étais pas malade tout à l'heure quand tu dansais la matchiche derrière le dos de M. Marjeulin dans la salle à manger. Et au dessert quand t'as repris trois fois de la tarte aux abricots. Et tu as recommencé à chanter la matchiche, même que Mme Marjeulin a dû te rappeler que ça ne se fait pas de chanter la bouche pleine ! »

La grosse sous-maîtresse fit signe à Liane de se taire et se tourna vers la petite brune.

« Liane a raison. J'avais oublié. C'est ma foi vrai que tu étais gaie pendant le dîner. Cette maladie me semble bien subite ! »

La petite brune baissait la tête de l'air d'une écolière prise en faute. Les autres rigolaient et lui lançaient des vannes : « Passe-moi la malade !... Ta maladie, tu me la copieras... Madame a ses vapeurs... Tu regrettes ta vase, eh vachère... » Marjolaine, la mollasse blafarde de Boulard, se mit à chanter : « Mon âne, mon âne avait bien mal aux dents, Madam' lui a fait faire un râtelier d'argent... »

Ces jeux de couvent par ces femelles grotesquement attifées prenaient un côté irréel. On se fût cru dans une toile de Bosch ou d'Orcagna. « Ça va bien, dit la petite brune. Je ferai comme Mme Piccard voudra, mais toi tu me le paieras... » Ce disant elle se précipita sur Liane, poings en avant. La grosse sous-maîtresse, avec une agilité inattendue, s'interposa : « Tu veux que j'appelle le patron ? » Elle se tourna vers les autres : « Et vous toutes bouclez-la ou je vous mets à l'amende ! » Ces menaces ramenèrent l'ordre. Mme Piccard me rattrapa. « Asseyez-vous, je vous prie, monsieur, et oubliez cet incident. Ces dames sont des enfants, de véritables enfants. C'est ce qui fait leur charme. Mais pour la discipline, vous pouvez compter sur elles. Des soldats, de vrais soldats, toujours prêtes à répondre à la demande du client quelles que soient les circonstances. » Son désir de me convaincre était plus fort que son asthme. Cet éloge de son personnel me fut servi sans sifflements ni accès de toux.

Je repris ma place sur la banquette. Ces dames, domptées, se rangèrent en face de moi, m'envoyant des sourires annonciateurs de rares voluptés. Seule la petite brune ne souriait pas. Sa figure était fermée comme une coquille d'huître. Je la désignai de nouveau. Elle vint s'asseoir près de moi sans manifester ni joie ni ennui. C'est ainsi que le hussard de garde se lève en bâillant et tire son sabre pour aller prendre la faction devant la grille du quartier. Je fis un petit signe aux autres connaissances qui vinrent me serrer la main. Toute la troupe repartit vers les profondeurs de la maison, sauf ma compagne et la sous-maîtresse qui remit ça pour la demi-bouteille de vin mousseux. Je lui dis de la faire servir dans la chambre.

La petite brune, avec une complète indifférence, me posa les questions rituelles : « Vous allez bien ?... Vous êtes bien rentré l'autre soir ?... Vos camarades vont bien ?... etc. » Je retrouvais un peu de ma voisine du banquet grâce à son accent, plus difficile à maquiller qu'un visage. La sous-maîtresse me demanda si je voulais une des chambres ordinaires fournies par-dessus le marché avec la passe, ou la chambre des oiseaux, qui coûtait trois francs en plus de la passe et cinq francs pour la nuit. Le « petit cadeau » à la dame était laissé à l'appréciation du client. Je pris la chambre aux oiseaux. « La règle est de payer d'avance », précisa la grosse dame qui, la paix revenue, avait retrouvé son asthme, comme un acteur sortant de scène reprend son naturel. Je m'exécutai et ajoutai une pièce dans la main du garçon géant qui apportait le mousseux. « Dans la chambre aux oiseaux », dit solennellement la sous-maîtresse. Cette chambre aux oiseaux faisait visiblement l'orgueil du lieu. L'homme répondit par un grognement approbatif et nous précéda dans l'escalier. Toutes ces formalités remplies, je me trouvai enfin seul avec la petite brune. Son attitude était exactement celle des filles que j'avais racolées — ou plutôt qui m'avaient racolé — avant Gilberte, mais en plus impersonnelle. Mêmes questions : « Voulez-vous faire votre petite toilette ?... Comment voulez-vous faire cela ? à la papa ou au bord du lit ? » mais proférées d'une voix morne. Au moins les filles de la rue Caumartin faisaient semblant de s'intéresser à moi. En plus de leur « travail » elles fournissaient un essai de conversation, me révélaient leur goût pour la choucroute du Tabac du coin ou pour les mélodrames de l'Ambigu. Celle-là, rien ! Même, pour glacer encore plus l'atmosphère de cette petite fête et cela contre toutes les traditions, elle me disait « vous ». Je me trouvais en face d'une volonté bien arrêtée de maintenir nos relations sur un plan strictement professionnel, de ne rien livrer d'elle-même que son corps. Chez Brigant j'avais pu croire qu'il s'agissait d'une saute d'humeur. Peut-être d'un accès de vanité mal placée. « C'est parce que je suis une putain qu'on croit pouvoir me forcer à embrasser n'importe qui ! Eh bien, on va voir ! » Mais voilà que ça continuait ! Que diable pouvait-elle avoir à me reprocher ? Si j'avais été nègre ou chinois, j'aurais pu dire « elle n'aime pas les gens de couleur », ou juif « elle est antidreyfusarde ». Ou si j'avais été estropié ou seulement enrhumé ! Je me creusai la tête pour comprendre. En vain. Je songeai un instant à la Joconde que je pouvais « détendre » si facilement en lui grattant le dessous du menton. Je doutais que cette méthode puisse être aussi efficace en la circonstance. J'eus une idée. Je lui mis une pièce de dix francs dans la main et attendis qu'elle l'ait rangée dans son porte-monnaie, lui-même classiquement retenu dans son bas.

« Je n'ai pas envie de faire l'amour », lui dis-je.

Elle me regarda étonnée.

« Alors, pourquoi que vous me donnez dix francs ?

— Pour que tu te démaquilles. J'ai envie de voir ton visage tel qu'il est. »

Elle secoua la tête.

« J'peux pas...

— Puisque je te paie pour cela !

— Je suis payée pour faire l'amour, pas pour me démaquiller. Et puis il faudra que je me remaquille pour les autres clients. Je risque de faire attendre.

— Je te prends pour la nuit. Tu n'as donc pas à te préoccuper des autres clients. »

Elle n'était pas convaincue.

« Ça ne me dit rien ! D'abord, pourquoi voulez-vous que je me démaquille ? Qu'est-ce que vous avez derrière la tête ?

— Suppose que je sois un vicieux. Tu en as qui aiment aboyer comme un chien et recevoir des coups de cravache de leur maîtresse... »

Elle m'interrompit.

« Pas ici en province. C'est bon pour les Parisiens ça...

— Eh bien, je suis parisien et mon vice est d'enlever les maquillages. Tiens, je te donne vingt francs ! »

Elle secoua la tête.

« Non, j'aime mieux pas ! »

Cette petite putain de rien du tout se moquait de moi. Je me fâchai.

« Va chercher la sous-maîtresse, lui dis-je.

— Comme vous voudrez », me répondit-elle, et elle sortit. Je restai seul et pensai à Lucie. Il me semblait que je la trompais en cherchant à percer l'anonymat de cette prostituée. La petite brune revint avec la sous-maîtresse à qui je tins ce langage :

« Je voudrais seulement que cette jeune personne se démaquille. Pour cela je lui donnerai vingt francs. Y voyez-vous un inconvénient ? »

La brave femme ne comprenait pas.

« Vingt francs et tu refuses ? Tu es folle ma parole ! » Mais la petite brune secouait la tête, butée comme un jeune taureau.

« Quelle raison as-tu de refuser ? » demanda la grosse dame. La fille continuait à secouer la tête.

« Je vous jure madame Piccard qu'il vaut mieux pas. Je ne sais pas pourquoi, ou plutôt je sais pourquoi mais je préfère ne pas le dire. Pas avec ce monsieur. J'aime mieux pas avec lui. Avec le maquillage tout ce qu'il voudra, mais avec ma figure de tous les jours, j'aime mieux pas. »

Je m'assis dans un fauteuil et allumai une cigarette. La discussion continuait. Mme Piccard faisait appel « à l'esprit de corps ».

« Moi qui faisais à ce monsieur l'éloge de la discipline de la maison. Je lui disais que nos dames sont comme des soldats, toujours prêtes à satisfaire le client. Et voilà que pour une question de maquillage tu risques de porter atteinte à notre réputation. »

La petite brune parut ébranlée.

« Alors, il faut y aller ?

— Mais bien sûr. Si les clients n'avaient que des caprices comme celui-là le métier serait trop commode !

— C'est bien. Je vais me démaquiller. Mais s'il arrive un malheur, vous vous rappellerez que je ne voulais pas ? »

La grosse dame haussa les épaules en riant.

« Quel malheur ? Le malheur de gagner vingt francs en quelques instants. Des malheurs comme celui-là, je les accepte tant que tu voudras ! »

Je payai la sous-maîtresse et donnai vingt francs à la petite brune. Les deux femmes sortirent. Je restai seul à nouveau essayant de comprendre ce qui pouvait se passer dans cette cervelle obtuse.

La petite brune revint au bout de dix minutes, démaquillée et vêtue d'un peignoir.

« C'est tout ou rien ! » me dit-elle.

Je ne cherchai pas à comprendre le sens de cette affirmation sibylline. J'avais bien autre chose en tête. Je la retrouvais avec un plaisir évident telle qu'elle m'était apparue chez Brigant. Je la trouvais même plus ravissante que la première fois, la peau brune plus foncée au-dessous des oreilles, les cheveux noirs, plus épais. Je retrouvais les yeux au regard constamment interrogateur et la bouche des bourgeoises d'Hogarth et les deux rangées de petites dents que, je ne sais pourquoi, j'imaginais mordant dans une pomme verte. Je l'embrassai et elle me rendit mon baiser avec une certaine nervosité. J'écartai le peignoir et commençai à la cajoler. Ses seins étaient très ronds et très fermes. La fameuse cible qui m'avait tant inquiété à mes débuts dans la carrière amoureuse était bien marquée. Cependant la petite brune n'avait pas encore abandonné son incompréhensible résistance. Je le sentais à la tension de ses muscles. Je devinais une lutte intérieure. Un petit frémissement marqua son abdication. Ses seins se raidirent. Le reste de son corps se détendit. Elle se colla contre moi. Sa bouche se fondit dans ma bouche. Je sentis sa langue contre mes dents. Ce fut délicieux. Très vite elle se dégagea et s'assit boudeuse au bord du lit.

« Je savais que ça arriverait, murmura-t-elle.

— Que quoi arriverait ?

— Que je vous embrasserais pour de vrai.

— Ça t'ennuie ?

— Oui.
— Je te déplais ?
— Au contraire.
— Je ne comprends pas.
— Moi je comprends. »

Je pensai que peut-être elle ne faisait que débuter et qu'elle n'avait pas encore abdiqué certaines pudeurs.

« Quel âge as-tu ? lui demandai-je.
— Dix-neuf ans...
— Il y a longtemps que tu fais ce métier ?
— Qu'est-ce que ça peut vous faire ? »

Je la poussai sur le lit. Elle croisa les jambes et je ne pus arriver à les écarter.

« Enfin, lui criai-je, qu'est-ce qui te prend ? »

Elle profita de cette pause pour se lever et rajuster à nouveau son peignoir.

« Ce ne serait pas honnête », dit-elle d'un ton déterminé.

Je la regardai étonné.

« Pas honnête ! Pourquoi ? »

Elle ne répondit pas à cette question, se contentant de fermer son visage pour bien affirmer que ses petites affaires ne me regardaient pas. Après un instant de silence elle me fit l'étonnante proposition que voici :

« Ce n'est pas bon pour la santé de rester sur une envie, je vais vous soulager... si vous voulez bien. Et puis ça m'arrangera si vous vous en allez !

— Me soulager ? » Je ne comprenais pas. Elle s'expliqua en termes plus techniques. Je n'en revenais pas. L'accent paysan soulignait d'une touche naïve ce programme moins qu'innocent. Je lui dis ma surprise.

« Peux-tu m'expliquer pourquoi tu refuses de faire l'amour avec moi normalement, comme deux amoureux qui s'aiment bien, tandis que tu acceptes de me “ soulager ” comme tu dis, d'une manière jugée parfaitement indécente par les plus libéraux des moralistes.

— Je ne sais pas ce que disent vos moralistes, mais moi je sais bien que ça m'ennuierait de faire l'amour avec vous.

— Et en me “ soulageant ” tu ne fais pas l'amour ?

— Non !

— Qu'est-ce que tu fais alors ?

— Je vous soulage.

— Et quand tu m'as embrassé tout à l'heure ?

— J'ai eu tort. Je ne recommencerai plus. »

Elle me tendit le louis que je lui avais donné. Elle lut mon étonnement sur mon visage.

« Si vous voulez être gentil, je vous demande de ne pas revenir. »

J'essayai de réintroduire les vingt francs dans sa main. Elle ferma le poing comme elle avait fermé les jambes.

« Pour ce prix-là je devrais faire la nuit avec vous. Je ne peux pas, alors je rembourse. C'est normal, quoi ! »

Je n'insistai pas, voulant éviter de la braquer et remis le louis dans ma poche. Elle ajouta :

« Je garde les dix francs et je vous assure que je n'y perds pas. »

Elle me fit asseoir sur le lit. Je décidai de me laisser faire, espérant que cette opération aurait raison de son indifférence. Avouons-le, cette discussion avec cette belle fille dont j'entrevoyais le corps par l'ouverture du peignoir mal fermé m'avait chauffé à blanc. J'avais vraiment besoin d'être « soulagé ». Elle s'accroupit devant moi. Professionnellement ce fut du travail bien fait. Mais pas un instant la statue ne s'anima. J'étais vraiment le client, le miché, l'anonyme, le passant qu'on ne reverra jamais. Quand ce fut fini elle se leva et calmement conclut :

« Vous comprenez, comme ça je ne vole pas vos sous, vous êtes soulagé et moi ça m'arrange... Si vous voulez faire votre petite toilette ? »

Je passai derrière un paravent où il y avait un bidet. Je me lavai et reboutonnai mon uniforme. Quand je sortis de derrière cet écran, la petite brune avait disparu. J'allai dîner chez Brigant. En savourant mes huîtres, je me souvins de l'avoir entendu appeler Agnès.

CHAPITRE VIII

La Joconde était une jument alezan clair aux jarrets et paturons tachetés de blanc. Elle était maigre, superbe de proportions et très près du sang. Elle me causait de grands soucis. C'est sans doute pour cela que je l'aimais tant. Chaque fois que j'en avais l'occasion je passais par l'écurie et m'offrais quelques minutes de conversation avec elle. Tantôt je la flattais entre les cuisses, là où il n'y a presque pas de poil, ou bien je lui grattais le ladre sous les naseaux. C'était doux comme du satin. J'accompagnais cette caresse du mot « fi...fille, fi...fille » répété en fermant mes lèvres, de façon à produire un léger sifflement. Elle essayait de m'attraper la main avec ses lèvres. Elle ne me mordit jamais, pourtant elle passait pour une bête vicieuse. Mon tampon Fleury, qui l'aimait autant que moi, haussait les épaules : la Joconde avait un jour déchiré d'un coup de dent l'épaule du cavalier Chèrement ? Et puis après ! Ce maladroit n'avait-il pas fait un geste brusque sous le nez de la jument ? C'est comme pour Portier qui avait reçu un coup de botte dans l'estomac. Chacun sait qu'on ne passe pas derrière un cheval sans prendre la précaution de lui rabaisser la queue d'une main et de lui appliquer de l'autre quelques tapes amicales sur les fesses. Ou alors on se tient à distance. J'admets que lorsque la Joconde bottait ça partait comme une flèche. Elle se dressait sur les pattes de devant et catapultait ses deux jambes arrière juste à la hauteur d'une tête d'homme. Un moment, le capitaine Vasseur pensa à s'en débarrasser. Que serait-elle devenue? Le civil qui l'eût achetée ne l'aurait pas comprise, l'aurait surchargée et elle serait morte d'épuisement. J'eus une idée que je soumis au lieutenant de Sivel, qui me donna carte blanche. Mon invention consistait en quelques mètres de treillage à poules que j'installai derrière les bat-flanc de la Joconde. Je reliai ce treillage à une pile électrique. Lorsqu'on le poussait le courant s'établissait. Le lieutenant de Sivel, qui avait l'esprit scientifique, m'aida à établir le voltage de la batterie. Nous ne voulions pas risquer d'électrocuter la Joconde. Fleury, mon tampon, insista pour essayer la force du courant. Il poussa le treillage d'un coup de poing. « C'est pas méchant et ça chatouille, dit-il. Juste ce qu'il faut. » Nous essayâmes avec la Joconde, Fleury passant derrière elle à prudente distance et en traînant ses sabots sur le pavé de l'écurie. A ce bruit, la Joconde déclencha ses jambes arrière, qui vinrent frapper le fil de fer. Le courant la fit sursauter. Elle tira au renard. Nous l'avions attachée court à l'anneau de la mangeoire. Au bout d'une semaine elle ne bottait plus. Quand quelqu'un passait derrière elle, elle levait la jambe comme pour frapper et la rabaissait prudemment, comme pour dire : « Gare au choc électrique » et cela sans le treillage à poules. C'était du plus haut comique. Les cavaliers des autres pelotons venaient contempler le spectacle et riaient aux larmes. Les officiers eux-mêmes vinrent voir ma démonstration et finalement le colonel. Il me félicita de mon initiative et me rappela que sa maison m'était ouverte. Justement Lucie était en vacances.

Le dimanche suivant, j'allai rendre visite à Lucie. La maison était pleine de jeunes gens. On joua à cache-cache. Ce fut très gai. Je trouvai Lucie très jolie et pensai que si les hasards du jeu me poussaient de nouveau avec elle dans un placard, je l'embrasserais probablement. Au crépuscule elle nous réunit autour d'une énorme tarte aux pommes. La cuisinière qui l'apporta et Lucie se tutoyaient. C'était la première fois que je voyais cette femme, une grosse paysanne d'une cinquantaine d'années, aux joues rouges et au franc parler. L'attitude de Lucie me plut. Il y a très peu de femmes qui sachent traiter les domestiques d'égal à égal. Une idée baroque me vint à l'esprit. De quoi Lucie eût-elle eu l'air si le sort l'avait faite pensionnaire d'un bordel ? Je l'imaginai avec le maquillage brutal, la tunique transparente et un sein à l'air. Elle serait beaucoup plus appétissante que la plupart de ces dames. Mais pas plus que la petite brune. Et me voilà parti en imagination avec la petite brune. Je revoyais le menton marqué et la peau foncée. J'entendais l'accent villageois. Elle devait être du Morvan. Je reconnaissais certaines intonations d'Herriot. « A quoi pensez-vous ? » me dit Lucie en me tendant un morceau de tarte. Je sursautai. Sa poitrine me sembla plus volumineuse que la dernière fois. Une poitrine blonde c'est plus délicat qu'une poitrine brune. Oui, mais il n'y a pas « la cible », à moins qu'elle ne soit légèrement marquée en rose, ce qui eût été délicieux. Pour savoir, il m'eût suffi de tirer ce corsage. Les boutons de nacre auraient sauté et ma curiosité eût été satisfaite. Ma curiosité et mon envie ! « A quoi pensez-vous ? » répéta Lucie en rougissant. Elle savait très bien à quoi je pensais. La cuisinière rit et dit : « Il se rince l'œil, pardi ! » Son accent faisait passer la crudité de la remarque. C'était celui de la petite brune. C'est cet accent qui avait réveillé mon souvenir. J'aimais mieux cela. Je ne me voyais pas rêvant d'une femme de bordel, surtout de celle-là qui m'avait l'air d'une faiseuse d'histoires. Je pris un morceau de tarte, remerciai, mordis dedans et fis de grands compliments à la cuisinière. Ils étaient sincères. Cette tarte était de style campagnard. La pâte peu raffinée était comme de la pâte à pain. Les fruits en cuisant avaient pénétré cette croûte. Chez mes parents les tartes étaient beaucoup plus travaillées, et aussi dans les restaurants que je fréquentais. Celle-ci avait un goût rustique, un goût de bois et de chambre à four. Tout en la savourant, je la comparais à Lucie. Elle aussi avait un certain côté rustique dans son raffinement. Comme ce serait agréable d'habiter la campagne avec une femme comme cela. On monterait à cheval, on chasserait. Je fendrais du bois avec une hache. Je rêve souvent que je fais merveille avec cet outil. Ça ne m'est jamais arrivé en vrai. Je fais comme mon ami Hartley. Je prends une scie et un chevalet.

J'avais un terrain d'entente tout trouvé avec les amis de Lucie : le cheval. Ils jugeaient mon dressage électrique de la Joconde « astucieux ». Leur conversation ne manquait jamais d'aboutir au panégyrique de l'extraordinaire capitaine Gramme. « Je ne lui reproche qu'une chose, dit un jour l'éleveur de chevaux, beau-frère de Lucie, c'est d'être le fils d'un mineur du Nord. Je voudrais qu'un tel cavalier soit l'un des nôtres. » Tous approuvèrent. Je ne dis rien, me contentant de penser à Murat, le roi des cavaliers, lui aussi venu de la roture. Je ne m'ennuyais pas dans ce milieu. J'oubliais que j'étais chez mon propre colonel. Je commençais à me sentir une place dans la maison. Cette place, tout le monde était d'accord pour m'y engluer à commencer par la toujours gaie maman de Lucie. Les coussins s'adaptaient à mon derrière. La chaleur du foyer m'engourdissait juste ce qu'il fallait. Cette place était à côté de Lucie. Dans l'esprit de tous, j'étais fait pour Lucie et Lucie pour moi. C'étaient en quelque sorte des fiançailles informulées. Après tout, pourquoi pas. Mon père me faisait bien rire avec ses ambitions. Pourquoi guigner la fille de l'empereur quand la chance vous envoie une fille de colonel munie d'une jolie poitrine et dont l'intérêt principal dans la vie est le même que le vôtre, à savoir le cheval.

Malgré ces beaux raisonnements, lorsque Lucie m'accompagna dans le vestibule à grands carreaux noirs et blancs, j'évitai de lui souhaiter le bonsoir en l'embrassant. Pourtant nous étions seuls. Justement. C'est dans ces circonstances redoutables que l'instinct d'un vrai fils de bourgeois se réveille et que ses défenses se dressent contre tout ce qui peut ressembler au « crochet ».

Expilly m'attendait. Nous dînâmes au mess des sous-officiers. Il était tard. Les autres avaient déjà regagné leurs chambres. Nous nous assîmes à une petite table et commandâmes un saucisson beurre comme hors-d'œuvre. Le plat du jour était des tripes à la mode de Caen.

« Tu sais, me dit Expilly, la petite brune, notre voisine du dîner chez Brigant, je l'ai revue. »

Cette nouvelle, pourtant à prévoir, m'atteignit comme un coup de fouet. J'éprouvai la sensation de devenir tout rouge. Expilly ne s'aperçut de rien et continua :

« Figure-toi que nos ouvrières étaient des femmes de claque ! J'y suis allé hier et on s'est reconnu. »

Apparemment elles ne lui avaient pas parlé de ma visite. On est discret dans le métier. Je lui demandai :

« Tu es monté avec la petite brune ?

— Non... J'ai pris Manon, celle qui a des cheveux châtains. »

C'était idiot, mais l'idée que la petite brune n'avait pas marché avec lui me fit plaisir.

« Les brunes, continua-t-il, c'est pas mon genre. Et puis elle était en main. Elle est montée avec un employé de chemin de fer. » Il me versa à boire. Le vin rouge du mess était abominable, coupé et recoupé, avec la prétention de faire « velours distingué ». Expilly s'en régalait. Il détestait le délicieux vin du pays, trop suret à son gré. J'ai remarqué et remarque de plus en plus que les gens vulgaires n'aiment pas ce qui est authentique. Il leur faut des mélanges et du maquillage.

Il reprit : « La petite brune m'a demandé de tes nouvelles. Elle m'a aussi dit que ça lui ferait plaisir si tu allais la voir ! » Cette nouvelle invraisemblable me renversa. Comment cette fille expliquerait-elle cette volte-face ? Je ne sourcillai pas. « Ah ! » fis-je d'un air indifférent. Intérieurement je préparais mes retranchements. Il s'agissait évidemment là aussi d'une tentative de crochet. Elle avait appris qui j'étais. Peut-être Expilly, cet idiot, l'avait-il renseignée. C'est à mon argent qu'elle en avait. C'était moins dangereux que Lucie, mais la situation valait d'être analysée. Qu'est-ce qui m'attirait en elle ? Sa peau aux reflets foncés ? sa poitrine à la fois douce et ferme ? son accent de gardeuse d'oies si différent de celui des « poules » que j'avais fréquentées à Paris ? Cette « revue de détail » n'avait aucun sens. On ne s'intéresse pas à une femme morceau par morceau. Une femme c'est un ensemble. Je sais maintenant que tout est un ensemble, non seulement l'homme mais l'univers.

Le mieux était de n'attacher aucune importance à cette fille. Dans huit jours je l'aurais oubliée. Quant à Lucie, pourquoi se lier à mon âge et cela pour le reste de la vie ? Je me fis le serment de déverser mon trop-plein d'affection sur une créature pour qui mon argent valait moins qu'une musette d'avoine, à savoir la Joconde.

« A quoi penses-tu ? » me demanda Expilly. La même question que Lucie ! Qu'est-ce qu'ils avaient donc tous à vouloir connaître ma pensée ? Ce « à quoi penses-tu » est une horrible question, plus grossière qu'une grossièreté. Mon ami Hartley ne me l'a jamais posée. Les femmes que j'ai connues me l'ont toujours posée, sauf Agnès. Je regardais les yeux ronds d'un bleu vide, de mon compagnon. J'y devinais une intention ironique et aussi un reproche, comme si on n'avait pas le droit de s'évader, de fuir la personne présente pour se reposer un instant sur l'épaule de l'absente. J'avais vingt ans et cette question jusqu'alors ne m'avait pas gêné. J'avais trouvé parfaitement normal ce viol de mon intimité. Brusquement je le trouvais insupportable. Maintenant je l'assimile à une dictature. Je suis sûr que les

« Hitler » — il y en a des tas sur cette terre — entrent dans la carrière de tyran poussés par le désir de savoir ce que l'on pense. Je fis à Expilly la seule réponse digne de sa question : « A rien », mensonge éclatant. Chacun sait que lorsqu'on rentre dans sa coquille c'est pour penser à des tas de choses. J'ajoutai : « Tu vas faire un tour en ville ? — Je suis fauché », m'avoua-t-il. Il s'attendait à ce que je lui propose de lui prêter de l'argent. C'eût été le geste normal d'un camarade de chambre. Je m'en gardai bien. « Moi, je vais faire un petit tour, j'ai besoin de me changer les idées. » Il comprit que je voulais être seul. Cette délicatesse de sa part, surtout après le « A quoi penses-tu ? » m'étonna. L'homme est un ensemble, mais un ensemble complexe. Comment se permettre de porter sur qui que ce soit un jugement ? Je me rendis à la maison close.

La grasse sous-maîtresse me reconnut et me fit entrer directement dans le salon. « Je reviens », me dit-elle, et elle disparut vers les sonorités du piano mécanique de l'estaminet sans me laisser le temps d'expliquer que je désirais monter avec la petite brune. L'estaminet était bourré de hussards. Je devais mon isolement propice à mes galons d'argent. On ne mélange pas les torchons avec les serviettes. Cela me flatta. Il me vint à l'esprit que je devrais demander une permission et aller m'exhiber en sous-off « fantaise » à mon père et à ma mère. J'imaginais celle-ci me montrant à son pékinois favori : « Regarde le beau soldat. Le beau soldat va faire bibise à beau toutou ! » Le bleu de ma tunique de drap satin était presque aussi pâle que celui des tuniques des officiers, et la garance de mes pantalons aussi brillante que la leur. Seule manquait à ces pantalons la double bande bleu pâle. On ne peut pas tout avoir. Seulement en sortant de Saumur je serais admis dans le saint des saints des porteurs de bandes de pantalons. Le colonel ne m'appellerait plus maréchal des logis ou bien par mon nom. Il m'appellerait « monsieur ». Dans la cavalerie d'avant 1914, entre officiers, on s'adressait encore la parole avec une familiarité polie, souvenir des temps aristocratiques. J'étais à peu près certain de franchir cette étape sans difficulté. J'avais commencé à étudier le programme de l'école. Il était à ma portée. Quant au cheval, je ne craignais aucun examen si rigoureux soit-il. Et puis il y aurait peut-être la guerre ! Le chancelier Berchtold avait donné à l'état-major autrichien des directives que les Serbes pouvaient prendre pour une provocation. Je m'imaginais promu sur le champ de bataille. Quel beau rêve. Ce qu'on est bête à vingt ans !

La sous-maîtresse revint avec la petite brune.

« Agnès était en main, me dit-elle. Elle descend seulement maintenant. »

Elle repartit vers l'estaminet nous laissant seuls. Je ne vis même pas l'horrible maquillage ni la tunique grotesquement « excitante ». Une envie irrésistible me dominait. Je la pris dans mes bras et la serrai à l'étouffer. J'embrassai longuement cette bouche écarlate. Quand nous nous dégageâmes je remarquai que les boutons de ma tunique avaient marqué sur sa poitrine.

« Je t'ai fait mal, excuse-moi, lui dis-je.

— Quand on est contente, on ne sent rien », répondit-elle.

Soudain je me rendis compte que je venais de l'embrasser avec ce maquillage dont elle et moi avions, la dernière fois, fait une question de principe. Peut-être intérieurement était-elle en train de triompher. « J'ai dit à ce monsieur que je ne marcherais pas avec ma vraie figure, eh bien, j'ai gagné ! » Mais non. Ce que je lisais dans ses yeux, derrière le mascara appliqué au balai, écartait l'idée de tout calcul. Quant à moi, je n'avais qu'une chose en tête. C'était de faire l'amour avec cette fille, avec ou sans maquillage. C'était comme une faim qu'il s'agissait d'apaiser au plus vite. Je fermai la porte du salon et poussai cette caricature de la petite brune sur une banquette. Elle se cramponnait à moi et gémissait de plaisir. Nous restâmes ensuite enlacés avec la sensation délicieuse que le temps n'existait plus. Des coups frappés à la porte nous ramenèrent sur terre. C'était la sous-maîtresse.

« C'est défendu ici, dit la petite brune. Pour être régulier il faut faire ça dans une chambre. »

J'ouvris à la sous-maîtresse, lui glissai une pièce dans la main et manifestai mon intention de prendre la chambre aux oiseaux pour la nuit. Elle feignit d'ignorer notre entorse aux règles de la maison et appela « Léon ». Le garçon athlétique parut portant un plateau avec l'inévitable bouteille de saumur mousseux et nous précéda dans l'escalier. La petite brune me fit asseoir sur le fauteuil unique de la chambre aux oiseaux.

« Je te rejoins tout de suite, me dit-elle.

— Où vas-tu ?

— Enlever mon maquillage, puisque tu y tiens. »

Je mis quelques secondes à enregistrer cette abdication, qui me parut d'autant plus complète que coïncidant avec l'emploi de la seconde personne du singulier. Je me levai et courus à la porte, impatient de lui en demander la raison. Elle avait disparu dans le dédale des couloirs.

Je saluai d'un grand soupir de soulagement ce que je pris pour une victoire personnelle. C'en était une en effet et je ne me doutais pas de son étendue. Je me rassis sur le fauteuil et béatement regardai Léon luttant avec le fil de fer du bouchon de sa bouteille. La petite brune m'aimait. Cela ne faisait aucun doute. N'ayant que moi en tête elle craignait de ne plus pouvoir supporter ses clients ordinaires. De là sa tentative — heureusement avortée — de couper le mal dans sa racine. Ne venais-je pas d'avoir dans cette étreinte sur la banquette la preuve éclatante de son amour ? Agnès s'était donnée à moi comme je croyais que seule une innocente, voire une vierge, puisse se donner — sans réticence, sans prudence. C'est comme si je l'avais sentie mourir et puis renaître entre mes bras.

Une autre preuve de son intérêt pour moi était que la sous-maîtresse ne m'avait pas présenté « le choix ». La petite brune avait dû s'entendre avec elle pour qu'elle me soit envoyée d'autorité. Mais que venait faire là-dedans l'histoire du maquillage. Le bruit du bouchon sautant m'arracha à ces pensées. J'eus l'idée de demander à Léon si son genre de travail ne lui donnait pas des envies.

« Jamais, me répondit le colosse. Je suis marié et j'ai tout ce qu'il faut chez moi.

— Votre femme n'est pas jalouse de vous savoir entouré de jolies filles ?

— Elle s'en fout pas mal ! Et moi je m'en fous pas mal aussi. A force d'en voir passer on ne les voit plus. Et puis ici, c'est pas des femmes, ajouta-t-il avec mépris. C'est des pièges à ce que je pense. Ce qui m'ennuie le plus c'est les heures. Je ne rentre chez moi qu'à cinq heures du matin. »

Il me quitta. Je retirai ma tunique, m'enfonçai dans le fauteuil et mis les pieds sur le bois du lit, satisfait de la vie, de la petite brune et de moi-même. N'était-ce pas la solution idéale : une femme avec laquelle j'éprouvais plus de plaisir qu'avec aucune de celles que j'avais connues, et cela sans vie personnelle et sans petits cadeaux. Une femme dont je connaissais à peine le prénom et dont j'étais bien résolu de conserver l'anonymat. Il y aurait sûrement des complications. Tout se paie. Mais la note serait une bagatelle comparée à ce qui me serait tombé sur le crâne si, par exemple, j'avais défloré Lucie sur le canapé du colonel. « Et si Agnès devenait enceinte ? » La réponse rassurante à cette question venait immédiatement à l'esprit. Comment affirmer que l'enfant serait de moi étant donné le nombre de passants pouvant être accusés de cette paternité. Qui vivra verra ! courte mais bonne ! bon mais pas con ! me répétais-je à moi-même, parodiant les déclarations du maréchal des logis Choron. L'important était que j'acceptais sans le moindre pincement de cœur l'idée qu'Agnès faisait et ferait le bonheur de quiconque consentait à verser le prix de la passe à l'asthmatique Mme Piccard. Quand la sous-maîtresse m'avait annoncé qu'Agnès était en main, ça ne m'avait fait ni chaud ni froid. Mes relations avec cette fille étaient établies uniquement sur la base de satisfactions physiques. Situation idéale pour un jeune bourgeois prudent.

La petite brune revint démaquillée. Nous nous jetâmes dans les bras l'un de l'autre. Je fis tomber son peignoir et l'embrassai partout où ma bouche rencontrait son corps. Je ne pouvais me lasser du contact de cette peau. En même temps je commençais à discerner son odeur. Une odeur de brune propre, une odeur saine comme celle d'un fruit. Je pensais à des noix, à des châtaignes, je pensais aussi à des bruyères comme celles qui entourent notre château en Bretagne, comme celles qui entourent votre maison, mon cher Hartley. Maintenant c'est le contraire qui se produit. Quand je marche dans votre bruyère je sens Agnès. Elle eût ri de ces comparaisons de bourgeois intellectuel. Elle ne comparait jamais rien à rien. Elle aimait trop ce qu'elle avait devant les yeux pour qu'il lui reste de la place pour le reste.

Nos baisers nous entraînèrent sur le lit. Nous fîmes l'amour avec une intensité renouvelée. Pour la seconde fois, je la sentis mourir dans mes bras. Ses muscles tendus à se briser se relâchèrent. Pendant quelques instants elle parut sans connaissance, un petit râle s'échappait de sa gorge. Puis elle revint à la vie. Elle ouvrit les yeux, attira ma tête contre sa poitrine. Je me blottis dans ce nid doux et chaud. J'avais retrouvé Nancy.

Nous nous endormîmes dans les bras l'un de l'autre. Au milieu de la nuit elle me réveilla : « As-tu la permission de la nuit ? » Je ne l'avais pas. En me dépêchant je pouvais regagner le quartier à temps. Elle m'aida à m'habiller. Elle-même n'avait pas pris le temps de remettre son peignoir. Elle m'aida à enfiler mes chaussures. Je la regardais, Vénus accroupie. La vue de la courbe de ses reins, de la rondeur de sa poitrine, de la chute désordonnée de ses cheveux me réjouissait infiniment. Elle me tendit mon sabre et mon képi et ouvrit la porte. Je l'embrassai une fois de plus.

Tout en courant le long des rues désertes, je riais de plaisir au souvenir de ma soirée. Je bondis dans le corps de garde, où mon collègue de service me montra l'horloge. « Trois minutes de plus et j'étais obligé de te signaler. » Expilly dormait ce qui évita les questions.

Dans mon lit je revivais en imagination les phases de cette parfaite soirée. Cette petite brune était une découverte sensationnelle. Un point cependant restait à élucider. C'était cette histoire de maquillage. Sa répugnance à l'abandonner le premier jour dépassait le simple caprice. Je demanderais à Agnès — tiens, voilà que je l'appelais par son nom ! — Maintenant qu'elle était apprivoisée, elle me le dirait.

Le lendemain au lever je pensai de bonne tactique de parler d'Agnès à Expilly. Il finirait toujours par savoir. Mieux valait présenter les choses moi-même. « Je suis allé au claque et je me suis farci la petite brune, lui dis-je. Elle est assez gentille. Je crois que j'y retournerai ce soir. » Je lui demandai s'il avait reçu de l'argent de sa famille et sur sa réponse négative lui fis mes offres de service qu'il accepta. Le soir, après un rapide dîner au mess, nous sortîmes ensemble et je l'emmenai au bordel. La sous-maîtresse lui présenta le choix. Moi, je fus traité en vieille connaissance. Léon me conduisit directement à la chambre aux oiseaux. Cette attention me flatta. Puis je réfléchis que mes pourboires, probablement exagérés, avaient dû me faire repérer. La petite brune parut dans l'embrasure de la porte. Elle était déshabillée et vêtue de son peignoir. L'idée que son abdication était motivée par la découverte de mon identité effleura mon esprit. Au premier baiser mes méfiances s'évanouirent. Et aussi le vilain petit sentiment d'avoir gagné. Je l'embrassai comme si je la retrouvais après un long voyage, collant ma bouche à sa bouche au point de nous étouffer, pétrissant son corps sous le peignoir avec une hâte presque brutale. Nous nous reprîmes pour respirer. Elle laissa tomber son peignoir. Ce geste me surprit et m'enchanta. Il me prouvait qu'Agnès n'était pas encore encroûtée dans le code des bonnes manières de sa profession. Les putains d'habitude veulent bien se montrer à poil mais ne veulent pas être surprises en train de s'y mettre. Il semble même que dans leur esprit la tenue d'Eve ne cesse d'être inconvenante qu'à partir du moment où elle est arborée à l'intérieur des limites de la surface d'un matelas. Je serrai son corps nu à le briser. Cette fois-ci ce fut elle qui chercha ma bouche. Elle devinait que c'était cela que je voulais. Agnès ne se permettait jamais d'initiative. Non qu'elle fût passive. Fichtre non ! Mais cette passionnée était humble. Rare combinaison.

Je sentis sa petite langue entre mes dents. C'était divin. Lorsque nous nous dégageâmes je constatai que cette fois-ci encore j'avais oublié, dans mon égoïsme, de retirer ma tunique. Les boutons avaient marqué sur la poitrine d'Agnès. Je lui demandai pardon et couvris ces traces de mes baisers. Elle n'arrêtait pas de me caresser la tête. Je voulus la prendre. Elle insista pour que je retire mon pantalon. « Tu pourrais froisser le drap de satin. »

Agnès m'aida à me déshabiller et rangea soigneusement mes effets dans l'armoire à glace. Quand elle me vit nu elle vint se coller à moi attendant mon bon plaisir. Je la soulevai et la couchai doucement sur le lit. Nous fîmes l'amour avec gravité. Il ne s'agissait plus pour moi de satisfaire un désir passager. Je voulais la rendre heureuse. Je voulais son bonheur comme elle voulait le mien. Le résultat de ce double altruisme fut une étreinte parfaite. Je la sentis perdre la tête en même temps que je perdais la mienne. Pendant quelques secondes il n'y eut plus d'Agnès et il n'y eut plus de Georges. Il y eut le couple éternel bien à son aise dans le petit coin de paradis terrestre que Dieu consent à lui laisser occuper de temps à autre, loin de l'ombre délétère de l'arbre de la connaissance. En général ça ne dure pas. Bien vite chacun redevient le centre de l'univers. Le paradis disparaît ne laissant que l'arbre en question.

Nous restâmes enlacés longtemps manifestant notre sentiment de plénitude par un petit resserrement de bras, un mouvement de jambe, comme si nous voulions nous rapprocher encore l'un de l'autre. Les histoires d'amour abusent souvent de l'expression « ne faire qu'un ». C'est qu'il n'en existe pas d'autre.

« Pendant », ça va de soi. Les pires égoïstes oublient leur propre existence. « Avant », l'envie fait passer sur bien des inconvénients, peau rêche, mauvaise haleine, poitrine douteuse. Mais « après » le moi revient au galop et avec lui les dégoûts et les gênes. Une jambe commence à vous démanger puis ce sont des fourmis dans un bras. La peau si douce de la bien-aimée devient sèche et brûlante. Le « un » devient « deux ». Il est des êtres privilégiés dont l'amour est assez fort pour repousser cette entreprise de sécession. Il y a des veinards qui, pleinement satisfaits, continuent à abandonner le contrôle de leur circulation aux battements de cœur de leur maîtresse. Ça, c'est vraiment de l'amour. Ils ne sont pas nombreux. Moi, je n'ai connu cela qu'avec Agnès. Le nombre de minutes ou d'heures que dure ce calme bonheur pourrait servir à mesurer l'amour. Au lieu d'utiliser des comparaisons vagues comme « notre amour est grand comme l'océan », les amants diraient : « Nous nous aimons de quatre-vingt-douze unités d'amour », ce qui signifierait qu'après leur petite affaire, ils peuvent rester enlacés un peu plus d'une heure et demie sans se haïr. Dans notre cas cette mesure n'eût d'ailleurs servi de rien. Agnès vivait en marge de notre monde de poids et mesures. Notre amour devait prendre de telles proportions qu'il eût fait craquer la machine. Même lorsque nous nous tenions à distance, le contact se prolongeait. Même séparés, nous continuions à ne faire qu'un. La seule unité de mesure qui eût convenu à notre amour eût été « l'unité vie ». J'ai tort d'anticiper. Je devrais essayer de suivre un ordre chronologique. Nous n'en sommes pas encore à la période triomphante de notre aventure. Il serait plus conforme au style de ce chapitre consacré aux débuts de nos relations de dire qu'auprès d'Agnès j'étais aussi détendu qu'un cheval entre les jambes du capitaine Gramme.

Agnès et moi restâmes un temps indéfini blottis l'un dans l'autre à ne rien faire, à ne rien dire. Puis il me fallut songer au retour. Agnès, toujours nue, m'aida à me rhabiller. Elle mit son peignoir pour m'ouvrir la porte. Nous nous embrassâmes encore une fois. « Au revoir, Agnès. — Au revoir, Georges. » Je sentis son plaisir à prononcer mon nom. Je dois dire que le sien me chatouillait la bouche assez agréablement.

Je pris l'habitude de rendre visite à Agnès au moins trois fois par semaine. Si mon service me l'eût permis, je serais allé la voir tous les jours. C'est beau d'être jeune ! Parfois nous ne parlions pas du tout. Cela ne veut pas dire que nous ne tenions aucune conversation, seulement nos conversations étaient muettes, tout comme celles que mon cher Hartley peut avoir avec Daisy ou Peter. Ce sont les seules vraies conversations. Elles traitent de l'essentiel, à savoir des rapports entre êtres différents. Elles établissent le contact mieux que les mots.

Lorsque Agnès était prévenue que je l'attendais dans la chambre aux oiseaux elle se précipitait dans l'escalier. Je l'entendais escalader les marches, parfois s'arrêtant pour remettre une babouche tombée de son pied nu. Arrivée à la porte elle me regardait puis s'approchait lentement de moi.

Je sentais son regard pendu à mon regard, non seulement son regard, mais sa bouche, ses mains, sa peau, tout son corps. Je suis obligé de traduire en pauvres mots ce don total d'elle-même. « C'est toi le maître. N'attends pas de moi une initiative. Je suis ton esclave et non pas ta maîtresse. Mon plaisir est de te donner du plaisir. Mon plaisir ne viendra que de toi. N'attends pas de moi le geste dominateur de la femelle qui prend possession du mâle, l'embrasse la première et le caresse la première. Moi, j'attends que tu m'embrasses ; j'attends que tu me caresses ; j'attends que tu me pénètres ; j'attends que tu m'écrases de ton poids. Mais je participerai de tout mon être à ton baiser, à ta caresse. Je participerai à mon écrasement. J'y aiderai en me cramponnant à toi de toute la force de mes bras et de mes jambes. Et quand je m'anéantirai, je veux que ce soit en toi. »

J'avais complètement oublié de demander à Agnès de m'expliquer ses réticences du début concernant l'abandon du maquillage. J'y pensais quelquefois au quartier pendant mon travail, ou le matin en me rasant. Dès que je la retrouvais ça me sortait de la tête.

Un soir, alors que je reposais dans ses bras, Agnès me dit : « Quand tu seras marié, j'espère que tu ne changeras pas de garnison. Je sais bien qu'un jour tu rentreras chez toi, mais je voudrais que ce soit le plus tard possible. » C'était dit sans l'ombre de sentimentalité avec simplement un respect total des décrets du destin. Elle aurait pu aussi bien dire : « Je sais qu'il va tomber de la grêle et que ça détruira la récolte. J'espère que ce sera le plus tard possible. » Je protestais de mon ignorance de ces plans matrimoniaux. « Et avec qui me marie-t-on ? demandai-je ironiquement.

— Tout le monde sait que tu vas épouser la fille du colonel !

— Tu peux dire à ceux qui savent cela qu'ils se fourrent le doigt dans l'œil. D'abord, si j'étais fiancé je ne tromperais pas ma future femme.

— Tu veux dire ici ? Ça n'a rien à voir. Ici c'est pas tromper.

— Qu'est-ce que c'est alors ?

— Le patron, M. Marjeulin, qui est très instruit, dit que c'est de l'hygiène. Il prétend que nous devrions dépendre du ministère de la Santé et porter une croix rouge comme les infirmières. Quand nous sortons en ville, bien sûr, parce que ça n'irait pas avec les drapés à la grecque ! »

J'ai essayé de donner une idée assez exacte de mes relations avec Agnès pendant cette première période. Ce n'était pas de l'amour puisque je n'étais pas jaloux. C'était plutôt une sorte d'amitié englobant les sens. Une chose certaine est que j'étais parfaitement heureux. Agnès ne me faisait pas oublier la Joconde. Au contraire. Je dirai même que mes sentiments pour l'une se trouvaient renforcés par mes sentiments pour l'autre. Combien de temps cette étape dura-t-elle ? Plusieurs semaines, je crois. Dans mon souvenir, elle est à la fois très courte et très longue. Très courte parce que mes journées avec la Joconde et mes soirées avec Agnès filaient entre mes doigts, comme du sable. Ça se retient difficilement, le bonheur. Très longue, parce que ma découverte d'Agnès s'avérait beaucoup plus compliquée que je n'aurais pu l'imaginer. C'est très inattendu un être simple. Or Agnès était la simplicité même. Chez elle « non » voulait dire « non » et « oui » voulait dire « oui ».

NOTES TRANSCRITES D'UN VIEUX CARNET

— Le capitaine Vasseur m'a fait un sermon sur l'incompatibilité entre l'école de Saumur et un collage avec une femme de bordel. Que m'a-t-il dit ? Je n'en ai plus la moindre idée ! Par contre je vois clairement le cuir de la poignée de sa cravache qui est décousu.

— Je rencontre le capitaine Gramme au manège. Il me regarde faire sauter la Joconde. La barre est à un mètre. Il me félicite. Lui-même essaie de mettre au pas un grand alezan maigre qui trottine. Le capitaine Gramme me dit : « La confiance... il n'y a que cela qui compte avec les chevaux. » Il parlait de sa voix étrangement aiguë. « Il y a des imbéciles qui croient à l'autorité ! Une grenouille saute sur le chemin, votre cheval terrifié s'emballe et vous emmène où vous ne devez pas aller. C'est la grenouille qui commande. C'est évident... c'est évident !... »

— Agnès ne se frise pas, ne met pas de bigoudis. Elle tord ses cheveux en un très gros chignon pendant sur sa nuque. J'aime soulever ce chignon et embrasser Agnès à la naissance du cou.

— Le brigadier Pétré du 1er escadron est venu au bordel. Je ne l'ai pas vu. On tâche d'éviter les rencontres entre sous-officiers d'une part et brigadiers et hommes de troupe de l'autre. C'est pour cela qu'il y a un salon et un estaminet. Pétré est avec deux autres brigadiers de son escadron. Ils boivent de la bière avec trois pensionnaires. Pétré exprime sa joie de cette petite noce en criant : « A nous les femmes qui fument et qui pètent dans la soie. » Il a un peu l'accent d'Herriot, d'Agnès et de la cuisinière de Lucie. Cette garnison est pleine de Morvandiaux et de Bourguignons.

Soudain des cris affreux nous parviennent. Agnès va voir ce que c'est. Pétré a perdu sa montre dans le trou des cabinets à la turque. Toute la maisonnée est massée dans le couloir et encourage Pétré dans sa tentative de repêchage. Il a retiré sa tunique, retroussé ses manches de chemise et il fouille dans l'orifice espérant retrouver l'objet. Les spectateurs suivent l'opération avec passion et donnent des conseils : « Plus profond ! ne tire pas la chasse d'eau !... elle doit être dans le siphon ! » Enfin il met la main dessus et la remonte à la surface. Ces dames applaudissent. Agnès me raconte l'incident comme s'il s'agissait du sauvetage des diamants de la couronne.

— Etant seul avec Agnès dans le salon, je mets un disque de tango et lui apprends à danser cette danse. Elle est très souple.

— Je tombe sur Mme Piccard en bigoudis. Elle s'excuse en minaudant. Elle eût fait moins d'histoires si je l'avais surprise à poil. Son asthme ajoute au grotesque de la situation.

— Ma première rencontre avec le tout-puissant maître de céans, M. Marjeulin ! Je vois d'abord une barbe descendant jusqu'à la ceinture et taillée en carré. Ensuite, je distingue un crâne chauve, un lorgnon et derrière le lorgnon des yeux vifs d'écureuil. Enfin un corps fluet vêtu de drap foncé. En dernier et un peu en retrait je découvre Mme Marjeulin aussi fluette que son mari, pas de barbe, mais un grand nez, un de ces nez qui envahissent tout un visage, ne laissant que peu de place pour une petite bouche mince et des petits yeux ronds. Le langage de M. Marjeulin est châtié et un tantinet prétentieux.

Mme Marjeulin dit : « Mon mari aurait dû être docteur ! »

— Le bureau de M. Marjeulin constitue de par son mobilier un hommage à la fois à l'Algérie et à la médecine. Des plateaux de cuivre travaillé et des cimeterres sont accrochés aux murs, voisinant avec les bustes d'Esculape et de Pasteur.

— M. et Mme Marjeulin me font penser à un couple de pharmaciens. Il n'y a que l'odeur qui diffère.

— MM. Verdier et Paulet font tous les jours leur partie de cartes dans l'estaminet, sauf le samedi où il y a trop de monde. Parfois j'assiste à leur partie. Ils émaillent leur abattage de cartes de commentaires aussi immuables que des rites. Treize, ma petite sœur Thérèse. Vingt-deux les deux cocottes ! Le valet est le maquereau, la reine est la gonzesse et le roi est le cocu. Les pensionnaires de l'établissement qui suivent le jeu rient immanquablement à la répétition quotidienne de ces innocentes plaisanteries.

— Carmen a reçu une photographie de son enfant qui est en nourrice. Nous nous extasions tous.

— M. et Mme Marjeulin me font faire le tour de l'établissement. Le dortoir de ces dames est vide. Seule la châtain fadasse de chez Brigant est allongée sur son lit. Un mal de tête qui avec de l'antipyrine passera avant l'arrivée des clients. Ce dortoir me rappelle tout à fait la chambre de mes débuts aux hussards. Les paquetages sur les étagères sont un peu plus colorés et froufroutants. Les tables de nuit et les valises n'ont évidemment rien de militaire, mais l'esprit est le même. J'entends que, ici comme au quartier, chaque lit représente le petit monde de son occupant. On devine que toutes les possessions, les souvenirs, les photos des êtres chers, les lettres des vieux parents et celles du fils en pension à la campagne, tout ce qui fait l'identité d'un être se trouve concentré dans ces valises et sur ces étagères. A côté de la chambre il y a une salle de bains avec deux baignoires et deux douches : « L'hygiène ! » répète M. Marjeulin en soulevant sa barbe de pharmacien comme pour s'assurer qu'elle est à sa place. « ... L'hygiène, je ne connais que ça... Il ne faut jamais oublier que nous sommes un service public... comme un médecin... ou un juge !... » Mme Marjeulin approuve de la tête.

— Agnès me demande de ne pas venir le samedi. Il y a trop de presse et Mme Piccard ne peut réserver une dame à un seul client. Malgré ce désir d'Agnès, je suis allé passer l'après-midi de samedi à l'établissement. Le salon était bourré de commis voyageurs. Ils ont bu le champagne. Je suis monté avec Agnès, mais nous avons dû « faire vite ». A travers la porte nous entendions Mme Piccard qui criait : « Allons, mesdames, dépêchons. Les clients attendent ! » Il m'a fallu accepter le « maquillage » et une coiffure qui me paraissait prétentieuse. Je suis redescendu au salon pendant qu'elle « montait » avec un commis voyageur. Pendant cette « passe » j'ai bu du champagne avec les autres commis voyageurs. J'ai beaucoup ri des plaisanteries de l'un d'eux, représentant en bonneterie. Agnès est revenue et je suis monté de nouveau avec elle. Pour la première fois depuis que je connaissais Agnès, je n'ai pas éprouvé le plaisir bouleversant de nos rencontres habituelles. J'ai même eu du mal à arriver jusqu'au bout. Elle-même me semblait froide, indifférente. J'ai décidé de ne pas pousser l'expérience plus loin et je suis parti.

Après tant d'années je peux bien dire la vérité, ce

n'était pas un départ, c'était une fuite. Je me précipitai chez Brigant et seul à une petite table bus deux bouteilles de champagne sous l'œil inquiet de M. Brigant. Je me répétais constamment : « Je ne suis pas jaloux… elle peut bien se faire enfiler par la terre entière, je m'en fous ! » Je rentrai au quartier en titubant. Cette nuit-là, ce fut Expilly qui me soigna.

SUITE DES NOTES DU VIEUX CARNET

— Le lendemain je retourne au bordel. Je retrouve mon Agnès habituelle, sans maquillage, avec son lourd chignon pendant sur la nuque. J'ai d'abord un peu de mal à oublier son emploi du temps de la veille. Elle sent ma réticence et va regarder par la fenêtre. Agnès ne s'impose jamais. C'est à moi, le maître, de décider. Cette humilité me bouleverse. Elle lit mon émotion sur ma figure et vient à moi. Séance particulièrement tendre.

— La serrure de la porte de la chambre aux oiseaux est montée à l'envers. Pour ouvrir il faut tourner le loquet comme si l'on fermait.

— La boule de cuivre du bas de la rampe de l'escalier est dévissée. Chaque fois que je monte, je tourne cette boule dans l'espoir de la consolider. Le pas de vis est usé.

— Les motifs du papier peint de la chambre aux oiseaux se répètent tous les quatre oiseaux. Je suis des yeux cette combinaison régulière et tombe sur un visage d'homme, une sorte de Neptune sortant des eaux dont la barbe est formée par le plumage d'un paon bleuâtre.

— Je ne sais plus dans quelles circonstances, je suis allé dire bonjour à Agnès vers onze heures du matin. Deux femmes de ménage possèdent la maison, balayant, lavant, cirant, frottant. Il y en a une vieille petite et maigre qui n'arrête pas de raconter des histoires d'accouchements. L'autre est grande, forte, d'âge moyen et a une petite fille de six ans. Les pensionnaires, réfugiées dans leur dortoir, prennent la petite fille avec elles. Elles lui donnent à lire Bécassine et la bourrent de chocolat. Je découvre Agnès en train de laver des bas. Je l'embrasse sur le front et repars vers le quartier, heureux comme si je laissais une femme à moi tout seul engagée dans l'exercice de ses devoirs de maison.

— Mme Piccard passe derrière les femmes de ménage et récolte les chiffons, plumeaux et balais qu'elles sèment à travers la maison.

— Un cavalier ivre se met à casser les verres et les bouteilles. Il blesse Baby à l'oreille d'un coup de soucoupe. Ce cavalier est un géant par rapport à M. Marjeulin qui, en vain, lui donne l'ordre de sortir. Léon le prend sous le bras comme un paquet de linge sale, le jette au milieu de la rue.

— L'ami de Manon est venu de Paris pour lui demander une explication. Il y a trois mois qu'elle ne lui a rien envoyé. Manon n'est pas absolument blanche. Elle trompe son ami avec un hussard à qui elle refile de l'argent. Le Parisien lui dit son intention de « monter » avec elle. Elle ne veut pas se sachant en sûreté dans l'estaminet au milieu des copines et des clients. Il insiste. Elle finit par céder. Heureusement, Gaby prévient Mme Piccard qui prévient M. Marjeulin. Dans la chambre, le Parisien sort un couteau à cran d'arrêt et veut frapper Manon qui se sauve dans l'escalier en hurlant. Le Parisien court derrière elle et tombe sur Léon qui le cueille comme on cueille un fruit sur l'arbre et le vide au milieu de la rue où les agents, alertés par M. Marjeulin, le ramassent.

— Je me suis coupé la lèvre en me rasant et ça m'empêche d'embrasser Agnès comme je le voudrais.

— Ce qui est important est ce dont on se souvient.

Fin du carnet

CHAPITRE IX

Un soir, comme cela, sans raison, je demandai à Agnès de me raconter d'où elle sortait, d'où lui venait son accent paysan. C'était le doigt dans l'engrenage, un pas de géant vers la fin de ce commode anonymat si propice à mon égoïsme. Le seul fait que j'intégrais Agnès dans mes souvenirs de Nancy eût dû éveiller ma méfiance. J'aurais dû comprendre qu'elle était toute prête à entrer dans ma vie, qu'il ne lui manquait pour cela qu'une identité. Plus intuitive que moi, son premier mouvement fut de protester. « Pourquoi veux-tu que je te parle de moi. Y a rien de rare ! » J'insistai. Ce n'était pas son genre de se faire prier. Son histoire en effet n'avait « rien de rare ». Enfant de l'Assistance publique, elle avait été élevée par des fermiers dans un village du nord de la Côte-d'Or. Ils avaient un fils âgé d'une dizaine d'années de plus qu'Agnès. Elle avait huit ans quand le père mourut du tétanos consécutif à une blessure au pied infectée dans le fumier. Le nom d'Agnès venait simplement du fait qu'à l'Assistance on l'avait baptisée le jour de la Sainte-Agnès. Elle avait quatorze ans lorsque le fils la déflora dans la grange, un après-midi qu'il pleuvait « et qu'on n'avait rien d'autre à faire qu'à attendre la fin de la pluie ». Il s'appelait Emilien. Il était gentil, à la condition qu'elle fasse tout son travail. Elle n'avait pas beaucoup fréquenté l'école. « Avec les vaches, le foin à rentrer, la récolte des prunes, la luzerne, les pommes de terre et le cochon, sans compter Emilien qui voulait que je le soulage plusieurs fois par semaine, il ne me restait pas beaucoup de temps pour dormir. » A quinze ans elle avait fait une fausse couche. Ils avaient dû tout lui enlever. Elle avait pleuré à l'idée qu'elle ne pourrait pas avoir d'enfant. Emilien vint la voir plusieurs fois à l'hôpital de Dijon. Il lui apportait des fleurs qu'il cueillait dans les champs. Quand il avait « des sous » il lui apportait un éclair de chez le pâtissier. Elle avait dit que son violeur était un chemineau. Elle ne voulait pas qu'Emilien ait d'ennuis. Il lui avait dit qu'il l'épouserait quand elle aurait l'âge.

Quand Emilien allait à Dijon il passait de longues heures à rêvasser devant la vitrine de la grande quincaillerie. Il en connaissait tous les articles, depuis les tire-bouchons à levier jusqu'aux hachoirs à viande, en passant par les pièges à rats. Son rêve était d'avoir un jour une quincaillerie à lui. Pas dans une grande ville, son ambition n'allait pas jusque-là, mais dans une petite sous-préfecture ou un chef-lieu de canton. Il se ferait une clientèle en présentant les objets les plus pratiques et les plus modernes. Il consultait des catalogues et avait conscience de s'y connaître dans la partie mieux qu'un professionnel. Il aurait particulièrement soigné le rayon des outils agricoles, n'hésitant pas à faire venir certains articles d'Amérique. Il n'osait pas dire ses espoirs à sa mère qui avait bien du mal à joindre les deux bouts et se serait moquée de lui. Agnès était sa confidente. Il voulait que ce soit elle qui tienne la caisse. Il n'aurait pas eu confiance dans une autre. Elle savait à peine faire une multiplication. Dans ses accès de courage, il l'envoyait à l'école — quatre kilomètres à pied et autant pour revenir — et trayait lui-même les deux vaches. Agnès se voyait déjà mettant les sous dans une machine dont le tiroir sort tout seul en faisant « ding ».

Emilien qui avait eu plusieurs sursis pour raisons de santé finalement fit son service militaire à Nancy. Puis la mère mourut. Emilien vendit la ferme et emmena Agnès à Paris. Ils habitaient une chambre sous les toits au bout de l'avenue de Clichy. Il disait qu'à Paris il trouverait une banque qui le comprendrait et donnerait des sous pour sa quincaillerie. Hélas, il ne connaissait personne dans les banques. Sa seule relation était Marcel, un camarade de régiment, qui avait l'air de rouler sur l'or mais déclarait ne pas avoir assez pour une quincaillerie. Marcel faisait souvent des allusions à ma situation, disant que c'était pitié de perdre ma jeunesse dans une chambre sous les toits à attendre que mon ami ait rencontré le père Noël. Emilien hochait la tête et approuvait. Mais que faire. Nous étions au bout de notre rouleau. Marcel nous emmenait souvent dîner dans des restaurants chics. C'est grâce à lui que j'ai mangé des huîtres et bu du champagne pour la première fois. Je n'aimais pas ça. Maintenant j'aime beaucoup ça. On se fait à tout.

Quand Emilien eut dépensé l'argent de la ferme, Marcel n'eut pas de mal à le convaincre de « mettre Agnès en maison ».

Emilien eut plus de mal à convaincre Agnès. Elle

voulait se placer comme bonne. Il fallut que Marcel vienne à la rescousse et lui fasse entrer dans la tête cette grande vérité sur laquelle repose la morale de ce milieu spécial, à savoir que le client n'est pas un homme. En couchant avec lui on ne trompe pas le compagnon auquel on a juré fidélité. De nos jours les femmes travaillent. Quelle différence y a-t-il à servir un client à une table de restaurant ou le servir sur un matelas d'une maison de tolérance ? Ce n'est qu'une question de forme. Dans un cas comme dans l'autre le sentiment ne joue pas. « Or, insistait Marcel, dans la vie ii n'y a que le sentiment qui compte. » Agnès n'était qu'à demi persuadée. Emilien eut une crise de larmes déclarant, sans d'ailleurs mentir, qu'il n'avait plus qu'à aller se jeter dans la Seine. Cette menace sembla ébranler Agnès. Probablement sur le conseil de Marcel, Emilien en décupla l'effet en promettant à la jeune fille de l'épouser si elle acceptait. Cette proposition était la preuve éclatante de la justesse des raisonnements de Marcel, à savoir que faire l'amour avec un monsieur qui paye, ce n'est pas faire l'amour. Emilien proposerait-il de régulariser leur union, et pas seulement devant Monsieur le Maire, mais devant le curé, le Bon Dieu, la Sainte Vierge et tout le bataclan, si c'était pour accepter que la femme qui lui était unie par des liens aussi sacrés aille le tromper avec d'autres hommes. Agnès fut convaincue. Elle demanda à ce que la cérémonie eût lieu au Sacré-Cœur. Les témoins étaient Marcel, un de ses amis vêtu d'un costume à carreaux qu'Agnès admira beaucoup, et deux dames, également amies de Marcel, vêtues l'une de soie verte et l'autre de soie rouge et qui à peine sorties de l'église n'arrêtèrent pas de fumer des cigarettes.

Pendant la cérémonie Agnès pria avec ferveur, remerciant sainte Agnès de lui permettre de rendre service à Emilien sans pour cela devoir tomber dans le péché. On déjeuna chez *Manière,* rue Caulaincourt. Aux liqueurs, les deux dames en soie, estompées par les nuages qu'elles tiraient de leur « caporal » répétèrent à Agnès pour la vingtième fois qu'un client n'est pas un homme.

Marcel remit à Emilien une partie de sa commission sur la promesse que la marchandise serait livrée à bon port. Il y avait aussi la question de l'éducation professionnelle de la jeune femme. Sur ce point, Marcel, qui avait fréquenté les maisons de Nancy avec Emilien, savait que ce dernier était à la hauteur de la situation. Ces péquenots sont plus affranchis qu'ils n'en ont l'air.

Emilien accompagna Agnès à la maison de Nantes où elle débuta. Puis il prit un billet pour les Etats-Unis où il espérait réaliser son grand rêve de quincaillerie. Emilien promit à Agnès d'être de retour dans un an. Il promit aussi d'écrire souvent.

Le propriétaire de la maison de Nantes était un ami de M. Marjeulin. Ce dernier, à cause de sa nouvelle succursale, eut besoin de renfort. Son collègue de Nantes proposa à quelques-unes de ses pensionnaires de changer de garnison. Lui-même traversait une sorte de morte-saison. Il profita de l'occasion pour se débarrasser d'Agnès qu'il craignait n'être qu'un faux poids, c'est-à-dire au-dessous de l'âge légal. C'est au cours de cette permutation que nous avions rencontré Agnès et ses collègues.

Les malheurs de cette orpheline me touchaient d'autant plus que je la sentais encore toute chaude de nos étreintes. Et je dois dire que ce jour-là son abandon avait été particulièrement délicieux. J'avais vraiment senti cette confiance que vantait le capitaine Gramme. Mais le début de son histoire n'alla pas jusqu'à me sortir de ma position de spectateur sympathique. L'arrivée d'Emilien m'agaça. Je pris le parti de sourire à la mention du viol dans la grange. Si Agnès n'avait pas été aussi ignorante j'aurais juré qu'elle était allée chercher cela chez Maupassant. Enfin, je ne participais pas. Ce qui me sortit de ma réserve sentimentale fut la révélation de sa dépendance vis-à-vis d'Emilien. Le rempart du bordel, l'assurance contre le « crochet » due à la profession d'Agnès, l'anonymat, tout cela s'écroulait, se volatilisait, disparaissait en poussière. J'entrais dans la danse. J'étais jaloux, vulgairement jaloux comme un homme du peuple. Je m'imaginais très bien poignardant ma maîtresse et faisant brûler mon rival à petit feu. Il n'était plus question de prostituée et de client. Il y avait un garçon et une fille que le sort avait réunis. Il y avait toutes les possibilités de drame, de bonheur, de malheur, de sérénité, de complications que déclenche une telle rencontre. Ça arrive tous les jours à des milliers de mâles et de femelles, et chacun de ces chocs constitue la plus grande histoire du monde. Pour l'instant le sentiment qui dominait en moi était la stupeur. Nous restâmes silencieux l'un en face de l'autre pendant un long moment. Son attitude était : « Tu as voulu savoir ? Tu sais maintenant ! » Ce n'est que plus tard que je compris qu'elle était désespérée. Je la quittai sans dire un mot.

Le lendemain j'eus une mauvaise journée avec un jeune cheval que le moindre bruit plongeait dans des terreurs hystériques. Tout en travaillant je pensais à Agnès, me jurant de ne jamais la revoir. Je ne voulais pas m'abaisser à devenir le rival d'Emilien. Je regrettais que Lucie soit à Bordeaux dans un couvent. J'aurais aimé passer quelques heures avec cette fille sans mystère — du moins je le supposais. Puis je me dis qu'Agnès me devait des éclaircissements sur un point. Cette histoire de maquillage liée à son incompréhensible changement d'attitude. Pourquoi avoir proclamé le premier soir qu'elle préférait ne plus me revoir pour ensuite m'accueillir avec toutes les manifestations possibles de satisfaction? Une explication bien simple s'imposait à mon esprit, la même, toujours la même, si flatteuse pour ma vanité, mais annonciatrice de telles menaces : elle m'aimait.

Il me fallait absolument revoir Agnès. A mesure que la journée s'avançait je m'avouais que c'était sa présence que je voulais, plus que la plus logique, la plus sincère, la plus inutile des explications.

A peine l'appel terminé, je me dirigeai vers la maison close. Je dus insister pour avoir Agnès.

« Je ne sais pas ce que vous lui avez fait, me dit Mme Piccard, mais elle n'est plus la même.

— Refuse-t-elle de me voir?

— Non, c'est plutôt moi et Mme Marjeulin qui voulons lui éviter des soucis. C'est encore une enfant! »

Ma générosité eut une fois de plus gain de cause. Agnès me rejoignit dans la chambre aux oiseaux. Elle arborait de nouveau son abominable maquillage. « Je ne t'attendais pas » expliqua-t-elle. Je lui demandai de s'asseoir et fis quelques pas dans la chambre. Son attitude était rigoureusement passive. Elle semblait dire : « Puisque c'est fini, pourquoi te fatiguer et me faire de la peine? »

« Pourquoi ne m'attendais-tu pas, lui demandai-je.

— Parce que tu sais que je suis mariée. Ça change tout !

— Ça ne change rien !...

— Mais si...

— C'est pour cela que le premier jour tu m'as demandé de ne plus revenir ?...

— C'est pour cela.

— Et c'est pour cela que tu ne voulais pas retirer ton maquillage ?

— C'est pour cela.

— Quel rapport ?

— Je t'ai raconté mon histoire. Je suis la femme d'Emilien pas la tienne.

— Mais le maquillage ?

— Ça se comprend tout seul. C'est comme l'uniforme pour les soldats. A la guerre et en uniforme ils tuent et tout le monde trouve ça bien. Sans uniforme ce seraient des assassins.

— Avec maquillage tu ne trompes pas Emilien. Sans maquillage tu lui es infidèle ?

— Voilà !

— Et la fois suivante, pourquoi m'as-tu... aimé avec une telle passion ?

— C'est pourtant bien simple, c'est parce que je t'aime ! Si je ne t'aimais pas je pourrais faire tout ce que tu veux sans tromper Emilien. »

Cette déclaration brutale me prit de court. C'était idiot, mais l'aveu d'Agnès me comblait de joie. J'avais passé la journée avec l'impression que mes muscles étaient noués. C'était la détente. Je balbutiai :

« Tu m'aimes, mais Emilien ?

— Je ne l'aime pas ! Je ne le trompais pas parce que je trouvais ça mal... Je trouve encore que c'est mal. Quand on épouse un homme c'est pour la vie. Mais je ne l'aime pas. Je me suis rendu compte qu'Emilien ça avait été le hasard, la vie dans la même campagne, mais je ne l'aimais pas vraiment. Tandis que toi je sais que c'est vrai. J'aurais dû ne pas te revoir. J'ai essayé. Mais la chair est faible. Je suis une pécheresse de la pire espèce. J'aime mon péché.

— Qu'est-ce que tu vas faire ?

— Penser à toi et attendre Emilien. Je ne l'aime pas, mais je suis sa femme.

— Il y a longtemps qu'il t'a écrit ?

— Il ne m'a pas écrit du tout. C'est à Marcel que j'envoie mes sous.

— Il est peut-être mort ?

— Peut-être.

— Alors tu es libre ?

— Peut-être bien mais je n'en suis pas sûre. »

Je lui demandai timidement :

« Après ce que tu m'as dit, accepteras-tu encore de faire l'amour avec moi… sans maquillage ?

— Sans maquillage ! »

Elle lut mon envie dans mes yeux et baissa la tête.

« Je te l'ai dit, je suis une pécheresse qui aime son péché. Je ne peux même pas me confesser parce que le curé me demanderait d'y renoncer. Et si je le lui promettais, ce serait un faux serment. »

Elle s'éclipsa. Une fois seul, j'essayai de voir clair dans la situation. Je frémis à l'idée qu'elle allait ce soir même faire les délices de quelque client inconnu. Si mon père eût été là, il m'eût dit : « Sauve-toi, disparais sans te retourner ! Quitte cette ville ! J'arrangerai les choses avec ton colonel. Nous prétexterons une maladie grave. Et d'ailleurs c'est la vérité. Tu es malade et il faut te soigner. Tu es malade du cerveau. Tu sais très bien ce que signifie Agnès — une vie gâchée, de sordides complications. Sauve-toi, mon petit, pendant qu'il en est encore temps. Sauve-toi avant que ta jalousie ne soit devenue intolérable et ne te fasse faire d'irréparables sottises. »

Heureusement mon père n'était pas là. Agnès revint sans son déguisement. Notre réunion fut très douce.

Un peu plus tard je lui dis : « Crois-tu que ton patron accepterait de te lâcher, moyennant une indemnité bien entendu. Je t'installerais dans un petit appartement en ville où je pourrais te retrouver tous les soirs. Tu ferais la cuisine…

— … Tu dois être difficile !

— Pas du tout. Un morceau de pain, du fromage et une bouteille de vin…

— Ça je sais le faire ! Je vais dire au patron que tu veux lui parler. »

Elle sortit. Je me disais que chez les femmes il n'y a que le premier pas qui coûte. Tout ou rien ! Du moment que le principe de tromper Emilien était admis, Agnès était décidée à aller jusqu'au bout. Elle revint avec M. et Mme Marjeulin. Ils écoutèrent ma requête sans manifester le moindre étonnement. M. Marjeulin me répondit que ces dames étaient libres — sauf bien entendu la question de leurs dettes mais qu'il y avait aussi une question de contrat moral, de bonnes relations de patron à employé. Il me promit de me donner une réponse le lendemain et me demanda si j'accepterais de venir dîner « en famille ». J'étais prêt à accepter n'importe quoi, pourquoi pas un dîner !

Le lendemain je quittai le quartier aussitôt après l'appel. Le colonel traversait la cour à cheval suivi d'un de ses tampons également à cheval. De sa voix joviale et suivant la tradition, il interpella Quentin qui se dirigeait vers la cantine : « Eh bien, Quentin ?... ça va... ? — Pas mal, mon colonel, et vous ?... » répondit Quentin à son aise, dans son garde-à-vous. Puis le colonel m'avisa également immobilisé, les bras collés au corps. Il poussa son cheval vers moi et se pencha. « Eh bien, mon petit, il paraît que vous faites des vôtres... Tant mieux !... tant mieux ! Je m'arrangerai pour que Lucie le sache... Ça lui fera du bien... J'estime qu'un garçon ne doit pas se marier avant son deuxième galon... Et puis j'aime mieux les hussards qui vont au bordel que les fesse-mathieux qui se branlent dans les coins ! » Un peu plus loin je croisai le lieutenant de Sivel qui était de service. Nous échangeâmes quelques mots sur la démonstration du lancer de grenades à main qui devait avoir lieu le jour suivant. J'avais été désigné comme sous-officier instructeur de cette nouveauté pour l'escadron et ça ne m'enchantait pas. Je le dis franchement au lieutenant qui me fit remarquer que mon affectation aux jeunes chevaux me laissait plus de temps que les devoirs de peloton n'en laissaient à mes collègues. Il me quitta sur une note ironique : « Ne vous fatiguez pas trop ! » A la porte je m'effaçai pour laisser passer le capitaine Gramme, qui rentrait à pied chez lui.

« Faites attention à la blennorragie, me dit-il, ça peut dégénérer en orchite, et même guéri vous ne seriez plus le même à cheval. »

Il me communiquait ce conseil de sa voix à la fois aiguë et confidentielle. Il s'arrêta et m'agita l'index sous le nez : « On guérit d'une blessure — et l'orchite est une blessure — mais les muscles ne se remettent jamais en place. Il y a aussi les nerfs qui jouent un grand rôle dans vos rapports avec le cheval. Vous avez un bel avenir. Vous pouvez même aspirer au Cadre Noir. Ce serait dommage de vous perdre. Tenez, plutôt que de vous voir attraper une orchite, j'aimerais mieux vous voir avec une bonne syphilis. »

Je remerciai le capitaine, le saluai et le regardai s'éloigner, les mains tortillant sa cravache derrière son dos et répétant : « C'est évident... c'est évident. »

Je n'avais jamais pensé à cet aspect de la question. J'avais passé à travers toutes mes aventures sans le moindre inconvénient de ce genre. J'en arrivais à croire que j'étais immunisé et que n'attrapaient les maladies vénériennes que ceux qui y étaient disposés.

Mme Piccard m'introduisit dans le bureau de M. Marjeulin. Agnès nous y rejoignit. Elle était « en civil ». C'était la première fois que je la voyais comme cela. Je ne connaissais d'elle que le costume de Sablaise, l'uniforme de la maison, et le peignoir, que je me rappelle maintenant avoir été d'un assez vilain bleu tirant sur le violet. Le « tailleur » qu'elle portait ce jour-là était gris rayé de noir. La jupe était du type « sport », c'est-à-dire qu'elle s'arrêtait à hauteur de la cheville. Son corsage était de lingerie blanche. Elle avait un peu l'air d'une institutrice de village. Je poussai un soupir de soulagement. J'avais craint le côté fille du trottoir ou le genre bonniche.

La salle à manger était une pièce étroite et longue. Nous étions une douzaine de convives autour de la table. M. Marjeulin présidait. Il désigna à Agnès le siège à côté de lui. Mme Marjeulin occupait l'autre bout de la table. J'étais à sa droite. Mme Piccard s'assit au milieu. En face d'elle Carmen, qui était la plus ancienne, prit place. Au début avec les hors-d'œuvre la conversation languit un peu. Elle se réveilla avec la blanquette de veau, un chef-d'œuvre. Nous portâmes un toast à Mme Piccard qui en était l'auteur. La cuisinière, que nous félicitâmes aussi, n'avait fait que lui préparer les ingrédients. Ces compliments mérités à un plat aussi traditionnellement national amenèrent M. Marjeulin à disserter de la famille française. Il dénonça la crise de la natalité. « Des époux français normaux, dit-il, croient avoir fait leur devoir lorsqu'ils ont donné un fils à la patrie. Résultat, la France n'a que trente-neuf millions d'habitants et l'Allemagne en a soixante-sept. » M. Marjeulin considérait que la crise était d'ordre moral. « Il n'y a plus de principes dans les familles, affirmait-il avec véhémence — sa barbe en tremblait — Monsieur a une maîtresse, Madame a un amant et, bien entendu, ils prennent leurs précautions ! — C'est dégoûtant ! » s'indigna Carmen. « Autrefois, expliqua M. Marjeulin, quand un homme marié avait des envies extraconjugales, il allait frapper à la porte de la maison de tolérance. Ça ne tirait pas à conséquence. Au contraire, quelquefois ça lui donnait des idées et c'est Madame qui en bénéficiait. » Il conclut en accusant l'irréligion : « Quand les gens allaient à la messe ils faisaient des enfants ! »

Au dessert, Sonia la blonde chlorotique nous régala d'une chanson « vécue » : *Quand j'danse avec mon grand frisé...* L'auditoire applaudit avec modération. « Je n'aime pas beaucoup le genre réaliste », déclara M. Marjeulin, la grosse Mme Piccard regretta de ne plus avoir de voix. Elle nous eût régalés de « l'Angélus du Paysan ». Mais avec son asthme !

Après le café et le pousse-café, M. Marjeulin me demanda de bien vouloir lui accorder un entretien particulier. Nous passâmes dans son bureau.

« Je tiens, me dit-il, à insister sur le fait qu'Agnès est libre comme l'air. Elle me doit un peu d'argent, mais je sais que vous me rembourserez. Ce qui m'inquiète, c'est elle. La maison close n'est peut-être pas la Cour d'Angleterre, mais c'est une famille, monsieur, une famille où on ne se sent pas tout seul. En retirant Agnès de cette famille, c'est comme si vous retiriez un petit oiseau de son nid. Etes-vous sûr que le jour où vous l'abandonnerez l'oiseau saura voler tout seul et trouver sa pâture ? » Je protestai de mon intention de ne pas abandonner Agnès. Il me regarda en secouant la tête. « Ne me dites pas que vous voulez l'épouser — bien sûr que non. — Vous envisagez donc un collage à vie ? » La question était embarrassante. « Je ne sais pas », finis-je par avouer. Il ferma les yeux et passa la main dans sa barbe. « Vous ne savez pas maintenant, mais vous saurez demain. Vous saurez qu'un monsieur dans votre situation ne fait pas sa vie avec une femme de bordel. Vous abandonnerez Agnès, et même si elle s'en tire matériellement, elle ne s'en tirera pas sentimentalement. Elle sera profondément malheureuse. »

M. Marjeulin était un pompeux petit bonhomme. Il aimait les pauses « bien senties ». J'essayais de me convaincre de son ridicule pour ne pas m'avouer que sa mise en garde était la sagesse même. « Ce n'est pas votre argent qui lui manquera, dit-il, c'est votre compagnie. C'est d'autant plus grave qu'elle vous aime et que vous croyez l'aimer. L'amour, voire la simple affection, est une denrée dangereuse. Il ne faut le distribuer qu'à bon escient. L'organisme s'y habitue et si on l'en prive ça peut avoir des conséquences graves. Voyez-vous, monsieur, continua-t-il, je connais la femme. C'est mon métier et je n'en rougis pas. Eh bien, la femme ne peut pas vivre seule. Pourquoi croyez-vous que la plupart de mes pensionnaires aient un amant de cœur ? Elles ne le voient jamais, il leur écrit rarement. Mais il existe. Elles savent qu'elles ont quelqu'un et cette réconfortante pensée leur permet de continuer. L'argent qu'elles leur envoient n'est pas jeté à la rivière ! Et ces unions sont plus solides que vous ne le croyez. Certaines durent jusqu'à la mort. Bien entendu, pour celles qui ne veulent pas se laisser maquereauter, il y a nous. Regardez Mme Piccard. Il y a trois ans elle montait encore avec les clients. Maintenant elle est de la famille ; comme une sœur ! »

Il avait raison, mille fois raison. Je savais que je ne finirais pas mes jours avec Agnès. Mais j'étais un horrible bourgeois, et mon égoïsme me faisait envisager la douleur qu'elle ressentirait à notre rupture avec la plus parfaite indifférence. Une seule chose comptait : j'avais envie d'elle et je ne voulais pas qu'elle se donne à d'autres qu'à moi. Que durerait mon envie ? Ça c'était une autre question. Je répondis à M. Marjeulin qu'il avait peut-être raison, que je ne pouvais pas prédire l'évolution de mon sentiment pour Agnès. Tout ce que je savais était que dans le présent ce sentiment était sincère. Je suggérai d'avertir solennellement Agnès de la fragilité de l'état que je lui proposais. Il haussa les épaules et alla la chercher. « Agnès, lui dis-je d'un ton de notaire lisant un acte, te rends-tu compte que... la position — j'eus du mal à trouver le mot — que je t'offre maintenant ne t'apporte aucune sécurité. Je puis partir à la guerre et te laisser. Je puis aussi partir pour d'autres raisons. » Agnès me regarda surprise et inquiète. « Tu ne veux plus de moi ? » me demanda-t-elle. « Je veux simplement dire que notre aventure ne sera peut-être pas éternelle. » Elle rit. « Ce n'est que ça ! A ton air je croyais que t'avais changé d'idée ! »

Il fut convenu qu'elle passerait la nuit dans la maison, mais sans se présenter aux clients. Le lendemain on s'occuperait du déménagement.

Je savais que M. Brigant possédait plusieurs immeubles et louait des logements meublés. J'allai le trouver et lui expliquai franchement mon cas. Il se fit tirer l'oreille. Une femme de bordel, ça n'était pas une bonne réclame pour attirer les futurs locataires. Finalement il me proposa une petite maison isolée dans un faubourg. J'allai la voir. Elle était assez horrible, en pierre meulière, mais confortable. Les voisins étaient des maraîchers et des pépiniéristes. Ça sentait un peu le fumier. C'est sans doute pour cela que M. Brigant avait du mal à la louer. Je payai quelques mois d'avance et achetai deux bicyclettes. Le soir même Agnès déménagea. Léon porta la valise contenant toute la fortune de ma maîtresse. Je proposai à Agnès de prendre une servante. Elle refusa.

« Ça m'ennuierait de commander quelqu'un.

— C'est pour que tu ne sois pas toute seule. »

Elle me rappela qu'elle avait grandi à la campagne. « La maman d'Emilien était toujours d'un côté et moi de l'autre. J'étais presque toujours seule. Ou plutôt, non. Il y avait Miraut, le chien, Lisette et Fleurette, les deux vaches, et Bismarck, le cochon, qui est venu après Gouri. On a tué Bismarck juste avant ma fausse couche. C'était lui le plus gentil ! »

C'est ainsi que ma vie devint celle d'un sous-officier marié, sauf, hélas, le droit de loger en ville. Mouchez, le maréchal des logis-chef en parla franchement au capitaine Vasseur qui l'autorisa à me donner un peu plus de permissions de nuit qu'il n'était normal. Cette largeur d'esprit me toucha.

Pendant un exercice de service en campagne, je me trouvai seul avec le capitaine et pensai que l'occasion était bonne pour le remercier. Il me devina et avant que je n'ouvre la bouche me dit : « Moi, je suis pour la liberté ! Comme on fait son lit on se couche ! »

Mes camarades semblaient regarder mon aventure d'un œil plutôt sympathique. Le sentimental Expilly me serra longuement la main, ponctuant ce geste d'un « c'est très bien ce que tu fais là » senti. J'avais craint que les sous-officiers ne considèrent mon action comme une fantaisie de bourgeois riche. Au contraire, mon collage avec Agnès me descendait de mon piédestal de Parisien habitué des poules de luxe. C'est ainsi que Marceau me raconta que sa mère tenait un chalet de nécessité au Bois de Boulogne.

J'invitai Cuvillier, Grévin, Boulard, Marceau et bien sûr Expilly, tous les célibataires, à dîner chez Brigant avec ma maîtresse. Cette fois-ci, les huîtres, le brochet beurre blanc, le rôti et le dessert s'absorbèrent dans une atmosphère de bonne tenue. Au champagne, tous portèrent un toast à Agnès, que cela étonna prodigieusement. « J'ai rien fait, dit-elle, pourquoi à ma santé ? » Personne ne sut répondre à une question aussi logique. Cuvillier leva son verre « à la victoire ». Les rires cessèrent et nous bûmes gravement. « Vive la Serbie » proposa Boulard. Comme malgré moi, je me levai et dis « Vive la France ». Tous se levèrent et répétèrent « Vive la France ».

M. Brigant, ému lui aussi, nous offrit une seconde tournée de champagne. Nous nous séparâmes dans un grand état d'exaltation. Il n'eût pas fait bon à un Allemand, voire à un socialiste, de se trouver sur notre chemin. Je regagnai avec Agnès nos pénates provisoires. J'avais la permission de la nuit. « Es-tu contente de ta soirée ? » lui demandai-je tandis que nous pédalions le long des rues désertes. « Oh moi, répondit-elle, du moment que je suis avec toi ! »

Comme nous venons de le voir, mon « modus vivendi » avec Agnès fut parfaitement accepté par mes camarades. Cela n'alla pas jusqu'à établir des relations entre ma maîtresse et Mme Mouchez, la femme du maréchal des logis-chef, et Mme Choron, femme de mon collègue du 4e peloton. Quant à mes supérieurs, mes actions au-delà de la cour du quartier les laissaient complètement froids. Au bout de deux ou trois jours, j'acquis la certitude que si mon enlèvement d'Agnès avait provoqué quelques remous immédiats, les cercles produits par la chute de ce tout petit caillou dans la mare des convenances régimentaires étaient maintenant effacés. J'aimais autant cela car je craignais la réaction de mon père. Un jour ou l'autre il saurait. Je souhaitais que ce soit le plus tard possible. Je devais le bénéfice de cette indifférence à l'invisible système des castes, auquel j'ai déjà fait allusion, et qu'aucune révolution ne réussira à supprimer. Mme Mouchez et Mme Choron, épouses de sous-officiers de carrière, se rattachaient à la caste des gens dont la situation économique se rapprochait de la leur, à savoir les boutiquiers.

Aucun rapport avec la caste des grands bourgeois brasseurs d'affaires, pas plus qu'avec celle des professions libérales ou celle des ouvriers. Encore moins avec celle des prostituées. L'avantage des castes est qu'on fiche la paix à ceux des autres castes. Dans des cas exceptionnels, enterrements, distributions de prix, on se frôle poliment. Les rapports s'arrêtent là. Seule la caste des prostituées, de par sa nature même, possède le privilège du mélange. Encore ce privilège est-il à sens unique. Les mâles des autres castes peuvent aller chez les prostituées. Les prostituées ne peuvent pas franchir le seuil des citoyens des autres castes. Ma situation avec Agnès était donc claire. Nous pouvions inviter à notre table tous les camarades qui nous plaisaient. Mais Agnès devait renoncer à toute relation féminine. Elle s'en déclara enchantée. « Les dames comme il faut, je ne sais pas quoi leur dire… — Tu ne parlais pas à tes copines chez M. Marjeulin ? — Elles sont pas comme il faut ! » Je ne pus retenir un petit mouvement d'ironie d'ailleurs complètement ignoré d'Agnès : « Je les trouve très distinguées. — Ça oui, mais c'est pas pareil. Je connaissais toutes leurs histoires et elles connaissaient les miennes. On ne parlait pas pour dire quelque chose, on parlait pour entendre nos voix ! »

Le premier jour, elle déballa sa valise. C'était navrant ! Une robe, un peu de linge, une boîte avec des papiers et des photographies, un catéchisme et une histoire sainte du diocèse de Dijon, et *Les Misérables* de Victor Hugo en un volume. Elle m'avoua avoir lu cet ouvrage une centaine de fois. C'était un cadeau d'Emilien. Lui-même le tenait de son père décédé. « J'aime pas lire ce que je connais pas. J'aime savoir à l'avance ce qui va se passer », m'expliqua Agnès. A cette époque, je ne savais pas encore qu'à Athènes, avant la représentation d'une pièce d'Euripide ou de Sophocle, le chœur exposait l'intrigue au public aux fins d'éviter toute surprise à celui-ci. Le point de vue d'Agnès me plut parce que définitivement original.

CHAPITRE X

Le bonheur ne se décrit pas. De cette période de mon existence, je n'ai rien à dire. Dans mon souvenir elle se présente avec la sérénité d'une haute futaie. Je foule la mousse de mes pieds nus. J'expose mon front aux rayons du soleil qui percent la voûte du feuillage. Un lapin me regarde, rassuré par la lenteur de mes mouvements. Une biche émerge d'un buisson, s'arrête à ma vue et se met à brouter une pousse de noisetier. Je fais partie de ce monde harmonieux. Au-delà des buissons, derrière cette voûte, il y a la route, les automobiles, l'agitation, la laideur. Ici, c'est la paix. Les bruits extérieurs ne me parviennent pas. Ici c'est le domaine d'Agnès. Elle n'est pas seulement à mon côté, elle est partout. Elle est ce feuillage bleuâtre, cette mousse humide et cette pousse de noisetier. Elle est cette biche et ce lapin. Elle est toute la nature telle que Dieu l'a créée avant de la donner en cadeau à l'homme et avant que l'homme la souille et l'avilisse.

Ne croyez pas qu'à peine arrivé dans la petite maison du bout de la ville, je me sois chaque jour précipité à l'assaut d'Agnès. Nos rapports touchaient à l'harmonie totale. C'est dire qu'ils ne se bornaient plus aux joies de la chair. Je devrais plutôt dire que notre satisfaction physique ne dépendait pas forcément de notre accouplement. Elle dépendait surtout de notre présence réciproque. Nous aimions être ensemble. Je reprends la comparaison du chien et de son maître. Elle est dangereuse. Tant d'imbéciles se croient au-dessus des chiens. Pour la comprendre, il faut être comme Agnès et comme moi et savoir que dans le domaine de l'amitié les chiens nous sont très supérieurs. Tous les animaux ! Les radiations qui réunissent les êtres sont plus fortes chez eux que chez nous. J'ose dire que les radiations qui réunissaient Agnès et moi étaient aussi puissantes que celles qui réunissent mon ami Hartley et Daisy sa femelle corgi.

Il nous arriva d'inviter des copains, mais rarement. Ils sentaient si bien notre désir d'être seuls qu'ils n'insistaient pas et ne revenaient plus. Il faut dire aussi qu'Agnès n'avait aucun sens de la cuisine. Je me souviendrai toujours d'un plat de homards dont elle avait jeté les queues et gardé seulement les têtes. Boulard, Grévin et Expilly se tordaient. Je sautai sur ma bicyclette et allai chercher un pâté chez le charcutier Ledru. Agnès ne manifesta aucun repentir. Quand nos hôtes furent partis elle me sauta au cou.

« Je suis contente !

— D'avoir gâché les homards ?

— Non, de ce qu'ils sont partis ! Quand il y a quelqu'un avec nous, c'est comme si tu n'étais pas là. Quand on est seuls je n'ai pas besoin de te regrder pour savoir que tu es là.

— Et maintenant tu m'as retrouvé.

— Pas encore, mais ça va venir. » Elle ajouta : « C'est comme les visites dans la journée. Hier

Mme Piccard est venue. Avant son arrivée tu étais encore avec moi dans la maison. Après... tu étais parti ! »

Afin de bien rétablir la communication, je l'entraînai vers le lit. Ce soir-là elle m'encercla de ses bras et de ses jambes avec une énergie qui la faisait trembler. C'était divin.

J'essaie de me rappeler quelques expressions d'Agnès. Lorsque le soir des passants circulaient dans la rue avec des enfants, elle concluait gravement : « Il n'est pas tard. Il y a des familles ! » De Cuvillier qui était grand et maigre : « Il n'a pas besoin de bâton pour gauler les noix ! » Des officiers, de M. Verdier, l'agent voyer en retraite, et de Paulet, l'ancien contrôleur des contributions, du docteur Perrin qui avait une deux-cylindres Renault, et de M. Périer, le maire, qui avait une quatre-cylindres Vermorel, elle disait : « Ce sont des gens chics. » Du colonel et des siens, de M. Rapin le propriétaire du château des Boulards, de Mme Cantu, propriétaire du magasin *Au Chic Parisien*, elle disait : « C'est le gratin ! » Dans sa tête bien équilibrée, la société était aussi hiérarchisée qu'elle l'était en réalité. Agnès était loin d'être misanthrope. Sa foi en l'humanité était d'autant plus touchante qu'elle en avait vu de dures. Mais il ne fallait pas « la lui faire ». De M. Brigant elle disait : « Il n'a pas volé son nom. » Dans d'autres cas son aveuglement était touchant. De M. et Mme Marjeulin elle disait : « Ils ne sont pas fiers ! » Je m'indignais. « Fiers de quoi ? — Ben, je ne sais pas moi ! » La logique des gens instruits la dépassait. « On peut être fier de rien, m'expliquait-elle, et le contraire aussi. Toi qui as de l'argent, tu n'es pas fier ! — Comme les Marjeulin... — Voilà ! »

concluait-elle, heureuse d'avoir tranché cette question.

Malgré son accent, elle ne patoisait pas et essayait d'éviter les fautes de grammaire. Elle y arrivait presque grâce aux leçons des *Misérables* qu'elle relisait pour la cent unième fois. De ce livre, elle disait : « C'est mon école. » Elle eût pu choisir plus mal. La seule expression d'argot vulgaire que j'entendis dans sa bouche fut : « Ça fouette ! » au passage de la pompe des vidangeurs, accompagnée du geste de se boucher le nez. Elle lut une réprobation dans mes yeux et m'approuva. « Tu as raison, je ne le dirai plus. Je ne dirai pas non plus ça cocotte, ou ça trouillote ou ça tape ; je dirai ça sent mauvais ! »

Elle comprenait que la vulgarité de l'argot venait de ce que ce langage est trop imagé. L'expression de la pensée doit rester décente, comme le vêtement et comme les protestations d'amour. Elle évita toujours de m'embrasser en public, même de me tenir la main, sauf au cinéma dans le noir. Elle disait : « Ceux qui veulent tellement montrer qu'ils s'aiment c'est parce qu'ils ne s'aiment pas. » Devant les gens elle m'appelait « Georges » ou « Toi ». Elle m'expliqua un jour qu'elle croyait que de dire « mon amour » devant les autres « usait l'amour ».

Elle manquait totalement de ce que l'on est convenu d'appeler « l'esprit ». Cette soi-disant qualité est en général basée sur l'énoncé des ridicules des autres. Or Agnès trouvait rarement les autres ridicules. « Mme Piccard a un gros ventre, la pauvre, ça doit la gêner, mais je ne vois pas ce qu'il y a de drôle là-dedans. » Elle comprenait difficilement les jeux de mots et les calembours. Elle en riait pour faire plaisir à ceux qui les pratiquaient. Un jour Expilly lui sortit la fameuse contrepèterie : « Le vent siffle dans la rue du quai » et non pas « le vit s'enfle dans la raie du c... » Elle rit gentiment et Expilly s'en alla flatté de son succès. Une fois seule elle me demanda : « Qu'y a-t-il de drôle là-dedans ? Tout ça on le sait ! » Elle manquait d'esprit, mais était douée d'une qualité pour laquelle je donnerais bien tous les jeux de mots du monde, une qualité presque inexistante chez les femmes, quel que soit leur milieu : la gaieté. Agnès était gaie. Dans notre petite maison, chacun de ses mouvements exprimait la joie de vivre. Elle ne savait pas monter l'escalier sans courir et chantonner, se laver sans que ce soit une fête, manger sans se régaler, se réveiller sans glousser d'aise. Cette gaieté était communicative. Je me prenais à chanter, à courir, à glousser, à rire avec elle.

Pour Agnès comme pour les chrétiens du Moyen Age, Dieu était partout, pas toujours en personne mais représenté par un de ses émissaires. Lorsqu'elle m'ouvrait la porte le soir, saint Expédit, habile à résoudre les situations les plus compliquées, l'aidait à tourner le loquet. Lorsque nous nous embrassions saint Jude, patron des causes perdues, était le témoin de notre effusion. Lorsque le soir la mélancolique extinction des feux lui arrivait aux oreilles, elle demandait à sainte Cécile que le trompette ne fasse pas de « couacs ». Quand elle perdait sa clef, ce qui lui arrivait souvent, saint Antoine accourait à son appel et l'aidait à la retrouver. Bien entendu, Marie-Madeleine, sa collègue, protégeait Agnès autant que son enlisement heureux dans le péché le permettait. Saint Martin me gardait des chutes de cheval, simple marque de solidarité naturelle entre cavaliers. Par contre c'était saint Christophe qui veillait sur moi pendant mon parcours en bicyclette de la maison au quartier. Lorsqu'elle allumait le feu, c'était un saint qui soufflait sur la flamme chancelante. Lorsqu'elle faisait chauffer de l'eau, c'était un autre saint qui faisait chanter la bouilloire. L'univers autour d'Agnès était peuplé de ces personnages amicaux constamment attentifs à nous protéger des chutes, des querelles et de la mélancolie, à nous fournir l'air que nous respirions, la chaleur dont nous nous réjouissions et, par la fenêtre ouverte en été, l'horizon dont nous régalions nos yeux. Sainte Agnès présidait à cette activité inlassable. Il y avait aussi les démons. C'est eux qui maintenaient Agnès en état de péché mortel, état comme nous le savons, parfaitement accepté et auquel elle ne faisait allusion que lorsque je l'interrogeais.

Tous les matins et tous les soirs elle disait ses prières. Pour cela elle voulait être seule et me demandait la permission de s'enfermer dans sa chambre. Sa prière durait environ cinq minutes. Le dimanche elle allait à une messe basse tôt le matin. Quand j'avais eu la permission de la nuit, elle se dégageait de mes bras en rampant et se glissait doucement hors du lit de façon à ne pas me réveiller. Je faisais semblant de dormir pour observer son manège. Ça lui prenait un temps infini, centimètre par centimètre. Je me retrouvais petit garçon avec Nancy. Nancy également savait dénouer ses bras avec douceur. Je me sentais non seulement l'amant d'Agnès, mais son petit enfant. Je remplaçais le bébé que son opération lui interdisait de concevoir. Elle s'habillait dans la salle à manger où elle avait, la veille, préparé ses vêtements. Elle rentrait de la messe aussi silencieusement qu'elle était partie. Elle se déshabillait et se reglissait dans le lit. Je faisais semblant de me réveiller. J'embrassais son corps imprégné du froid de la rue.

Un jour j'arrivai alors qu'elle regardait les papiers qu'elle gardait dans une boîte de carton. Elle voulut les reporter dans l'armoire. J'insistai pour les voir. Ils consistaient en plusieurs cartes postales de son village, en une carte d'identité et en une image pieuse. Sans aucune gêne elle me montra sa carte d'identité professionnelle.

« Avec cela, me dit-elle sans rire, je pourrai toujours gagner ma vie. »

Je désignai l'image religieuse. Elle représentait une jeune fille romaine les mains liées, entourée de soldats et défiant un personnage important.

« Qu'est-ce là ? demandai-je.

— C'est sainte Agnès, ma patronne, me répondit-elle en me tendant l'image. Avant de te connaître, c'était elle que j'aimais le mieux. »

Elle me dit cela comme elle m'eût dit : avant de goûter à la purée de pommes de terre, c'est les frites que je préférais. Agnès, nous le savons, avait horreur de la grandiloquence.

« Et Emilien ? » lui demandai-je. Depuis le récit qu'elle m'avait fait dans la maison close, nous n'avions jamais parlé d'Emilien. « Comment était-il, petit, grand ?

— Il était de taille moyenne, châtain avec une petite moustache, les cheveux un peu frisés.

— Plutôt beau garçon ? »

Elle sentit quelque chose dans ma voix.

« Si ça t'embête de parler d'Emilien, pourquoi en parles-tu ? Je t'ai tout dit de lui. Je t'ai dit aussi que je ne l'aimais pas. Je croyais l'aimer, mais quand je t'ai connu, j'ai compris ce que ça voulait dire, d'aimer.

— Et qu'est-ce que ça veut dire ?

— Ça veut dire qu'on voudrait se sacrifier pour celui qu'on aime, comme sainte Agnès pour Jésus-Christ. »

Agnès avait de ces comparaisons genre coup d'assommoir. C'est très gênant d'être assimilé à Jésus-Christ. Elle trouvait cela tout naturel, vivant en compagnie de Dieu et des saints comme moi en la compagnie du colonel et des hussards du régiment. Pour changer le sujet j'en revins à Emilien.

« Si Emilien revenait, que ferais-tu ? »

Elle me regarda étonnée.

« Pourquoi me demandes-tu cela, puisque tu le sais.

— Tu le suivrais ? »

Elle poussa un gros soupir, puis fermement répondit :

« Oui. »

Elle avait raison. Pourquoi lui demander ce que je savais si bien. Déjà chez M. Marjeulin j'avais eu conscience de la profondeur de la conviction d'Agnès. Maintenant que je la connaissais mieux j'étais encore plus certain qu'elle se ferait hacher plutôt que de briser un lien sanctifié par le sacrement du mariage. Je m'écartai d'elle et allai appuyer mon front sur la vitre. Dans le jardin voisin, le maraîcher et sa femme liaient des salades. « Est-il jaloux, celui-là, ou s'en fiche-t-il ? » Puis je me dis « jaloux de quoi ? » La maraîchère était particulièrement affreuse. Tandis que moi j'avais toutes les raisons d'être jaloux. Je me tournai vers Agnès. Elle était toujours assise devant ses papiers, calme, mais s'attendant au pire. Je la trouvai plus belle que jamais et cela fit éclater ma fureur.

« Mais enfin te rends-tu compte qu'Emilien ne t'a épousée que pour faire de toi une putain ?

— Ça, c'est bien vrai !

— Tu l'admets ?

— Bien sûr ! »

J'insistai :

« Tu admets que lorsqu'il t'a passé l'anneau au doigt ce geste n'était motivé chez lui que par l'obligation de te convaincre de coucher avec... avec... » Je bafouillai, cherchant un terme méprisant pour les clients d'Agnès. Finalement je lâchai : « ... avec la terre entière ? »

Elle haussa les épaules : « Que veux-tu, c'est le métier ! »

Triomphalement je conclus : « Donc quand il s'est approché de l'autel, s'est agenouillé, a dit oui... il n'était pas sincère ?

— Il pensait à sa quincaillerie.

— Sa quincaillerie ?

— Ben oui... tu sais bien... C'était sa marotte.

— Ne crois-tu pas qu'un mariage célébré avec un tel manque de sincérité n'a aucune valeur ?

— C'est pas la même chose.

— Qu'est-ce qui n'est pas la même chose ?

— La sincérité et le sacrement.

— Tu veux dire que Dieu admet le mensonge ?

— Dieu admet tout. Quand on fait le mal il nous envoie en enfer, mais il admet le mal. Un sacrement n'a rien à voir avec le bien et le mal. C'est comme si l'homme et la femme étaient attachés par une chaîne avec un gros cadenas dont personne n'a la clé. On est bien obligé de rester ensemble, même si on est bon, même si on est mauvais, même si on se déteste.

— Ce que tu dis là est la condamnation du mariage.

— Pourquoi ?

— Cela signifie la perte de la liberté.

— Bien sûr.

— Et tu trouves ça bien ?

— Ça dépend avec qui. Moi ça me plairait d'être attachée après toi avec une grosse chaîne. »

C'était dit si gentiment que mon courroux s'évanouit. Je l'embrassai. Elle se mit à pleurer.

« Excuse-moi, me dit-elle. Je pleure parce que je suis contente ! »

Je l'embrassai encore. C'était doux, salé et un peu triste. Je lui séchai la figure avec mon mouchoir et lui demandai :

« Pourquoi es-tu contente ?

— Parce que tu m'aimes et que je t'aime. Il manque la chaîne, mais ça on n'y peut rien.

— En somme le sacrement du mariage n'ayant rien à voir avec les sentiments des intéressés est une sorte d'opération magique.

— Voilà ! approuva-t-elle, heureuse que j'aie trouvé le mot juste.

— Un lien magique t'unit à Emilien et tu ne peux pas le rompre.

— Hélas non. Il faudrait que je meure ou qu'il meure.

— Tu serais contente si Emilien mourait ?

— Oh oui », fut la réponse sans hésiter.

Je ne pus m'empêcher de rire. Elle rit aussi. Je lui posai une question indiscrète.

« Tu dis des prières pour qu'il meure ?

— Bien sûr. »

C'était désarmant.

« A quel saint t'adresses-tu ?

— A sainte Agnès.

— Tu crois qu'elle t'écoute ?

— Je n'en suis pas sûre. Ma prière n'est pas pure. Je ne veux pas la mort d'Emilien parce qu'il est méchant, je veux sa mort parce que je t'aime.

— En somme, tu n'as pas de haine pour Emilien ?

— Non.

— Peut-être au contraire tu te sens une certaine affection pour lui ! »

Mon irritation revenait. Elle essaya de me faire comprendre ce qui était si simple :

« Je lui dois ma position. Sans Emilien je serais encore en train d'enfourcher du fumier dans une cour de ferme. Et les patrons et les valets me grimperaient dessus tout pareil que les clients de M. Marjeulin, et je ne dormirais pas dans un bon lit, et je ne serais pas aussi bien nourrie. C'est pas que ces choses-là m'intéressent tellement, mais quand on vous les donne faut être reconnaissant. »

Au temps de mes expériences parisiennes, j'avais déjà entendu ce raisonnement. A cette minute précise il me semblait monstrueux.

« Tu approuves le métier de putain ? Ça te semble honorable d'aller se faire couvrir par le premier crasseux qui peut payer ?

— Le monde est comme il est, répondit-elle en me regardant avec étonnement. C'est pas en t'indignant que tu le changeras.

— C'est peut-être en approuvant ?

—- Non plus.

— Alors que faut-il faire à ton avis ?

— Il faut être un saint. Il n'y a que les saints qui peuvent changer le monde.

— Qui te l'a dit ?

— C'est Hortense.

— Qui ça Hortense ?

— Une vieille demoiselle dans mon village. Elle connaissait toutes les histoires de saints. »

J'eus d'abord envie d'exprimer mes doutes quant aux connaissances historiques de la vieille Hortense. Elle avait probablement puisé ses renseignements dans quelque adaptation de la *Légende Dorée,* un chef-d'œuvre, mais un chef-d'œuvre d'imagination. Heureusement, une révélation m'arrêta à temps. En un éclair l'évidence m'apparut. Comment n'avais-je pas plus tôt compris qu'Agnès elle-même faisait partie de ce monde de légendes. En la regardant, ses paupières brunes à demi baissées sur ses yeux noirs, image parfaite de l'éternelle sérénité, je rougissais d'avoir employé — fût-ce en pensée — le mot imagination. L'imagination n'avait rien à voir dans l'existence des compagnons habituels d'Agnès. Les œuvres d'imagination ne durent pas. Elles ressortent de cette sœur bâtarde de l'art, la mode. Ne dure que ce qui est basé sur l'observation de la réalité. Or, les amis d'Agnès montraient plus de longévité que les plus grands chefs-d'œuvre humains, que les empires, que les civilisations. Avant notre ère, Agnès, jeune fille de la campagne de Thèbes, eût vécu entourée de demi-dieux de toutes sortes, satyres, nymphes et faunes, hyades et héros. Plus tard, dans l'évolution de notre univers, ces protecteurs avaient changé de nom et c'est le chef agrémenté d'une auréole qu'ils avaient accompagné Agnès, jeune Romaine chrétienne dans ses tâches journalières. C'étaient bien eux, les mêmes, que les Gaulois rencontraient dans les roseaux au bord des lacs et sous le feuillage impénétrable des sombres forêts. Maintenant je les devinais autour d'Agnès. La salle à manger de M. Brigant n'était pas un lieu approprié à leur visite, mais ils étaient là tout de même. Cette branche de pommier qu'Agnès avait mise dans un vase était peut-être un reflet de la couronne de gloire d'une protectrice invisible. Je ne pouvais la voir, mais nul doute qu'Agnès ait été le témoin respectueux de sa présence. Le fait que ces saints protecteurs n'aient été visibles que pour qui croyait en eux n'impliquait nullement qu'ils n'existaient pas. Et de quel droit aurais-je détruit la confiance d'Agnès en eux ? — En admettant que j'eusse réussi à surmonter son doux entêtement — par quoi aurais-je remplacé cette sécurité ? Par l'amour de l'art, ou de la science, par la soif du gain, l'ambition, par le dévouement à l'humanité ? Tout cela me semblait moins valable pour Agnès que son culte pour sa sainte patronne. Et maintenant que les années ont passé, je suis tout à fait d'accord avec elle. Le monde est ce que les saints et le démon le font. Les saints ne sont pas forcément religieux. Ils peuvent s'appeler Cézanne et Verlaine, aussi bien que sainte Thérèse. Le démon peut aussi bien s'appeler Hitler que Belzébuth. Mais nous, les faibles, ne pouvons qu'essayer de survivre dans le monde qu'ils nous fabriquent.

Repoussant ma tentative de jouer à l'esprit fort, je demandai à Agnès de me raconter l'histoire de sainte Agnès. Elle accueillit avec plaisir cette preuve de sérénité après la menace d'orage. Je l'embrassai sur le front et m'assis près d'elle. Voici l'essentiel de son récit :

« Sainte Agnès était une jeune fille de bonne famille vivant à Rome au temps des païens. Elle avait grandi dans le luxe et avait même un professeur pour elle toute seule. Elle avait treize ans. Un puissant seigneur voulut lui faire épouser son fils, un jeune homme de toute beauté, intelligent, travailleur et avec une belle position à la cour de l'empereur Dioclétien. Seulement, pour l'épouser, il fallait qu'elle renonce à son vœu de chasteté. Elle s'était donnée à Jésus et ne pouvait pas se donner à un autre.

« L'empereur la fit comparaître devant lui. En même temps, le père du jeune homme avait appris qu'elle était chrétienne et l'avait dit à l'empereur, qui ordonna à sainte Agnès d'abjurer sa foi. Elle refusa. L'empereur la condamna à mort et avant de la faire exécuter l'envoya dans un bordel pour qu'elle soit déshonorée. »

J'interrompis Agnès pour lui demander quel rôle j'aurais pu jouer dans cette histoire.

« Celui de l'empereur qui essaie de forcer la jeune fille à pécher ?

— Tu ne joues aucun rôle dans cette histoire qui est celle de sainte Agnès et pas la nôtre.

— Je serais plutôt le jeune patricien. Tu crois qu'Agnès l'aimait ?

— Bien sûr que non puisqu'elle s'était donnée à Jésus.

— Ton affection pour sainte Agnès vient-elle de ce que tu vois des points communs entre son histoire et la tienne ? La maison de prostitution par exemple. Il y a aussi l'extrême jeunesse.

— Je ne suis pas si jeune que ça. J'ai dix-neuf ans. Mon histoire n'a aucun rapport avec celle de sainte

Agnès. Je serais bien prétentieuse de me comparer à sainte Agnès. » A cette idée, elle s'indignait et parlait avec une certaine véhémence. « Sainte Agnès était forte et moi je suis faible. Si j'étais sainte Agnès je ne serais pas avec toi.

— Tu serais dans la maison de M. Marjeulin ?

— Peut-être, mais je ne serais pas adultère.

— Je comprends. Si nous transposons, c'est Emilien qui joue le rôle du Christ ?

— Tu n'y comprends rien. Sainte Agnès est au-dessus de moi et d'Emilien et de toi. Elle est tellement haute qu'elle peut se permettre de se donner à Jésus. Moi je ne peux que l'aimer de très loin et ça me laisse de la place pour un amour ordinaire.

— Emilien ?

— Mais non, toi ! »

Oh ! la complication des simples ! Je me pris la tête entre les mains, perdu dans cette scolastique.

« Continue, lui dis-je.

— Dans le bordel, on la força à monter avec un client. Mais quand celui-ci voulut la toucher, le bon Dieu le rendit aveugle.

— Je trouve cette punition injuste. Ce client ne faisait qu'exercer son droit de client.

— Penses-tu ! il savait bien qu'elle était chrétienne et qu'il n'était que l'instrument de la vengeance de l'empereur. Sinon, le bon Dieu ne l'aurait pas puni. Il l'aurait seulement arrêté sur le seuil de la chambre. Peut-être l'aurait-il changé en statue de sel.

— ... Ce qui ne doit pas non plus être trop réjouissant !

— Je suis sûre que c'était un pécheur. C'était pas difficile de voir que sainte Agnès était une sainte.

Elle était blanche comme un lis, rayonnante de pureté et une lumière éclatante l'auréolait.

— Comment connais-tu ces détails ?

— Tu n'as qu'à bien regarder l'image. Tu ne vois pas la lueur ?

— Si.

— D'ailleurs, sainte Agnès demanda à la Sainte Vierge de rendre la vue à cet homme. La Sainte Vierge le fit tout de suite et il se fit chrétien. Alors, l'empereur dit à sainte Agnès que si elle n'adorait pas les idoles il la ferait brûler vive. Elle répondit en faisant le signe de la croix. On l'attacha sur un bûcher et les fagots refusèrent de brûler. Alors il la fit décapiter. La vieille Hortense prétendait que sur sa tombe un églantier avait poussé tout seul, mais ça n'est pas dans l'histoire que m'a racontée notre curé.

— Et comment la vieille Hortense connaissait-elle cette histoire d'églantier ?

— Je ne le lui ai pas demandé. Le principal c'est qu'elle la connaissait.

— Tu aimes bien la vieille Hortense ?

— Oh oui ! Peut-être qu'elle était une sainte et qu'on ne le saura jamais. Elle vivait du lait de ses chèvres et pouvait rester deux heures à prier à genoux sur le pavé de la petite église, et cela en plein hiver. »

Ce nom d'Hortense devait revenir souvent dans les récits d'Agnès. C'est elle qui lui avait ouvert les portes de son paradis enfantin. A cause de cela, je me sens moi-même une certaine affection pour cette vieille paysanne que je n'ai jamais vue. Dans notre monde qui vieillit si mal, je cherche en vain les enfants. Je n'ai rencontré qu'une Agnès. Peut-être mon compère Hartley, à cause de sa passion pour les chiens, appartient-il à la race de ceux à qui l'expérience n'a pas enlevé la fraîcheur.

Un trait commun entre Agnès, les enfants et les animaux était la faculté de vivre dans le présent. Le passé était pour elle comme une étape parcourue. Quant à l'avenir, elle jugeait que c'était un péché que de l'assurer.

« C'est pas pour des prunes que dans le *Notre Père* on demande au bon Dieu de nous donner le pain de chaque jour. Chaque jour, c'est pas le lendemain ! »

Elle s'était toujours refusée à conserver autre chose que le misérable contenu de sa misérable valise. Il faut dire qu'avec ce qu'elle envoyait à Marcel il lui restait peu. Ce peu, elle s'arrangeait pour le refiler à une copine :

« Mon petit cadeau pour ton gosse en nourrice. »

Quand on lui parlait d'économiser pour ses vieux jours elle répondait que le petit Jésus avait dit qu'il donnerait la pâture aux petits oiseaux.

« Oui, mais t'es pas un petit oiseau, lui disait Manon, la châtaine fadasse.

— Dommage, répondait Agnès, ça doit être marrant de pouvoir voler ! »

Les rumeurs de guerre s'amplifiaient. Mon père me rendit visite. Ma mère, enrhumée, n'avait pas pu quitter Paris. D'autant plus que mon père avait décidé de faire le voyage dans sa nouvelle Hispano-Suiza, quinze chevaux, type Alphonse XIII découverte, soupapes en tête, cent vingt kilomètres à l'heure, un bijou, mais un bijou à courants d'air. Il me la fit conduire. Quelle merveille ! Au volant de cette mécanique de race je me retrouvais dans mon élément. Je respirais le luxe. Les souvenirs de Gilberte, des *Ambassadeurs,* de Longchamp, me montaient à la tête. Pendant les trois journées du séjour de mon père, je ne vis pas Agnès. Nous dînâmes chez le colonel. Lucie avait vacances de son couvent de Bordeaux à l'occasion de je ne sais plus quelle fête. Elle me secoua énergiquement la main. Le bon copain ! La colonelle avait encore grossi, à moins que ce ne fût la robe qu'elle arborait en l'honneur de mon père qui la boudinait.

Nous prîmes le café au salon. J'étais le seul sous-officier au milieu d'une demi-douzaine de « messieurs ». Tous se montraient charmants avec moi, oubliant leurs galons. Moi je ne les oubliais pas et me sentais comme un cheveu sur la soupe. Lucie le devina et m'entraîna à l'écart.

« Comment va votre petite amie ? » me demanda-t-elle du ton dont elle m'eût demandé : « Voulez-vous deux sucres dans votre café ? »

Je balbutiai :

« Quelle petite amie ? »

Sans sourciller elle précisa :

« Celle que vous avez sortie de la maison close. Tout le monde sait cela ! »

Je protestai :

« Je vous assure que les gens exagèrent ! »

Mais rien ne pouvait l'arrêter. Peut-être ma réserve l'excitait-elle.

« Moi je vous approuve, dit-elle. Je suis comme papa. J'aime qu'un homme soit un homme. Et puis une femme comme ça n'engage à rien. Ça vous permet d'attendre le jour de votre mariage sans tambour ni trompette ! »

Elle poussait un peu loin le genre garçon. Son

mépris pour « les femmes comme ça » fit monter en moi une bouffée de tendresse pour Agnès. Je rappelai à mon père qu'il devait démarrer tôt le lendemain. Le colonel, Lucie et leurs hôtes vinrent nous voir monter dans la belle Hispano. La colonelle préféra rester dans son fauteuil.

« Dois-je te déposer au quartier ? demanda mon père ou veux-tu prendre le coup de l'étrier à l'hôtel Brigant ? »

C'est là où il logeait. Je lui avais retenu la seule chambre avec salle de bains et cabinets privés de toute la ville.

« Je préfère que tu me déposes chez ma maîtresse », lui répondis-je d'un ton légèrement agressif. Je n'avais pas encore digéré la « femme comme ça » de Lucie et j'englobais mon père, le colonel, les officiers, toute la noblesse de France et toute la bourgeoisie dans mon ressentiment. Il sourit :

« Montre-moi le chemin. »

Nous roulâmes dans les rues désertes de la petite ville.

« Tu as tort de faire la tête, me dit-il. Je t'approuve entièrement. Cette solution te sauve de bien des dangers dont l'un particulièrement tentant...

— Tu veux dire Lucie ? Rien à craindre de ce côté-là. Un bon copain, c'est tout.

— Tant mieux, tant mieux ! Bien que je me méfie des bons copains avec des corsages aussi confortablement garnis. Pour en revenir à l'autre, je ne voudrais pas te voir tomber dans le genre rédemption, roman russe, fille au grand cœur, etc. »

Je le rassurai.

« Agnès est née dans la Côte-d'Or. Son seul point commun avec Tolstoï est qu'elle roule les *r*. Elle ignore les états d'âme et me rend heureux comme je ne l'ai jamais été. »

Mon père hocha la tête.

« Très bien, très bien, si c'est provisoire ! N'oublie pas non plus que la guerre est imminente et que si nous savons nous diriger, elle peut nous apporter d'immenses avantages.

— Elle peut aussi nous apporter une balle dans la peau.

— Je te ferai mettre dans quelque état-major.

— Pardon ! je tiens à rester avec mes camarades.

— Nous verrons… nous verrons… »

Sur ce, il m'attira vers lui et m'embrassa tendrement. Je sentis sur ma joue l'humidité d'une larme, la sienne et non pas la mienne. Je m'en voulus de mon attitude et lui rendis son étreinte avec une complète sincérité. Il me déposa devant la petite maison et fila dans un nuage de poussière. Avant 1914, nous connaissions encore une certaine douceur de vivre, mais nous ignorions le goudronnage du macadam.

J'avais la permission de deux heures et il était plus d'une heure et demie du matin. Mais après une telle soirée, je ne voulais pas rentrer sans avoir vu Agnès. Elle m'avait entendu. A peine l'Hispano avait-elle disparu que la porte s'ouvrait. Agnès était vêtue d'une robe de laine marron que Mme Piccard l'avait aidée à acheter *Au Chic Parisien*.

J'entrai dans la salle à manger — il n'y avait pas de salon — et allumai toutes les ampoules. La suspension du milieu pouvait se baisser. Je la tirai de façon à éclairer le mieux possible le visage d'Agnès. Je me pénétrai de son regard dépouillé de toute sentimentalité. Le contraire d'yeux de veau. Des yeux pas habitués à mentir, ni à implorer la pitié. Je regardai aussi la bouche ferme et le petit menton style XVIIIe siècle anglais. Puis je l'embrassai et lui souhaitai le bonsoir.

« Je t'emprunte ta bicyclette », lui dis-je. La mienne était au quartier.

« Le pneu de devant est un peu dégonflé, répondit-elle, mais ça peut encore aller comme ça. »

Elle s'installa sur le seuil pour me voir disparaître dans la nuit. Tandis que je pédalais elle murmura certainement une prière à saint Christophe.

Avant les semailles il fut décidé que nous tiendrions des manœuvres de division. Nous partîmes le matin à l'aube, tout le régiment, colonel en tête. L'étendard roulé dans sa gaine suivait, porté par l'adjudant-chef Lavallière. Pas de sonnerie de trompettes pour ne pas réveiller les habitants. Une fois dans les champs, pour nous ragaillardir le colonel fit sonner *Belle Lison*, le refrain du régiment.

Au milieu du pont j'ai rencontré la jolie Lison
Portant court jupon et court corsag' dessous son balcon
Belle Lison, jolie Lison,
Virevolte les pantalons
Belle Lison, jolie Lison,
Virevolte le cœur des garçons.

Le son aigre et perçant se répercutait sur les arbres du bocage. Il se répercutait aussi dans tout mon être. Je suis encore ému à mon âge quand j'entends des trompettes de cavalerie. Je n'aime pas le clairon d'infanterie, trop grave. La trompette de cavalerie est si aigre que certaines notes deviennent aériennes, célestes. On oublie qu'elles sont émises par une bouche humaine. Bien entendu, mon enthousiasme se limite à la trompette sans pistons. La trompette à pistons, horrible apport du progrès aux pompes militaires, permet des fantaisies indignes de la tradition cavalière.

Les trompettes, la pensée d'Agnès qui ne me quittait pas et entre mes cuisses la Joconde, une Joconde légèrement engraissée, au poil luisant, détendue et en parfait accord avec moi. Devant et derrière, le long rouleau des hussards des quatre escadrons, en deux files suivant le bas-côté herbeux de la route. C'était le bonheur parfait. Je me fichais à ce moment de devenir officier. Je faisais partie d'un monde merveilleux. J'en étais un tout petit rouage mais un rouage assimilé. Je ne faisais qu'un avec Herriot et Quentin, avec Expilly et avec Mouchez, avec le lieutenant de Sivel qui me précédait en tête du peloton, avec le capitaine Gramme dont la maigre silhouette m'apparaissait aux tournants, et aussi avec la Joconde, avec les autres chevaux, et surtout avec Agnès. C'était elle qui amalgamait cet ensemble. Je savais que cette plénitude reposait sur un château de cartes. Mais était-ce l'influence d'Agnès ? Son magnifique mépris du futur, son humble soumission du moment ? Cela m'était complètement égal. Le présent seul comptait, et j'entendais en jouir complètement.

Notre petite ville était située presque à la lisière du bocage, cette région d'étroits canaux, de gras herbages, de haies épaisses et d'arbres au feuillage léger. Au-delà s'étendait une grande plaine où devaient avoir lieu nos manœuvres. Nous nous arrêtâmes dans un gros village où nous campâmes. Avant de mettre pied à terre nous nous formâmes en carré sur la place de l'église, chaque escadron sur un côté. Le colonel commanda « garde à vous » puis « sabre… main ». Les quatre cents sabres sortirent de leur fourreau avec un court sifflement. L'étendard fut sorti de sa gaine et présenté. Les trompettes sonnèrent « à l'étendard ». Les villageois se découvrirent, joignant leur salut au nôtre. Quelques femmes ne sachant comment se joindre à l'hommage de leurs hommes, firent le signe de la croix. Les bruits de guerre donnaient un sens profond à cette cérémonie.

Les hommes furent cantonnés dans les granges. Les sous-officiers et bien sûr les officiers reçurent des billets de logement. Marceau et moi, bien qu'appartenant à des pelotons différents, nous trouvâmes logés à la même adresse, une belle maison bourgeoise aux angles renforcés de pierres de taille. On pouvait lire sur une plaque de cuivre apposée sur la porte : « Jarnicaud, grains et fourrages. » Les granges, entrepôts et magasins du grainetier étaient de l'autre côté de la rue. Nous sonnâmes. Une femme potelée et accorte, d'une quarantaine d'années, vint nous ouvrir. Ayant vérifié nos billets, Mme Jarnicaud nous conduisit dans une chambre sous le toit et nous désigna un grand lit.

« Le lit est assez large pour deux », déclara-t-elle. Et elle nous laissa. Restés seuls, tout en nous lavant et en nous rasant, nous échangeâmes nos impressions sur notre logeuse. Marceau la trouvait « rudement bien roulée ». Tout en faisant mousser son savon il n'arrêtait pas de faire son éloge.

« Ces femmes-là, je m'y connais, avec un front bas, des grosses fesses et la taille bien marquée, c'est des insatiables. Il leur en faut et il leur en faut encore. Surtout à cet âge-là, le vrai âge pour une femme. Plus jeunes, elles n'y connaissent rien, plus vieilles elles ont une sale gueule ! On va lui demander où est passé le marchand de grains et s'il n'est pas là, eh bien, on va se la farcir tous les deux, chacun à son tour. On tirera à pile ou face pour savoir qui le lui met le premier ! »

Je me récusai. L'idée de tromper Agnès m'était insupportable. Je le dis franchement à Marceau, qui approuva.

« C'est beau l'amour. Mais c'est rare ! J'ai été marié. J'avais pas vingt ans. Je gagnais bien ma vie comme commis chez un marchand de porcelaines. Elle en avait dix-huit. Je l'aimais à en être malade. Elle était secrétaire chez le même marchand. A peine rentrés chez nous le soir, on n'arrêtait pas de se faire reluire. On en oubliait de manger. Un jour qu'on avait vacances et que j'étais sorti pour acheter une bouteille de quinquina, qu'est-ce que je trouve en rentrant ? Ma femme en train de se faire fouiller par l'employé du gaz. J'ai mis les voiles et j'ai divorcé. Depuis j'en suis pour la rigolade ! Ne me parle pas de l'amour sérieux ! »

Une fois rasé, peigné et pomponné, Marceau descendit à la recherche de Mme Jarnicaud. Moi je restai dans la chambre, m'étendis sur le lit et pensai à Agnès. L'idée qu'elle pourrait « se faire fouiller » par un employé du gaz m'amusa, tellement elle me paraissait invraisemblable. Une autre idée qui m'amusait encore plus est que c'était dans un bordel que j'avais découvert ce parangon de loyauté. Je remerciais le ciel d'avoir ainsi guidé mes pas et je me jurais de ne jamais laisser échapper une pareille compagne. « Tu es verni ! Le roi des vernis ! » me répétais-je tout bas.

Cependant, Marceau avait rejoint la grainetière dans sa boutique, de l'autre côté de la rue. Le grainetier était en voyage d'affaires. L'attaque de Marceau, telle qu'il me la décrivit, avait commencé par un compliment bien senti : « Y a du monde au balcon », avait-il déclaré en plongeant son regard dans l'échancrure du corsage. Elle avait souri. Bon signe ! Hélas, une dame était venue chercher du maïs pour ses poules. La dame partie, Marceau avait tenté un geste vers « les petits trésors ». Mme Jarnicaud avait de nouveau souri, l'air consentante. Un gamin intervint. Il venait acheter des graines de melon. Les clients s'étaient succédé coupant chaque fois l'herbe sous le pied de mon pauvre Marceau. L'heure du dîner arriva et nous nous rendîmes à la popote installée dans un café. Après le dîner, nous rentrâmes pour trouver Mme Jarnicaud en train de siroter des cerises à l'eau-de-vie avec une voisine. Elle nous invita. Sans me consulter Marceau accepta. La voisine s'incrustait. Marceau bouillait. Finalement, je déclarai mon envie de dormir. Marceau craignait de me réveiller en me rejoignant plus tard. Nous souhaitâmes le bonsoir à Mme Jarnicaud et à la voisine et montâmes nous coucher. Marceau était furieux.

« La salope ! ça vous exhibe une paire de nichons et ensuite ça s'arrange pour ne jamais rester seule ! Je les connais ces femmes-là, des aguicheuses ! »

Le lendemain nous devions partir à l'aube. Nous étions déjà culottés, bottés et sanglés quand Mme Jarnicaud frappa à notre porte. « Je vous ai fait du café », nous dit-elle. J'ouvris la porte et me trouvai en face de notre accorte propriétaire, tout juste vêtue d'un peignoir passé sur sa chemise de nuit. Nous la remerciâmes de sa charmante attention. Marceau, pour mieux la remercier, l'entoura de ses bras et l'embrassa. Le second baiser fut appliqué sur la bouche. Sans se désharnacher, Marceau commença à déboutonner le peignoir. Mme Jarnicaud le repoussait mollement, accompagnant son geste de petits « non… non… ! » pas très convaincus. Son ton était plus celui d'une invite que d'une protestation. Je me retirai discrètement sur le palier. Tout ce que je saisissais de la scène, c'étaient les « non » de la grainetière. Au début, ils étaient encore assez dignes. Puis ils prirent un ton caressant. Un bruit de godasses sur le parquet et de linge froissé m'indiqua que Marceau poussait sa victime consentante sur le lit. Les « non » étaient maintenant des non de satisfaction. Le dernier « non » balbutié dans un soupir de bonheur fut coupé par la voix gouailleuse de Marceau : « Non ? Eh bien, chère madame, n'en parlons plus ! » Et tout en se reboutonnant il me rejoignit sur le palier.

CHAPITRE XI

C'est avec une grande émotion que je vais évoquer ici mon plus beau souvenir de cavalier, à savoir la charge de toute la division qui devait couronner ces manœuvres. Je suis probablement l'un des rares vivants ayant la chance d'avoir participé à un tel événement, expression d'un passé maintenant bien oublié. Que l'on imagine quatre régiments, c'est-à-dire mille six cents cavaliers sur deux rangs, présentant un front de plus d'un kilomètre. Les chevaux savaient que quelque chose d'extraordinaire allait se passer et nous avions du mal à maintenir l'alignement. Les lieutenants, en tête de leurs pelotons, nous faisaient avancer ou reculer par gestes, attentifs à saisir les ordres silencieux des capitaines, eux-mêmes surveillant les indications des colonels qui, calmement, attendaient les ordres des généraux de brigade, ceux-ci attendant la décision du général de division. Nous avions laissé le gros de notre paquetage au campement et étions montés « légers », comme l'avaient fait les cuirassiers à Reichshoffen, qui s'étaient débarrassés de tout poids superflu afin de mieux charger les fantassins du prince royal de Prusse. Le matin, avant le départ, nos officiers nous avaient répété la vieille recommandation qui s'applique à tous les cavaliers, depuis qu'il y a une cavalerie : « Soyez détendus. Pas de nervosité. » La veille, pour bien montrer que la vie continuait, au même rythme, le colonel de Laurisse passant dans les cantonnements avait porté à quinze jours de prison, dont huit de cellule, la punition d'un hussard coupable d'avoir employé l'étrille pour le pansage de son cheval. « Si le cheval a un bouton, l'étrille peut le faire saigner, le bouton peut s'infecter. Une étrille ne sert pas à étriller mais à nettoyer la brosse ! »

Le général attendit que les remous de l'immense rideau de chevaux et d'hommes se fondent en une relative immobilité. Nous avions rassemblé les rênes. Les chevaux protestaient en soufflant bruyamment des narines, envoyant des jets de morve sur nos houseaux. La Joconde était merveilleusement détendue. Je l'en remerciai en rendant un peu la main. A quelques pas, Sylla, le cheval d'Expilly, commençait à encenser. J'avais toujours considéré Sylla comme un cheval stupide. J'avais même un jour beaucoup vexé Expilly en parodiant au sujet de Sylla le fameux dicton : « Belle bête mais de cervelle point. »

Le général émit son commandement sans élever la voix. « Sabre... main » et les mille six cents sabres sortirent des fourreaux. « Pour marcher au pas, marchez au pas. » Les mille six cents chevaux partirent au pas. Le général agita son poing fermé de bas en haut. Ce signal de passer au trot me faisait toujours penser à la mise en branle d'une cloche invisible. L'alignement devenait plus difficile. Certains cavaliers poussaient trop. D'autres retenaient trop. Les dragons de l'extrême gauche étaient en avance. Les chasseurs de la droite traînaient. L'immense ruban ondulait sur la terre brune me faisant penser à une haie de grosses fleurs sous le vent. Les dragons, avec leurs tuniques bleu foncé étaient les pensées de cette botanique. Nous autres, les hussards légers et nos cousins les chasseurs sautillants, en étions les bleuets. Nos culottes rouges étaient les coquelicots.

Le général fit tourner son bras droit à la façon d'une aile de moulin. A ce commandement, nous partîmes au galop. La Joconde continuait à bien se comporter. J'avais, pour l'aider à ne pas buter, repris un peu la main, mais sans pour cela excéder la pression de mes doigts. Sylla, pris dans le mouvement, avait évidemment cessé d'encenser. Je devinais que, maintenant, cet imbécile s'appuyait sur le mors de bride. Expilly essayait de le détendre en sciant, ce qui est bien le pire remède à appliquer à un cheval qui s'appuie. Le chef Mouchez avait aussi des ennuis avec son cheval Bayard. « Une bouche de fer, mais le trot si doux, disait Mouchez. Après tout, la place d'un maréchal des logis-chef est dans son bureau. Ce n'est que rarement qu'on le voit sur le terrain, et, ces jours-là, autant ne pas trop s'écorcher les fesses. » Mais la reine des bouches d'acier était Musette, la jument de Grévin, le fourrier. Je le voyais cramponné à ses rênes et craignais que ça ne finisse mal. Le lieutenant de Sivel surveillait tout cela du coin de l'œil. Son attitude était comme une prière au calme. Son dos semblait dire : « Détendez-vous, mes amis… détendez-vous ! » Un moment nos regards se croisèrent. Puis les siens se baissèrent sur la Joconde et se relevèrent sur moi avec un petit sourire d'appréciation. Une bouffée de fierté me gonfla la poitrine. J'aurais voulu caresser l'encolure de la Joconde. Mais mon sabre m'en empêchait. Qu'importe, j'étais sûr qu'elle ressentait mon élan de tendresse.

Le général fit tourner de nouveau son bras. Les trompettes sonnèrent la charge, série de cris stridents rappelant ceux d'un oiseau de proie. Musette partit comme une flèche entraînant Grévin. Le malheureux, rouge de honte, dépassait le lieutenant de Sivel, dépassait le capitaine, le chef d'escadrons. Musette était complètement emballée. Elle dépassa le colonel de Laurisse, les généraux de brigade, le général de division. Finalement nous la vîmes se perdre à l'horizon, entraînant, dans sa course folle, la silhouette de Grévin, grotesquement cramponné à sa selle.

A part cet incident, la charge se déroulait dans un ordre impressionnant. Notre masse déferlait avec un bruit de tonnerre. Nous ne nous appartenions plus. Nous étions les gouttes d'eau d'une grande vague déferlant sur une grève. Je n'avais jamais éprouvé un tel sentiment de dépendance, jamais senti une telle ivresse me dilater les poumons. Je n'existais plus. J'étais anéanti dans un ensemble glorieux. Nous n'étions plus sur terre. Nous n'étions même plus sur nos chevaux. Mes deux voisins me coinçaient, eux-mêmes poussés par leurs voisins. Leurs jambes broyaient mes jambes à les briser. Puis je me sentis soulevé de ma selle. Je ne me demandais même pas si un jour ou l'autre je retomberais sur ma jument. Je ne me demandais rien du tout. Je n'existais plus. Je connaissais la volupté infinie de ne pas penser. Agnès eût compris la grandeur de ce moment dégagé de toute préoccupation de passé ou d'avenir, provisoire grandiose permettant, en un éclair, de deviner ce que peut être l'éternité. L'ondulation se rabattit sur les chasseurs du peloton voisin. Je me retrouvai sur la Joconde, les étriers aux pieds, le sabre à la main. Maintenant, mes voisins étaient à plusieurs mètres de moi. Nous abordâmes la colline en face et l'enlevâmes à une allure folle. L'objectif était atteint. Le général fit le geste de ralentir. Le fracas des sabots sur le sol diminua. Nous retrouvions notre identité. Avec une grande souplesse, nous passâmes du déchaînement de la charge à une immobilité encore nerveuse. Les chevaux grattaient le sol de leur fer, faisant jaillir des étincelles. Les pelotons avaient à peu près gardé leur formation. Personne ne rit en voyant Grévin ramener Musette et reprendre sa place. Expilly pétait de fierté d'avoir maintenu son cheval Sylla. Et je dois dire qu'il y avait de quoi. Quelle brute ce Sylla ! Autour de nous, le paysage encadrait parfaitement cette scène militaire, douces collines vert tendre, un boqueteau, un moulin à vent, un ciel bleu marbré de petits nuages. C'est beau, un paysage français !

Nous avions remis les sabres au fourreau. Je pouvais caresser la Joconde. Je sentais en moi une grande paix. Le soir, au cantonnement, Grévin dut nous payer une tournée. Il le fit très volontiers. « Je suis passé général, dit-il, ça s'arrose les étoiles. »

Les manœuvres avaient duré cinq jours. Je rentrais au quartier avec l'impression de m'être enrichi de vingt années d'impressions diverses. Le soir, je m'épanchai dans le sein d'Agnès, lui disant ma croyance dans la mission de la France. Nous étions les vrais représentants d'une civilisation équilibrée. Notre défaite, que je n'évoquais que comme une hypothèse absurde, serait aussi préjudiciable au monde civilisé que l'avait été la défaite des Grecs par les Romains. Nous étions les derniers à garder les traditions d'un merveilleux artisanat, d'une magnifique paysannerie. Les Anglais étaient des commerçants, les Allemands des chimistes, les Italiens des chanteurs d'opéra. Les Russes étaient encore à l'état sauvage et les Américains en étaient au stade de bâtir leur maison.

Quoi de plus délicieux que de s'élever à de telles hauteurs, de se gargariser des mots les plus nobles tout en caressant un sein ferme et consentant ?

Le 28 juin 1914, à Sarajevo, capitale de la Bosnie, un étudiant du nom de Gavrilo Princip, assassina l'archiduc François-Ferdinand, héritier de la couronne d'Autriche-Hongrie et son épouse la duchesse de Hohenberg. C'était la mèche allumée menant irrésistiblement la flamme vers la poudrière. Nous apprîmes l'événement par les journaux du 29 juin. Les différents articles présentaient la guerre comme inévitable. Une preuve que le conflit ne se localiserait pas à l'Autriche, et à la Serbie, était que l'empereur d'Autriche François-Joseph et l'empereur d'Allemagne Guillaume II avaient décidé de se rencontrer. Tout le monde savait que l'empereur Nicolas II de Russie ne laisserait à aucun prix envahir la Serbie. Cela signifiait qu'il attaquerait l'Autriche et que l'Allemagne l'attaquerait. Or nous étions liés à la Russie par un traité. Nous serions donc dans l'obligation, à notre tour, d'attaquer l'Allemagne. La grande question était : « Que ferait l'Angleterre ? » Notre traité d'alliance la forçait à intervenir, mais cette intervention pouvait tarder. Tout le monde connaissait les sentiments isolationnistes du peuple anglais, bien à l'abri dans son île. L'idée que l'Angleterre nous « laisserait choir », suivant l'expression de Marceau, ne me troublait pas. Je ne doutais pas que l'armée française ne soit capable de rosser proprement les Allemands. Que dis-je, l'armée française ? La cavalerie française à elle toute seule ! Notre régiment même ! Une bonne charge comme celle des manœuvres, et nous entrerions à Berlin, sabre au clair et sur l'air de *Belle Lison*. Cependant, aucun gouvernement ne décrétait la mobilisation générale. On sentait les antagonistes conscients des conséquences possibles d'un tel conflit. Ils hésitaient à sauter le Rubicon. L'Angleterre proposa même une conférence de toutes les grandes puissances pour essayer de régler la querelle pacifiquement. Guillaume II refusa. J'en fus heureux. Agnès ne disait rien. Je m'en étonnai : « Tu n'as donc aucune opinion sur une question aussi grave ? » Elle me répondit en m'expliquant que les paroles des hommes pouvaient influencer les décisions du bon Dieu. Par exemple, si on priait pour la paix, eh bien, il y aurait la paix. Même une voix pouvait peser dans la balance. Elle ne voulait pas que ce soit la sienne parce qu'elle était prise entre deux sentiments : le désir de me voir heureux en allant à la guerre et la peur de me perdre.

« Tu veux dire que tu as peur que je ne sois tué ?

— Pas seulement cela. La guerre ça doit être tellement différent de ce qu'on connaît que c'est comme d'aller dans un autre pays. Dans cet autre pays il n'y a peut-être pas de place pour moi ! »

Agnès était jalouse de la guerre ! Cela m'agaça, mais seulement l'espace de quelques secondes. Son amour pour moi était vraiment touchant. Je l'embrassai tendrement et la quittai. Je pensais ne pas la revoir de deux jours. Vu les circonstances, les permissions, même locales, étaient données au compte-gouttes. Je ne me doutais pas que notre séparation allait prendre des proportions tragiques. Mais n'anticipons pas. Le lendemain, nous fîmes des exercices d'embarquement et de débarquement. Ils s'avérèrent nécessaires. Les chevaux avaient peur de s'engager sur la passerelle reliant le wagon au trottoir de la gare de marchandises. Certaines voies bénéficiaient de quais de niveau avec les portes. Mais il ne fallait pas compter là-dessus en campagne. Aussi travaillâmes-nous pendant des heures à faire traverser les passerelles en pente aux chevaux. Ça se passait dans une atmosphère de grande gaieté, au milieu des cris d'encouragement, des appels et des rires. L'approche certaine de la guerre nous exaltait. Nous nous sentions très près les uns des autres, cavaliers et gradés. J'ose même dire que nous nous « aimions ». La Joconde se comporta superbement, franchissant la passerelle d'un pied sûr et s'installant dans le wagon comme si c'eût été l'écurie du peloton. Nous eûmes un accident. Nuage, le cheval du brigadier Sarrazin, effrayé par un sifflet de locomotive, fit un bond de côté, tomba sur le ballast et se cassa une jambe. Le vétérinaire dut l'abattre d'un coup de revolver dans la tempe.

En revenant de la gare au quartier, je sentis une légère douleur entre les jambes. Je n'y prêtai aucune attention. Le reste de la journée se passa en exercices de formations en tirailleurs. Cela consistait à mettre l'escadron au galop, sabre au clair. Sur un signe nous nous arrêtions brusquement, remettions le sabre au fourreau, sautions de cheval et nous déployions la carabine en main. Un cavalier sur six gardait les chevaux tandis que les autres faisaient du plat ventre, brûlant des cartouches à blanc. A cette occasion, les sous-officiers avaient été munis de carabines et tiraient avec les hommes.

Lorsque le capitaine Vasseur jugea que notre peloton exécutait cette manœuvre d'une manière satisfaisante, il donna au lieutenant de Sivel l'ordre de nous la faire recommencer avec de vraies balles. Pour cela nous gagnâmes le champ de tir, traversant le faubourg de la ville où j'avais loué la maison de M. Brigant. Qui sait, peut-être Agnès aurait-elle l'idée de regarder par la fenêtre et me verrait ? Cette idée me réjouissait. Nous passâmes effectivement devant la maison. Agnès ne se montra pas. Je pensai qu'elle avait dû aller au marché.

Nous rentrâmes au quartier dans un grand état d'exaltation. Cette journée sentait déjà la guerre. Nous la considérions d'ailleurs comme une bonne journée. Nos chevaux n'avaient pas trop fait de sauts de cabri ou tiré au renard au bruit des coups de carabines.

Ma petite douleur entre les jambes augmentait. Le soir, avant de rejoindre les camarades au mess, je m'arrêtai aux latrines dans la cour. En urinant, j'éprouvai une forte sensation de brûlure. Au mess, j'avisai l'adjudant toubib Courtot qui sirotait sa Suze cassis. Malgré ses protestations, je l'entraînai dans ma chambre et lui exposai mon cas. Il m'examina et sa conclusion fut que j'avais une blennorragie. Il me donna rendez-vous à l'infirmerie le lendemain matin, me recommanda de ne boire ni vin ni alcool, pas de nourriture poivrée ou excitante, pas de cheval, pas d'efforts, agitant devant moi le spectre redoutable de l'orchite. Puis il retourna à son apéritif. C'était un tel coup que j'en oubliai Expilly, qui m'attendait pour dîner. Il vint voir ce qui se passait et me trouva prostré sur mon lit. Il était un spécialiste de la question ayant déjà expérimenté trois « chaudes-pisses », dont l'une assez gratinée. « Si tu te soignes tout de suite, dit-il, tu peux t'en tirer en trois ou quatre semaines. Moi, j'en ai eu une qui m'a duré plus de deux mois. Il faut dire que la première ne m'avait duré que quinze jours. Il y en a qui disent que c'est toujours la même qui revient et qu'on ne guérit jamais complètement. Tu es encore un veinard. Ç'aurait pu être la vérole, et ça, c'est une autre histoire ! » Et il s'en alla dîner. Je n'aurais pas pu avaler une bouchée. Soudain une pensée affreuse se présenta à mon esprit : c'était Agnès qui m'avait contaminé ! Plus j'y réfléchissais, plus c'était évident. Depuis des temps immémoriaux je n'avais eu de contacts avec aucune autre femme. Etendu tout habillé sur mon lit, je sentais grandir mon ressentiment. J'allais être privé de « ma » guerre. Et pour qui un tel sacrifice ? Pour une putain de bordel ! Sans transition je sentais monter en moi une haine impitoyable pour cet être que j'adorais quelques instants auparavant. Je la haïssais comme j'avais haï Nancy quand elle m'avait refusé une cigarette. Je me jurai de ne plus jamais la revoir.

Quand Expilly rentra, accompagné de Marceau, je leur communiquai ma décision et leur demandai de m'aider à simplifier les cérémonies de la rupture. Marceau ne m'approuva pas.

« Si c'était une vierge qui t'avait collé la chaude-pisse, me dit-il, tu aurais le droit de lui en vouloir. Ce serait la preuve qu'elle s'est fichue de toi et qu'elle s'était vantée d'un pucelage perdu depuis belle lurette. Mais où as-tu été chercher Agnès ? Au claque ! Ça veut dire dans une usine à gonocoques. D'abord moi, à ta place, avant de la baiser, je l'aurais fait examiner. Courtot t'aurait sorti son speculum et ça ne t'aurait rien coûté ! »

Je me fâchai.

« Veux-tu m'aider ou non ?

— Non, répondit Marceau. Tu agis sur le coup de la colère. Laisse passer quelques jours, tu y verras plus clair. »

Expilly était de son avis. Je me rendis à leurs raisons, décidant simplement de ne pas voir Agnès avant d'avoir pris une décision définitive.

Le lendemain était le 1er juillet. Je demandai à être reçu par le lieutenant de Sivel et, si possible, le capitaine Vasseur. Mouchez, le chef, me demanda si j'allais leur parler de ma « chaudelance ». Décidément, mon accident faisait les frais de toutes les conversations. Cela m'agaça. J'en voulus encore plus à Agnès.

Le capitaine et le lieutenant étaient ensemble. Ils étaient eux aussi au courant. Le capitaine, à ma grande surprise, me déclara que mon impossibilité de partir avec eux en cas de mobilisation immédiate arrangerait le lieutenant-colonel de la Fère. Cet officier devait prendre le commandement des deux escadrons de réserve, qui ne partiraient qu'une vingtaine de jours après les escadrons d'active, le temps de remettre à cheval et d'entraîner succinctement les réservistes. On m'affecterait à un peloton de réserve, dont le lieutenant, brave homme un peu âgé, avait besoin d'un adjoint de qualité.

« Entre nous, dit Sivel, c'est vous qui commanderez le peloton. »

Très flatté, mais la mort dans l'âme, je remerciai.

« Et la Joconde ? demandai-je.

— On vous la laisse, dit le capitaine, et on vous laisse Fleury, votre ordonnance, qui la montera pendant que vous vous soignerez. Maintenant, filez vite à l'infirmerie. »

A l'infirmerie, Courtot abandonna son journal, dont la manchette annonçait que Guillaume II avait déclaré que, quelles que soient les circonstances, il serait aux côtés de l'Autriche-Hongrie, et me conduisit au médecin-major. Celui-ci voulait m'examiner lui-même. Le diagnostic fut exactement le même que celui de Courtot.

« Si vous voulez guérir vite, dit le major, il vous faut garder la chambre et même rester allongé. Je me demande si je ne devrais pas vous envoyer à l'hôpital. Là vous seriez obligé de vous tenir tranquille. »

Je pus le persuader de renoncer à cette idée.

Mon traitement consistait en deux lavages quotidiens internes au permanganate de potasse, alternant avec des injections de sels d'argent, des pilules de copahu autant que mon estomac pourrait en supporter, deux bains par jour dans de l'eau chaude adoucie de bicarbonate de soude et une nourriture apaisante.

« Vous comprenez mon petit, me dit le major, il n'y a pas que la nourriture et la boisson qui doivent être apaisantes. Vos lectures, les gravures que vous regardez, vos rêves doivent l'être. Chaque fois que vous entrez en érection, vous reculez votre guérison de plusieurs jours. »

Avant de le quitter je demandai au major un renseignement supplémentaire sur cette maladie.

Combien de temps une femme pouvait-elle transporter ce microbe avant de devenir contagieuse ? Il me fit une réponse que j'espérais, ou plutôt que j'essayais de me persuader d'espérer :

« Environ une semaine, quelquefois un peu moins, quelquefois un peu plus. »

— Combien plus ?

— C'est très variable. Ça peut aller jusqu'à deux semaines. »

C'était la preuve qu'Agnès avait eu des rapports avec un autre homme que moi. Il y avait plus d'un mois que je l'avais sortie du bordel. Au tréfonds de ma conscience, je n'y croyais pas. Toutes les preuves médicales du monde ne pouvaient entamer ma foi en la fidélité d'Agnès. Mais cela me donnait un argument sans réplique en faveur de la rupture. Je voulais accumuler les raisons, bonnes ou mauvaises, justifiant ma décision.

Le major ajouta : « Il y a des cas — j'en ai rencontré plusieurs — où la femme peut transporter ces germes pendant des mois sans contaminer personne. Une sorte d'abcès scellé se forme et reste dormant jusqu'au jour, plus ou moins tardif, où il crève, lâchant ses microbes et transformant les organes de la malade en un foyer d'infection. » C'était évidemment cela le cas d'Agnès. Il me fallait écarter l'hypothèse de l'infidélité, et me raccrocher à mon seul ressentiment.

Je demandai de nouveau à Expilly d'aller prévenir Agnès de ma maladie. Je ne doutais pas que cette nouvelle la couvrirait de honte et lui ferait présager une rupture inévitable. J'imaginais son désespoir à cette pensée. Je m'en réjouissais. J'aurais voulu la voir se traînant à mes pieds, le visage ruisselant de larmes et moi la repoussant brutalement. En même temps un souvenir d'enfance s'imposait à mon esprit : Nancy me demandant « Pourquoi me bats-tu ? » et moi lui répondant « Parce que je t'aime. »

Expilly emprunta ma bicyclette et alla rendre visite à Agnès après le dîner. Quand il revint il me trouva dans un grand état de dépression. Je venais d'avaler plusieurs pilules et j'avais mal à l'estomac. D'autre part, je ne trouvais aucune amélioration à mon état. Je continuais, suivant l'expression de Marceau, « à pisser des lames de rasoir ». Expilly haussa les épaules :

« Il y a six jours que tu as commencé ton traitement. Comment pourrais-tu voir une différence. Veux-tu que je te rende compte de ma mission auprès d'Agnès ?

— Si tu veux.

— Eh bien voilà : elle savait. »

J'eus un mouvement d'impatience.

« Elle aussi ! Cette chaude-pisse est le seul sujet de conversation de la ville ! Que t'a-t-elle dit ? Qu'elle était navrée, désolée, honteuse, repentante... ?

— Elle n'a rien dit du tout. Ça s'est passé sur le seuil de la porte. — Agnès, lui ai-je dit, je viens vous annoncer une mauvaise nouvelle.

— Je sais, m'a-t-elle répondu.

— Excusez-moi de vous avoir dérangée, ai-je ajouté.

— Il n'y a pas de quoi » fut sa réponse. Elle me souhaita le bonsoir avec sa gentillesse habituelle et me ferma doucement mais fermement la porte au nez sans que je puisse ajouter un mot.

— Elle ne t'a chargé d'aucun message pour moi ?

— Aucun. »

Il y avait presque un mois que je me soignais. Le médecin-major et Courtot m'affirmaient que dans une semaine je pourrais remonter à cheval. Les événements s'étaient précipités. Le 23 juillet un ultimatum autrichien avait été remis à la Serbie. Les Russes mobilisaient. M. de Bethmann-Hollweg, chancelier de l'empire d'Allemagne, avait déclaré publiquement que « la machine était en mouvement ».

Le 30 juillet le Gouvernement français ordonna une mobilisation partielle. Les troupes, pour éviter tout semblant de provocation et laisser encore à la paix une toute petite chance, devaient ne pas dépasser une ligne idéale dessinée sur les cartes, à dix kilomètres en deçà de la frontière. Notre régiment reçut le même jour l'ordre d'embarquer pour une destination tenue secrète. Pendant la nuit j'aidai de mon mieux le lieutenant de Sivel à surveiller les préparatifs de départ. Même si j'avais pu convaincre le lieutenant, le capitaine, le colonel et le ministre de la guerre, il était trop tard pour me réaffecter au peloton d'active. J'étais depuis déjà deux semaines remplacé par un maréchal des logis nouvellement promu, petit, rose et blond, du nom de Petel.

Le lendemain matin ce fut la cérémonie de l'aiguisage des sabres. Seuls les partants en étaient. J'y assistai de loin, en simple spectateur, caché derrière le rideau de ma chambre. Il y avait seize meules dans la cour, une par peloton. Les armuriers allaient de l'une à l'autre pour expliquer aux officiers et cavaliers comment s'en servir. On eût cru assister à un rite d'une religion barbare. Chacun présentait pieusement son sabre à la pierre mise en mouvement par le pied droit. Le bruit de toutes ces lames affûtées faisait penser à celui du vent dans une futaie. Les lames, sans tranchant en temps de paix, devenaient tranchantes. Il n'était plus question de les diriger sur des mannequins bourrés de son, mais bien sur des poitrines humaines. Le régiment passait de la frivolité des jeux équestres à la solennité des sacrifices humains. Et je n'en étais pas. Oh, Agnès, comme je te détestais.

Ce fut le rassemblement dans la cour du quartier, la sonnerie à l'étendard, la présentation des armes. J'étais dans la troupe de ceux qui restaient, serrés autour du lieutenant-colonel de la Fère. Mon lieutenant, M. de Sivel, me semblait très loin de moi, perdu dans un nuage de gloire, et aussi mon capitaine, M. Vasseur. Il me sembla qu'ils m'adressaient un petit signe d'adieu. J'étais trop engoncé dans mon garde-à-vous pour pouvoir leur répondre. Et je n'avais pas le cœur aux aménités.

L'étendard fut remis dans sa gaine et le régiment partit. Je devinais les dos de Mouchez et d'Expilly, de Quentin et d'Herriot, de tous ceux qui avaient constitué mon univers pendant cette merveilleuse période de mon existence. Puis ils se fondirent dans la masse.

Le lendemain, les réservistes arrivèrent, presque tous vendéens, et je fis la connaissance du lieutenant de mon peloton, M. de Gilbert, un éleveur des environs. Il était exactement le brave homme que m'avaient prédit le lieutenant de Sivel et le capitaine Vasseur. Un peu plus tard dans la journée, je fus présenté au capitaine Barbier de la Mare. Puis le lieutenant-colonel de la Fère nous réunit dans la salle d'honneur. Je reconnus peut-être vingt officiers et sous-officiers du régiment d'active perdus dans le flot des réservistes. M. de la Fère nous parla du passé du régiment. Il nous promena de Rocroy à Fontenoy, de Rivoli à Wagram, évoqua Bercheny, Murat et le duc de Nemours. C'était très émouvant, mais ça me faisait penser un peu à un discours électoral. Le colonel de Laurisse n'avait pas besoin d'évoquer les gloires passées du régiment pour renforcer notre solidarité. Il n'avait qu'à crier de sa grosse voix, quand il traversait la cour : « Eh alors, Quentin, ça va ? » Et Quentin répondait : « Pas mal, mon Colonel, et vous ? »

Les cavaliers réservistes envahissaient le quartier, bientôt bourré d'une foule anonyme, une foule non plus de jeunes dont le régiment était la première expérience dans la vie, mais une foule de gens déjà établis, mariés, riches ou pauvres, avec une vie orientée. Ce n'étaient pas des hussards. C'étaient des cultivateurs, des bourgeois, des tonneliers et des arpenteurs, des pépiniéristes et des vidangeurs, tous pleins de bonne volonté, prêts à mourir pour la patrie et même à souffrir, à avoir des clous aux fesses, à dormir sans leur femme dans un lit non bassiné, à manger la soupe anonyme au lieu des ragoûts bien mitonnés par la « bourgeoise ».

Le premier août, le Gouvernement français ordonna la mobilisation générale. Un peu plus de réservistes nous arrivèrent et aussi les premiers chevaux de réserve. La plupart étaient des chevaux de réquisition et nous étaient livrés par les services de remonte. Ils nous arrivaient par chemin de fer. Nous devions aller en prendre livraison à la gare. Quelques-uns venaient directement de villages voisins. Dans tout ce tumulte, j'eus du mal à garder la Joconde. Un certain capitaine de réserve du nom de Meunier avait l'œil dessus.

Le 3 août l'Allemagne déclara la guerre à la France. Au mess des sous-officiers, les inconnus rassemblés là par le caprice de bureaucrates anonymes s'embrassèrent et chantèrent *La Marseillaise*. Ils avaient d'autant plus de mérite à cela que presque tous étaient de fervents royalistes. Je dis mon étonnement au maréchal des logis de Clapisson, mon adjoint au peloton.

« Les paroles sont d'une stupidité intégrale, me dit-il. Mais le fait que les Français les chantent ensemble leur confère des lettres de noblesse ! »

Je n'avais toujours pas pardonné à Agnès. Le tourbillon dans lequel nous plongeait l'incorporation des réservistes m'avait facilité le maintien de ma décision de ne plus la revoir. Je n'avais aucune inquiétude matérielle à son sujet. Dès le début de notre vie commune, et cela malgré son grand principe du « pain quotidien », je l'avais convaincue d'accepter une assez forte somme et de la garder en réserve pour une circonstance imprévue. Elle avait pris l'enveloppe sans en regarder le contenu et l'avait rangée dans le tiroir des couverts.

Le 4 août je demandai la permission de sortir et, bien décidé à liquider la situation, je me dirigeai vers la petite maison du quartier des maraîchers. La maison était fermée. Le maraîcher voisin me dit qu'Agnès était partie le 2 août, lendemain de la mobilisation générale. Elle lui avait demandé de me remettre sa bicyclette. Je demandai à la femme du maraîcher de bien vouloir l'accepter en cadeau. En échange, je lui demandai de me prévenir si Agnès revenait. Pour la bicyclette, la maraîchère n'avait pas attendu mon offre pour s'en servir. Je remarquai la machine appuyée contre un mur et agrémentée de paniers pour la livraison des légumes.

J'eus l'idée d'aller voir M. Marjeulin, qui me reçut froidement. Il me fit asseoir dans son bureau et pria Mmes Marjeulin et Piccard de nous laisser. Une fois seuls, il m'adressa un discours ridicule dont je crois avoir retenu l'essentiel. Son thème favori de l'oiseau abandonné s'y étalait sans retenue :

« Monsieur Georges, l'enfant qui prend un petit oiseau dans son nid le sort de son milieu, le prive de la compagnie de ses frères et sœurs, le nourrit de bonnes choses auxquelles l'oiseau n'était pas habitué, le fait dormir dans de la ouate et cela dans un appartement bien chauffé et, pire que tout, l'habitue à sa présence, à son affection, le prend sur son doigt, l'embrasse, puis sur un caprice — les parents déménagent ou ne veulent plus d'animaux — rejette cet oiseau à la rue, cet enfant, monsieur Georges, est un criminel. L'oiseau, amolli par une vie de luxe, ne saura pas résister à la bise de l'hiver. Il ne saura pas trouver sa nourriture. Il ne saura pas échapper à ses ennemis. Surtout, il ne saura pas se passer de l'affection à laquelle l'enfant l'avait habitué. Même s'il échappe au froid, à la famine ou au chat, il mourra. Il mourra de désespoir, tué par le méchant enfant. »

La naïveté pompeuse de ce discours m'agaça. Je souris ironiquement. « Ne croyez-vous pas que vous allez un peu fort ? » lui dis-je. « Non monsieur ! » fut la sèche réponse. Je lui expliquai froidement que je n'étais pas venu pour recevoir une leçon qu'il n'était pas qualifié pour me donner.

« Monsieur, répondit-il, je suis peut-être un tenancier de maison spéciale, mais je suis plus fier d'être à ma place qu'à la vôtre.

— Je sais... l'hygiène... la fonction publique...

— Oui, monsieur, et bien des responsabilités que vous n'imaginez pas. Sachez, monsieur, qu'il n'y a pas de métier déshonorant. Il n'y a que les actions qui déshonorent. »

Je l'interrompis :

« Je voudrais l'adresse d'Agnès. Pouvez-vous me la donner. »

Il me regarda avec une stupeur non simulée.

« Vous trouvez que vous n'avez pas fait assez de mal ! Non monsieur. Je ne vous donnerai pas cette adresse. Tout ce que je peux vous dire est qu'en sortant de l'hôpital…

— Elle est allée à l'hôpital ?

— Evidemment. Son premier devoir était de se guérir.

— Vous savez qu'elle m'a contaminé ? »

Le petit homme se leva, tout son maigre corps tendu d'indignation.

« Et qui vous dit que ce n'est pas vous qui l'avez contaminée ?

— C'est grotesque. Une putain de bordel est exposée à tous les contacts…

— Je ne connais pas votre vie privée et ne veux pas la connaître.

— Voulez-vous me donner l'adresse d'Agnès, oui ou non ?

— Non.

— Mais enfin pourquoi ce mystère, pourquoi est-elle partie ? Nous n'avions eu aucune discussion, aucune querelle ! »

M. Marjeulin se rassit pour émettre d'une voix très douce :

« Il y a des querelles qui se déroulent sans gestes, sans paroles. Ce sont les plus graves. Agnès est un être très sensible. Peut-être avait-elle deviné...

— Deviné quoi ?

— Que vous lui en vouliez de cette maladie et que vous aviez décidé de rompre.

— Où est-elle ? Je lui expliquerai.

— L'épouseriez-vous si elle était libre ?

— Jamais de la vie ! »

Cette question sentait le chantage. Ma réponse était une défense spontanée.

« Vous voyez bien. Vous n'aimez pas Agnès. Si vous l'aimiez vous mettriez tout en œuvre pour retrouver son mari, les faire divorcer.

— Et le mariage religieux ?

— Avec les relations de Monsieur votre Père, vous obtiendriez une annulation à Rome. N'avez-vous pas un cousin cardinal ?

— Evêque seulement. Et qui vous dit que mon père marcherait ?

— Si vous aimiez Agnès, vous sauriez trouver les mots qui le convaincraient. » Il prit une enveloppe dans un tiroir. « Voici de l'argent qu'Agnès m'a chargé de vous remettre. Elle n'est plus dans cette ville. Vous l'avez même privée de notre affection. Les murs de cette maison lui rappelaient trop de souvenirs. »

Je mis machinalement l'enveloppe dans ma poche et m'en allai. En haut, dans le dortoir, Sonia chantait *Quand j'danse avec mon grand frisé.*

Je me plongeai dans le travail du peloton. Clapisson se montra excellent camarade et bon instructeur. Le lieutenant de Gilbert ne cessait de penser à sa femme : « Quinze ans que nous sommes mariés et nous ne nous sommes jamais quittés une heure. Avec ça que mon château est grand et que mes deux valets ont été mobilisés. Elle va devenir neurasthénique ! »

CHAPITRE XII

J'ai toujours considéré la chanson populaire comme une expression fidèle des qualités ou défauts d'un peuple. Les chansons de mes réservistes vendéens étaient adorables. Je me souviens surtout du *Roi d'Espagne.*

Je suis le roi d'Espagne
J'aime les filles aux yeux noirs
Là-haut sur la montagne
J'irai danser tous les soirs.

Chanson dangereuse. Ces filles aux yeux noirs n'étaient-elles pas les sœurs d'Agnès. Mais j'avais vite fait de repousser de telles images de mon esprit.

Le 18 août les deux escadrons de réserve embarquèrent et moi avec. Je poussai un soupir de soulagement. J'en avais assez de la petite ville. C'est avec joie que de mon wagon à bestiaux je voyais les toits disparaître à l'horizon et, je l'espérais, avec eux le souvenir d'Agnès.

Après deux jours de chemin de fer on nous débarqua dans une petite gare des environs d'Arras.

Mon principal souvenir de ces deux jours est la manière dont nous satisfaisions nos besoins naturels. L'intéressé baissait culotte et, faisant face à l'intérieur du wagon, sortait son derrière au-dessus de la voie, les deux pieds solidement accrochés par les talons au bas de l'ouverture du wagon à bestiaux. Deux camarades sûrs le retenaient chacun par un bras de façon à ce que son corps soit entièrement dehors. Il ne fallait pas non plus exagérer le porte-à-faux de peur de se faire faucher les fesses par un poteau télégraphique. Quoi qu'il en soit, cette méthode à la fois hygiénique et élégante nous semblait préférable à l'utilisation d'un seau que l'on viderait aux rares arrêts.

A peine étions-nous débarqués qu'un général de division d'infanterie, suivi de son état-major, vint nous inspecter. M. de la Fère nous annonça que nous allions être séparés en demi-pelotons et mis à la disposition de différentes unités d'infanterie et d'artillerie pour des missions de reconnaissance. Lui-même serait affecté à l'état-major de l'armée. Ces dispositions ne nous réjouissaient guère. D'ailleurs, rien depuis le débarquement ne nous réjouissait. Ce général avait l'air nerveux et bafouillait en posant des questions au lieutenant-colonel. Nous savions évidemment que les Allemands avaient envahi la Belgique. Le fait que nous débarquions près d'Arras prouvait qu'ils avaient beaucoup avancé. Nous n'avions aucune nouvelle des escadrons d'active. Nous ne devions apprendre que bien plus tard que ces derniers étaient tombés sur un « coup dur » et que M. de Sivel avait été tué.

Ici, dans cette plaine du Nord, les Vendéens ne se sentaient pas à leur aise. Ils regrettaient le bocage.

Nous nous séparâmes. Je fus affecté, avec un demi-peloton, au service du général en personne. Pendant trois jours nous battîmes la campagne essayant de lui rapporter les renseignements qu'il demandait. Je compris que l'état-major craignait un mouvement tournant des Allemands et que notre division avait pour mission d'essayer à tout prix de l'arrêter. Cette division, nous ne devions jamais la voir. Sur un soupçon, la vue d'une fumée, un bruit de canonnade, le général nous envoyait reconnaître ce qui se passait de l'autre côté des petites collines qui bordaient l'horizon. Nos chevaux étaient sur le flanc, sauf la Joconde qui se comportait superbement. Le soir nous bivouaquions dans des fermes abandonnées et je m'arrangeais pour avoir de la paille et bien la bouchonner. Je ne rencontrai des Allemands que trois fois. La première ce furent des hussards de la mort. Ils étaient cinq ou six, se tenant sur une éminence dominant une petite rivière. Nous étions douze longeant le lit de cette rivière pour éviter les fils de fer barbelés des prairies voisines. Ils nous examinèrent avec beaucoup d'intérêt, leur chef nous détaillant avec sa lorgnette. Je donnais l'ordre de grimper sur la colline par un petit sentier aboutissant à la rivière. J'espérais arriver en haut avant qu'ils n'aient fait demi-tour et leur courir sus. Un scrupule me tourmentait. Nous étions plus nombreux qu'eux. Ne devrais-je pas les charger avec seulement la moitié de mes cavaliers ? Les autres, comme au fameux combat des Trente de la guerre de Cent Ans, eussent été les spectateurs ? Je n'eus pas à résoudre ce dilemme. Quand nous arrivâmes en haut de la butte, les Allemands étaient partis. La Joconde eût pu les rattraper. Mais qu'aurais-je fait seul contre six adversaires ?

Une autre fois, ce furent trois Allemands d'une arme que je ne sus pas identifier. Ils étaient confortablement installés dans une charrette probablement trouvée dans un village voisin. Nous partîmes au galop dans leur direction. Au lieu de fuir, ils s'arrêtèrent et découvrirent une mitrailleuse. Heureusement le cheval de la charrette bougeait et les balles ne nous atteignirent pas. En attaquant, je risquais de perdre des hommes. D'ailleurs, ma mission était strictement de rapporter des renseignements. Nous fîmes demi-tour.

La troisième fois, la rencontre fut particulièrement bizarre. Nous n'avions pas arrêté de galoper depuis l'aube. Les chevaux de mes hussards étaient sur le flanc. La Joconde tenait le coup. J'avais compris le genre de service qu'on nous demandait et je savais la ménager, mettant pied à terre aussi souvent que possible et lui massant les paturons avec de l'embrocation que j'avais emportée dans une petite bouteille. Je décidai d'aller seul voir ce qui se passait au-delà de la crête. L'horizon était vide d'êtres humains, sauf un petit break tiré par un assez joli cheval, conduit par un vieux bonhomme, l'air d'un médecin de campagne et qui s'avançait vers moi. Le vieux monsieur arrêta son cheval et, avec un fort accent allemand, m'offrit de venir me désaltérer chez lui, à quelques centaines de mètres d'où nous étions. Je remerciai et rejoignis mes hommes. Soudain, je pensai à l'accent du bonhomme et à l'incongruité de son invitation. D'un temps de galop je retournai sur la crête. Le break avait disparu. Par contre, à l'horizon, un train régimentaire allemand s'avançait sur une petite route.

Nous rejoignîmes le général à qui je fis part de ma découverte. Un de ses officiers d'état-major m'emprunta deux cavaliers et partit vers un hameau abandonné où nous avions de l'artillerie. Le général et sa suite gagnèrent un village également abandonné dans lequel campait un régiment de zouaves. L'artillerie commença à tonner au loin. Les zouaves partirent brusquement. Le lendemain nous étions seuls dans le village, le général, quelques officiers de son état-major et nous. Toute la nuit le canon n'avait pas arrêté. Maintenant on n'entendait que le caquètement des poules oubliées dans les cours de ferme. J'avais fait mettre nos chevaux dessellés dans une écurie vide du village. Ils avaient besoin de ce repos. Bertin, un trompette d'active qui, comme moi, avait été affecté à la réserve, découvrit de l'avoine et du foin.

Vers cinq heures du matin la plaine s'anima. C'étaient des petits groupes de cinq ou six fuyards, pâles de fatigue, traînant leur fusil. La plupart avaient abandonné leur sac. Bientôt il y en eut partout. Ils étaient des milliers. Cette formation par petits paquets était inattendue et terrifiante. Elle symbolisait l'écroulement des cadres. Ces hommes, dans leur malheur, n'appartenaient plus à aucune unité. Leurs régiments, leurs compagnies, leurs escouades n'existaient plus. Ils se raccrochaient à ceux que les hasards de la catastrophe avaient placés sur leur chemin. On voyait un fantassin s'appuyant sur un chasseur à pied, un zouave cheminer à côté d'un colonial. Les gradés aussi étaient mélangés. Je ne remarquais aucun officier. Peut-être étaient-ils tous morts.

Quelques-uns entraient dans le village. Le voyant

vide ils repartaient. Il y en avait qui s'asseyaient une minute sur une vraie chaise. L'un d'eux s'étendit sur un vrai lit. Mais, après quelques instants, ils repartaient. Les premiers récoltèrent ce qui restait de poules et de lapins, les exécutèrent d'un coup de couteau et les mirent dans leur musette. Mayret, un de mes réservistes, fit la réflexion qu'il était heureux que les vaches et les chevaux aient été évacués. Il faut dire qu'il avait devancé les fuyards et mis de côté les éléments d'un ragoût copieux.

Le général et ses officiers s'étaient enfermés dans une grande belle maison. Aux fuyards nous demandions : « Où vas-tu ? » Aucun n'avait d'idées nettes là-dessus. Quelques-uns croyaient que l'armée française se reformerait à Amiens. Ils allaient à Amiens ! Beaucoup disaient : « A Amiens, il y a les coloniaux de Mangin. Les Allemands vont avoir du fil à retordre. » Curieusement, aucun ne parlait de défaite. Ils ne se sauvaient pas parce qu'ils étaient vaincus, mais parce qu'ils ne voulaient pas être faits prisonniers. Cependant, de toutes les bribes d'informations jetées parcimonieusement par ces malheureux, un nom émergeait : Charleroi.

De temps en temps, j'allais frapper à la porte du général. Il me faisait entrer dans le salon de style moderne du fermier absent, où lui et ses officiers continuaient à diriger des batailles théoriques sur leurs cartes d'état-major. Je me mettais au garde-à-vous et lui demandais s'il avait des ordres à me donner. « Attendez », me répondait-il invariablement. Il ajoutait : « Savoir attendre, tout est là. »

Il avait tendance à l'embonpoint et, peut-être, son indécision venait-elle de sa haine de l'effort physique. Ensuite, il me demandait de lui donner les numéros de régiment des fuyards que j'avais vus passer dans le village. « Vous voyez, disait-il en se tournant vers ses officiers, aucun n'est de ma division. Il nous faut attendre ! » Cependant, les fuyards devenaient plus rares. Vers dix heures du matin, la plaine était vide. Le général regarda longuement cette immensité et donna l'ordre de partir. Il ne me dit pas où nous allions.

Après quelques heures de lent cheminement, il me fit signe d'approcher. « En cas de retraite, me dit-il, tous les éléments de ma division ont l'ordre de se replier sur Albert et de s'y rassembler. Seulement voilà ! Sommes-nous en retraite ou non ? » Je l'assurai respectueusement de mon ignorance de la question. Un peu plus loin, le général m'appela de nouveau. « L'ennui, dit-il, est que s'il n'y a pas de retraite, notre mouvement de repli sur Albert devient une fuite. C'est très difficile d'établir la différence entre une retraite et une fuite. Avant d'aller plus loin, je propose de nous arrêter dans ce petit bois. Nous y serons bien dissimulés et nous verrons tout ce qui se passe dans la plaine. Bien qu'à vrai dire, ajouta-t-il, il ne s'y passe rien. Je n'ai jamais vu un tel vide ! Peut-être finirai-je par trouver ma division. »

J'acquiesçai. Nous continuâmes en silence. Ce vide de la plaine était angoissant. Je pensai à une scène de théâtre attendant les acteurs de l'acte suivant. Il y avait beaucoup de mouches et les chevaux donnaient de grands coups de queue et d'encolure pour les chasser. Le général, lui aussi, était assailli par les mouches. « Ces mouches sont insupportables », me dit-il. Après un silence, il ajouta : « Ça m'est très désagréable d'avoir perdu ma division ! » Il me fit signe de rejoindre mes hussards. Un de ses officiers, un artilleur à moustache prit ma place.

Nous arrivâmes au petit bois qui était déjà occupé par deux pièces de soixante-quinze. Les artilleurs étaient installés à l'extrémité nord du bois. Le général et sa suite s'installèrent à l'extrémité sud. Le lieutenant d'artillerie vint se présenter au général qui lui demanda s'il n'avait pas vu sa division. Sur sa réponse négative, il le renvoya à ses canons. Nous mîmes pied à terre. Le général et ses officiers marchèrent jusqu'à la lisière du bois et se mirent à fouiller l'horizon de leurs jumelles. Leurs gestes évoquaient les mauvais tableaux de la guerre de soixante-dix du musée des Invalides. Je détournai les yeux de cette image déprimante et regardai la plaine, toujours impitoyablement vide. La Joconde, près de laquelle j'étais resté, me poussa d'un coup de nez comme pour me sortir de ce marasme inutile. Je lui répondis en lui grattant doucement le ladre. Elle ferma les yeux de volupté. Je cessai par jeu. Elle essaya de retenir ma main à grands coups de lèvres. Je recommençai à caresser à rebrousse-poil le délicat velours de soie de son nez. Elle renifla puis me souffla un jet de morve en pleine figure. Je ris et m'essuyai avec mon mouchoir.

Un sifflement me fit lever la tête et inquiéta les chevaux. Un shrapnel vint éclater au-dessus du petit bois, assez haut. J'explique cela maintenant, mais sur le moment je ne compris pas ce qui se passait. Les chevaux tiraient au renard. La Joconde, après un petit bond en arrière, vint se serrer contre moi. D'autres obus suivirent. Immédiatement, ce fut la pagaille ; chevaux affolés, cavaliers essayant en vain de les attacher plus serrés. Durand, un réserviste, caissier dans une banque à Nantes dans le civil, se roulait à terre en hurlant. Il était couvert de sang. Sa blessure devait être énorme pour répandre tant de sang aussi vite. De l'autre côté du petit bois, il y eut une grande lueur accompagnée d'explosions assourdissantes. Sans doute un caisson d'artillerie qui sautait. A ma grande surprise, je n'éprouvais aucune peur. J'avais craint cette première épreuve du feu de l'artillerie. L'homme accepte l'inévitable. Je tapotais doucement l'encolure de la Joconde. Elle tremblait de tout son corps. Le désir de calmer ma jument dominait toutes mes autres pensées. Elle poussa sa tête sous mon bras. A chaque détonation, je sentais comme un arrêt de tout son être, puis le tremblement reprenait. Un moment elle se dégagea et me regarda semblant me demander : « Toi qui es le Bon Dieu, qu'attends-tu pour arrêter ce bruit insupportable ? » J'aurais voulu lui expliquer que je n'y pouvais rien. J'imaginai sa réponse à cet aveu d'impuissance. « Si tu n'y peux rien, pourquoi m'as-tu amenée ici ? » Pire que ce reproche, elle aurait pu me dire aussi : « Pourquoi as-tu été gentil avec moi, pourquoi m'as-tu habituée à tes caresses, pourquoi m'as-tu apporté la musette pleine d'un mélange d'avoine et de son, pourquoi as-tu provoqué mon affection et ma confiance pour ensuite me traîner dans cet enfer ? » Soudain, elle s'affaissa. Je compris qu'elle venait de me sauver la vie. Je la dessanglai, mais ne pus enlever la selle prise sous elle. J'aurais voulu qu'elle mourût délivrée de cet accessoire incommode. Elle grattait un tronc d'arbre de ses sabots de devant. L'arrière était déjà paralysé. Le mieux était d'abréger ses souffrances. Je déchargeai mon revolver dans son oreille. Ensuite, je pris sa tête entre mes bras et la regardai dans les yeux. Elle me fixa de tout son amour pendant une seconde comme si, en s'accrochant à moi, elle s'accrochait aussi à la vie. Puis le nuage de la mort recouvrit sa prunelle. Elle se raidit un peu plus avant de se détendre. Un mot de Mme Bovary mourante me revint à la mémoire : « Le calme du tombeau. » Je rechargeai mon revolver et, pour être sûr que ce calme serait maintenant le lot de la Joconde, je tirai dans la bouche et au cœur.

Le bombardement avait cessé. Un oiseau, encouragé par le silence, lança une trille. J'eus l'impression d'être seul dans ce bois. Les autres étaient morts ou avaient été absorbés par l'immensité de la plaine brûlée de soleil. Le mieux était de me diriger vers Albert.

Au sortir du bois, je butai sur le cadavre du trompette Bertin. Son visage régulier de Gaulois blond était figé dans une expression d'étonnement. N'était-il pas parti à la guerre pour sonner la charge et non pas pour être massacré dans un petit bois inventé pour aller aux fraises avec une petite amie. Son shako avait roulé à côté de lui. Bertin était l'un des bons trompettes du régiment. Quand c'était lui qui sonnait « l'extinction des feux » nous ouvrions les fenêtres pour mieux l'entendre. Nous admirions sa silhouette bien cambrée et le moulinet qu'il exécutait avant de porter l'instrument à ses lèvres. Il baignait nos cœurs d'une douce mélancolie que les paroles plutôt crues, greffées sur la musique par des générations de griffetons, n'arrivaient pas à dissiper :

Qui t'a fait cet enfant-là ma fille ?
C'est un artilleur maman !...

Je trouvais Bertin mort, superbe dans son uniforme.

« C'est encore une veine que je l'aie vu, pensai-je. Toute cette beauté aurait pu être totalement perdue. Il y aura eu au moins un être humain, moi, si indigne que je sois, pour profiter de ce cadeau ! » Je regardais la cravate bleue réglementaire fermée d'un nœud impeccable. Ce hussard mort me ramenait en imagination à des bals champêtres dans des guinguettes, au geste doux des servantes relevant leur chignon, au petit vin blanc des coteaux qui s'élèvent à la lisière du bocage. J'essayai maladroitement de tirer Bertin à l'ombre. Je me demande pourquoi, puisqu'il était mort. L'éclat d'obus avait déchiré le dos. La mousse avait absorbé le sang à la façon d'un papier buvard. C'est pour cela qu'il était si propre. Je le remis dans sa position primitive, une position détendue de cavalier, la parfaite image du guerrier au repos, Turenne dormant sur l'affût d'un canon. Je fermai les yeux bleus, ramassai le shako, le posai sur la poitrine de Bertin et je murmurai une prière. Non pas que je pensasse que cette prière puisse le moins du monde aider Bertin à monter au ciel. Il y était déjà, en train de sonner de la trompette. Non pas que je crusse que ce shako puisse protéger Bertin contre la gloutonnerie des corbeaux, qui déjà cerclaient le ciel au-dessus de nous. Mais ces gestes semblaient s'accorder avec la fine moustache, la tunique bleu ciel et les houseaux soigneusement cirés.

Je retournai sur mes pas pour bien me pénétrer de l'image de la Joconde. Je réussis à dégager la selle. La tête reposait sur un caillou. J'enlevai cet oreiller inconfortable et le remplaçai par une poignée de mousse. Enfin, je me décidai à partir. Je suivis un sentier qui devait mener à la route d'Albert. Tout en marchant, j'imaginais l'officier allemand qui avait dirigé ce tir, un type à lunettes avec des instruments de précision, un passionné de chiffres sorti de quelque grande école scientifique. Cette fourmi avait fait un petit calcul dans sa grosse tête et ses obus étaient venus éclater juste là où on lui avait donné l'ordre de frapper. Tout cela sans haine, anonymement. Rien à voir avec un combat singulier, voire avec Fontenoy.

Tirez les premiers, messieurs les Anglais !
Après vous, messieurs les Français !
Je n'en ferai rien !
Je vous en prie !

Des polytechniciens français étaient probablement, en ce moment, en train d'éliminer des Jocondes et des Bertin allemands.

Soudain, je pensai à Agnès. « Puisque la ferraille est en train de gagner, dis-je, je serais bien bête de ne pas me mettre à l'abri dans mon seul refuge. Je retrouverai Emilien. Je remuerai ciel et terre pour obtenir l'annulation de ce mariage et j'épouserai Agnès. » Cette résolution me donna du courage. C'est d'un bon pas que je m'engageai sur la route d'Albert.

Sur la route d'Albert, je me joignis à un fantassin et à un zouave. Nous ne doutions pas que les coloniaux n'arrêtassent les Allemands. Ce qu'il fallait, c'était gagner Amiens et se mettre à la disposition des autorités militaires. Le fantassin, instituteur d'un village de la Loire, fervent socialiste, était un sergent. Il n'arrêtait pas de pester contre les

« frères » allemands. « Des socialistes comme ça, je vous les donne. Parlez-moi de Jaurès. A sa voix les prolétaires du monde entier se seraient soulevés, l'Autriche n'aurait pas osé bouger. C'est pour ça que les " réacs " l'ont assassiné ! »

Le zouave, un menuisier d'Oran, était un caporal. Il comptait sur les troupes d'Afrique pour rétablir la situation. « Quand on leur aura lâché des Sénégalais aux fesses, ils n'insisteront pas. Parce que les Sénégalais n'y vont pas par quatre chemins. Ils ont tous des rasoirs, et " coupe-coupe ". Le temps d'éternuer et te voilà eunuque ! »

Ces discours étaient réservés aux arrêts. Quand la fatigue était trop forte, on s'asseyait sur un talus et dès que les forces revenaient, le bavardage recommençait. Nos provisions étaient épuisées. D'autre part, le soir tombait. Nous entrâmes dans une ferme que nous crûmes abandonnée, dans l'espoir d'y trouver un reste de nourriture et avec l'intention de nous y reposer quelques heures. La ferme n'avait que l'apparence de l'abandon. Son propriétaire nous fit asseoir et nous apporta du pain, du lard et du cidre. C'était un très vieil homme très maigre avec une moustache un peu tombante comme en portaient encore les paysans français avant la guerre. Il avait fait son service dans les zouaves. L'uniforme de notre compagnon lui donnait confiance. Il avait un service à nous demander : « J'ai envoyé ma fille, son mari et les gosses à Vitry-le-François, où j'ai une sœur mariée à un cultivateur. Moi je reste pour défendre ce que je pourrai de notre bien. Ils peuvent me fusiller si ça leur chante. A mon âge, on se fout pas mal de mourir. » On lui avait dit que les Allemands « fauchaient » les chevaux et les voitures. Il nous demandait de mener son cheval Coco et sa carriole à Amiens et de la remettre à un cousin. Seulement il fallait partir tout de suite. Les Allemands pouvaient arriver d'un moment à l'autre. Une fois à Amiens, Coco et la carriole étaient sauvés. N'y avait-il pas les coloniaux de Mangin qui les arrêteraient avant qu'ils ne puissent approcher de cette ville. « Ça te regarde, toi le hussard », dirent mes deux compagnons. J'attelai Coco et nous partîmes. Nous arrivâmes à Amiens au petit matin sans avoir vu trace des « coloniaux de Mangin ». Nous remîmes Coco au cousin et nous dirigeâmes vers une caserne. Elle était vide. Une petite fille jouait à la poupée dans le corps de garde. Nous entrâmes dans la cour. Le seul coin habité était la cantine. Le cantinier, un grand maigre qui pesait ses mots, nous apprit que les troupes françaises avaient quitté la ville. On attendait les Allemands. C'était sans doute pour cela qu'il balayait et que sa femme, aussi maigre que lui, rinçait des verres.

A la gare, un contrôleur, qui n'avait plus rien à contrôler, errait comme une âme en peine sur un quai désert. C'était un petit blond, gras et bouffi, avec une minuscule moustache. Il nous expliqua que, étant mobilisé sur place, il ne pouvait quitter son poste. Il regrettait de ne pas avoir été désigné pour un service dans les trains qui avaient été évacués sur Reims, Beauvais, Compiègne ou Rouen. « C'est triste, une gare sans trains. C'est comme un restaurant sans nourriture ! » Je proposai à mes amis de retourner chez le cousin, de louer Coco, voire de l'acheter et d'essayer de filer sur Paris avant que les Allemands n'entrent dans Amiens. J'avais assez d'argent pour cela. A ce moment, un vieux monsieur, ruban de la Légion d'honneur à la boutonnière, nous aborda et nous proposa de nous emmener chez lui et de nous prêter des vêtements civils. Il nous dit son nom : Capitaine Augier. Nous nous présentâmes très « réglementairement », ce qui l'enchanta. Il avait servi aux zouaves, à Sidi-bel-Abbès. C'était l'uniforme de notre camarade qui avait éveillé son intérêt. Décidément les zouaves pouvaient se vanter d'une solidarité que je n'aurais jamais soupçonnée.

Le vieux monsieur vivait dans une très vieille maison avec une très vieille bonne. Berthe poussa de hauts cris lorsque son maître lui présenta les hôtes un peu voyants qu'il avait récoltés. « Vous vous ferez fusiller ! — On verra bien. Ils m'ont raté en soixante-dix. Ils me rateront peut-être encore ce coup-ci. »

M. Augier était un homme de taille moyenne, les cheveux taillés en brosse, la moustache et la barbiche très Napoléon III. Il portait le deuil de sa femme morte dix ans auparavant. Il était bonapartiste. Les murs de sa maison étaient couverts de gravures représentant des batailles de la Grande Armée. Il choisit dans sa garde-robe les vêtements civils les moins « bourgeois » qu'il put trouver. Nous avions une drôle de dégaine. Berthe voulait cacher nos uniformes dans le puits. Le vieux monsieur les pendit dans une armoire bourrée de naphtaline où il conservait les siens.

Le lendemain les Allemands entrèrent dans Amiens. « Il faut aller voir cela », dit le capitaine Augier. Il nous emmena chez un de ses amis, également officier en retraite, dont l'appartement donnait sur le boulevard Saint-Charles par lequel les Allemands ne pouvaient manquer de passer. Les rues étaient à peu près vides. Le défilé n'affecta en rien des allures de parade. C'était un simple mouvement de troupes, mais de troupes en parfait état, bien vêtues, disciplinées, pas fatiguées, bien nourries, superbement astiquées ; en un mot, de troupes victorieuses. Ce qui nous surprit le plus fut le train réglementaire des différentes unités. Il était constitué de voitures et de chevaux volés aux civils des villes et villages conquis. Derrière les régiments suivaient des camions au nom de Félix Potin ou de quelque épicerie belge, des tapissières, des voitures de boucher, des voitures de déménagement, tous les types possibles de véhicules capables de transporter le ravitaillement des vainqueurs. Nous remarquâmes plusieurs grosses Mercedes précédées et suivies de cavaliers. Le capitaine Augier crut reconnaître le Kronprinz dans l'une d'elles. Son commentaire, au passage des troupes, était : « Très bien, très belle tenue, rien à dire ! » Au passage des voitures réquisitionnées il dit : « Très malin ! Pourquoi faire la dépense d'un train régimentaire quand on compte sur l'ennemi pour vous le fournir gratis. Très malin. Peut-être même trop malin ! »

Une partie des Allemands continua au-delà d'Amiens. Une autre partie s'installa dans les casernes de la ville.

Nous passâmes près de deux semaines chez le capitaine Augier. Le zouave et le fantassin étaient des « bricoleurs ». Ils mirent ce temps à profit pour remettre en état les serrures, le fourneau de la cuisine, le poêle du salon et toute l'installation électrique qui en avait fort besoin. Moi, je fumais des pipes avec le capitaine. Il me parlait de sa femme avec une telle émotion que je finis par lui parler d'Agnès. Je lui avouai même la profession antérieure de ma maîtresse. Il hocha gravement la tête et me déclara que les femmes de bordel faisaient les meilleures épouses. « Les femmes ne sont possibles que si elles reconnaissent la supériorité de l'homme. Or les prostituées sont habituées à se plier aux caprices les plus invraisemblables des clients. C'est un excellent entraînement ! Ma femme, bien que je sois allé la chercher dans un couvent, me considérait comme un maître absolu. Elle était mon esclave, heureuse d'être mon esclave. Je la considère comme une extraordinaire exception parmi les épouses bourgeoises, qui, en général, se montrent pleines d'exigences et vous font cocu. »

Une chose qui m'étonne encore dans les grandes catastrophes — l'histoire en réservait quelques-unes à ceux de ma génération — est qu'au moment où elles frappent on en parle peu ou pas du tout. Il semble que l'esprit, convaincu de notre impuissance, cherche à dissimuler la grandiose réalité sous une mousse de futilités. La pensée de la guerre ne nous quittait pas et je savais qu'elle hantait mes compagnons. Elle était si profondément nichée en notre être qu'elle ne paraissait pour ainsi dire pas. Les conversations du zouave et du fantassin roulaient sur les avantages de certains interrupteurs électriques, sur les verrous de sûreté ou le tirage des cheminées. L'instituteur nous décrivait l'orphéon de son village. Lui-même jouait de la clarinette. Le menuisier vantait les avantages de sa nouvelle scie électrique. « Mais, attention aux doigts : ça vous en couperait un comme je coupe une saucisse ! » Avec le capitaine nous parlions femmes, épouses et Agnès en particulier.

Quoi qu'il en soit, en dépit du fait que nous n'en

parlions pas, nous savions qu'il se passait quelque chose de « grand ». Peut-être dans de rares circonstances les hommes redeviennent-ils sensibles à ces ondes naturelles qui préviennent les animaux de l'inondation approchante. Aucun de nous ne doutait que, quelque part devant Paris, se décidait le sort de la France. La lointaine rumeur du canon ne faisait que confirmer ce que nous devinions de tout notre instinct. Je me sentais un peu comme le spectateur d'une tragédie maintenu en dehors du théâtre. Je me joignais aux autres spectateurs frustrés et nous parlions de la pluie et du beau temps.

Les Allemands perquisitionnaient systématiquement et envoyaient en Allemagne les jeunes gens, militaires ou non, sur lesquels ils mettaient la main. Heureusement, ils avaient commencé par l'autre extrémité de la ville et il leur fallait quelques semaines pour arriver chez M. Augier. D'ici là, on verrait bien. « Ce qu'ils sont cons avec leur méthode », disait le zouave. Nous ne mettions pas le nez dehors. Cette existence passée à parler d'Agnès avec le capitaine ne me déplaisait nullement. J'ajoute que je ne doutais plus, puisque maintenant j'avais décidé de l'épouser, qu'au premier signal elle ne courût se jeter dans mes bras. Un seul détail restait obscur. Comment retrouver sa trace ?

Le 11 septembre au matin le zouave et le fantassin persuadèrent Berthe d'aller demander de la peinture à un marchand de couleurs qu'elle connaissait. Ils voulaient repeindre la maison de M. Augier. Elle revint au bout de quelques minutes sans la peinture et dans un état d'exaltation extraordinaire. « Paraît qu'ils sont en train de prendre la pile », s'écria-t-elle en se laissant tomber sur une chaise. Elle avait le souffle un peu court. Le 12 septembre des fuyards allemands commencèrent à traverser la ville dans l'autre sens. Ce n'était pas le style Charleroi. Les unités n'étaient pas dispersées. C'était peut-être plus tragique. On sentait ces vaincus dépendant entièrement de leur formation. Ils se raccrochaient aux gradés, aux numéros de leurs régiments. Les uniformes étaient fripés et poussiéreux, les visages creusés de fatigue, les yeux hagards. Nous n'avions plus besoin de nous cacher dans l'appartement de l'ami du capitaine. C'est de la rue que nous assistions à ce défilé navrant. Cette fois-ci la foule était dense. On ne disait rien. Parfois, à un mètre de nous, le regard d'un de ces fuyards ordonnés croisait le nôtre. Et nous y lisions une stupéfaction intense. « Tout était si bien préparé ! »

Cependant un nom commençait à voler de bouche en bouche parmi les spectateurs de ce morne défilé. Ce nom était « la Marne ».

« Beau nom de bataille, dit le capitaine.

— Beau nom de victoire, répondis-je, et je n'en étais pas ! »

CHAPITRE XIII

J'avais grande hâte de regagner mon dépôt et d'être incorporé à une unité combattante. En même temps, je voulais retrouver Agnès. Agnès et la victoire devenaient mes seules préoccupations. J'allai me renseigner à la gare. Un train vide partait une heure plus tard pour Rouen. Je décidai de me glisser dedans. Mes deux compagnons préférèrent attendre que les autorités militaires françaises recommencent à fonctionner à Amiens. « Moi je n'aurais pas confiance dans ton train. Tu crois aller à Rouen. Il est capable de te mener tout droit chez les Fritz », me dit le zouave. L'instituteur était de son avis. Cette décision prise, ils se hâtèrent de terminer l'œuvre de rajeunissement de la maison du capitaine. Celui-ci me prit à part, m'embrassa et me souhaita de retrouver Agnès. Le zouave et le fantassin ne m'accompagnèrent pas à la gare. Ils venaient de commencer à barbouiller les boiseries de la cuisine et tenaient à les finir d'un coup avant que la peinture ne sèche, de façon à ce qu'il n'y ait pas de raccords visibles.

Personne ne s'opposa à mon installation dans un compartiment de première classe, vide comme le reste du train. J'y étais depuis deux bonnes heures lorsqu'un fantassin se présenta à la portière.

« Verriez-vous un inconvénient à ce que je m'installe ici ?

— Ce voyage peut durer plusieurs jours. Il sera moins monotone à deux, répondis-je en lui désignant la banquette.

— Vous allez à Rouen ?

— Je vais n'importe où, où j'ai l'espoir de trouver un moyen de retrouver mon régiment.

— Moi je vais d'abord à Paris, on verra après. »

Son accent était inhabituel, très chantant et avec un léger roulement d'*r*.

« Mon accent vous étonne, me dit-il. Je suis russe. »

Le train démarra avec une terrible secousse qui nous envoya au sol. Nous nous relevâmes légèrement contusionnés.

« C'est la guerre ! » dit-il avec un doux sourire.

Au cours des semaines précédentes, il m'avait été donné de rencontrer des fuyards dans un état de misère. Jamais comme ce fantassin. Sa capote pendait en lambeaux, son pantalon était plein de trous, son képi était informe, une barbe de hérisson cachait son visage. Le tout était recouvert d'une cuirasse de poussière. Bonne note, il avait gardé son fusil. Il saisit mon coup d'œil et le commenta : « Un fantassin n'abandonne son fusil qu'avec la mort ! »

Nous devînmes vite amis. Sous son aspect de clochard il était très cultivé. Nous partageâmes nos provisions. Berthe avait bourré ma musette de bonnes choses. La contribution de mon compagnon de route fut un excellent cognac dont il avait rempli son bidon. Le lendemain nous échangeâmes nos identités. Il n'était rien moins qu'un prince O..., fils d'un favori du Tsar, héritier d'un des plus grands noms de Russie, propriétaire de territoires immenses. Il m'expliqua qu'un de ses ancêtres avait suivi l'empereur Pierre le Grand en France et avait épousé une Française. Depuis, dans la famille, il y avait toujours un représentant mâle se battant pour la France, sauf, bien entendu, lorsque les deux pays se trouvaient dans des camps ennemis. Il s'était engagé dans l'infanterie et ne voulait pas être un gradé. « Le vrai combattant français, c'est le fantassin de deuxième classe ! » J'étais ému et impressionné. Je me sentais gêné de mon uniforme de hussard et de mes galons. Il m'emprunta mon rasoir. Cette opération le transforma en un être d'une surprenante beauté. Puis il sortit des photographies de son portefeuille. Il en avait plusieurs de sa sœur, d'une beauté encore plus frappante que la sienne.

Le train s'arrêtait dans des petites gares, parfois en plein champ. Puis il repartait avec les mêmes terrifiantes secousses. Le Russe et moi avions trouvé une méthode pour y résister, nous arc-boutant contre les banquettes. Nous nous amusions beaucoup. Un de nos arrêts fut provoqué par deux uhlans à cheval qui s'étaient plantés sur la voie devant la locomotive et refusaient de bouger. Tous les habitants du train, c'est-à-dire le Russe, moi-même, et une demi-douzaine d'employés, allâmes voir ce qui se passait. Le prince parlait couramment l'allemand et servit d'interprète. Les deux Allemands essayaient de se rendre depuis deux jours. Ils n'avaient plus de vivres et mouraient de faim. Ils n'arrivaient pas à rencontrer une unité militaire qui consentît à les faire prisonniers. Dans les fermes où ils se présentaient on les menaçait de coups de fusil. Ils auraient pu user de violence. Certaines fermes n'étaient habitées que par des femmes. Mais ils étaient des citoyens honorables, des pères de famille et répugnaient à de tels moyens. Le prince me dit quelques mots à l'oreille. J'allai chercher ma musette dans notre compartiment et en sortis du pain et du fromage que je donnai aux deux uhlans. Le chef de train leur tendit un litre de vin et les pria de dégager la voie. Il n'avait aucune autorité pour les prendre en charge. Le mieux pour eux était d'essayer de regagner Amiens. Ils remercièrent, actionnèrent leurs chevaux et s'écartèrent. Nous regrimpâmes dans nos wagons, et le train repartit.

Il y avait déjà deux jours que nous roulions, nous arrêtions et repartions en cahotant. Il faisait chaud. Je m'endormis. Je fus réveillé par une pression de main. J'ouvris les yeux et, à ma grande surprise, dus constater que le prince était en train de se masturber. Sans se troubler, il s'excusa d'avoir pris ma main, me suppliant de ne voir dans ce geste aucun manque de respect. Il m'avoua être définitivement homosexuel. Il avait compris tout de suite que je ne l'étais pas. C'est pourquoi il s'était abstenu de toute proposition. « C'est d'ailleurs dommage, car je vous trouve très séduisant. » Le contact d'une main masculine lui semblait un pis-aller indispensable à un plaisir solitaire rendu ainsi un peu moins solitaire. Tout cela était débité avec ce délicieux accent russe, qui rendait acceptables les propos les plus graveleux. Ce fut d'ailleurs la seule manifestation de ce genre pendant ce voyage.

Le chef de train espérait que nous arriverions à Rouen le lendemain. Le prince, alors qu'il finissait de se barbifier avec mon blaireau, eut soudain une idée. « Ma sœur, la princesse Alexandra et moi-même avons les mêmes goûts. Nous nous adorons, nous jouons ensemble, nous dansons ensemble, nous faisons de la musique ensemble. Puisqu'elle a mes goûts, elle vous trouvera certainement très bien. Je vais vous emmener en Russie. Vous épouserez ma sœur et le Tsar vous donnera une commission de capitaine dans les cosaques. En quelques années vous serez général. » Je ne pus m'empêcher de sourire en songeant que cette extravagante proposition, si je l'acceptais, comblerait les vœux de mon père. Epoux d'une princesse russe, que voulez-vous de mieux. C'est alors que je pourrais traverser les salons parisiens, que ce soient ceux des Polignac ou des Uzès, avec la conviction réconfortante de n'être inférieur à personne. Je dis au prince que j'étais obligé de refuser pour deux raisons : Rien ne me disait qu'Alexandra, son père le prince et sa mère la princesse, voudraient de moi. « Ma sœur ne m'a jamais rien refusé, s'écriait le prince. Elle ne va pas commencer par vous ! » La deuxième raison était que j'aimais Agnès. Et je lui racontai l'histoire de ma maîtresse. Il fut très ému et me demanda d'être témoin à mon mariage.

« Cependant, ajouta-t-il, si au lieu de forniquer vous faisiez comme moi, vous n'auriez pas attrapé de chaude-pisse.

— Et je serais parti avec le régiment d'active, et je ne vous aurais pas rencontré.

— Ce serait dommage », conclut-il.

Nous nous séparâmes à Rouen. Il avait appris que le général French, commandant les forces anglaises, avait son quartier général dans cette ville.

« C'est un ami de mon père, dit-il, je vais aller

lui dire bonjour. Venez avec moi. Il sera ravi de faire votre connaissance. »

J'avais hâte de retrouver Agnès et me précipitai dans le premier train pour Paris. Je fis un saut jusqu'à notre hôtel particulier, espérant y embrasser mes parents. Ils étaient dans le Midi. Je repartis immédiatement et le 15 septembre au matin pénétrai dans la cour de notre quartier.

Je passe sur la désolation de ce quartier privé de chevaux. On m'affecta à un « escadron à pied », où je dus enseigner l'école du tirailleur à des réservistes ayant passé depuis longtemps l'âge du plat ventre. A ma première sortie, je me hâtai chez M. Marjeulin. Ces dames, apprenant mon arrivée, accoururent me dire bonjour au salon. J'avais presque envie d'embrasser la maigre Mme Marjeulin et la grasse Mme Piccard. M. Marjeulin me reçut dans son bureau. Son attitude était bien différente de celle de notre dernière rencontre. Nous nous serrâmes la main avec effusion. Je revoyais avec plaisir les cuivres arabes. J'aurais presque pu dire : « Quel plaisir de se retrouver chez soi. »

« Vous voulez des nouvelles d'Agnès ? me dit le petit homme, je vais vous en donner ! »

Je l'interrompis et lui déclarai :

« Je peux vous assurer maintenant, monsieur Marjeulin, que dès que cela sera possible, j'épouserai Agnès. »

J'étais sincère et il le savait. Il hocha la tête gravement :

« Vous êtes maintenant un autre M. Georges, dit-il. A votre dernière visite, vous étiez encore le jeune garçon de famille qui parle du haut de son piédestal. Maintenant, vous êtes un homme. Vous avez reçu le baptême du feu. Agnès habite à Paris, 85, rue Tourlaque. Elle travaille dans une brasserie du même quartier.

— En quelle qualité ?

— En qualité de serveuse. »

J'avais envie de pleurer. Cette chaleur m'amollissait et la nouvelle qu'Agnès travaillait dans une brasserie me navrait. Je la voyais en butte aux grossièretés de clients vulgaires. « Eh bien, mademoiselle, ma tête de veau vinaigrette ?... Vous dormez ?... » J'aurais voulu pouvoir courir à Paris et la sortir immédiatement de cette brasserie. Cependant M. Marjeulin continuait :

« Elle est venue nous voir. Elle est très malheureuse sans vous. Elle vous aime, monsieur, et je crois que vous l'aimez. »

Il prit une pause, puis releva la tête et, solennellement, déclara :

« Je suis heureux d'avoir présidé aux débuts d'une idylle qui devait devenir une grande passion. Dépêchez-vous, monsieur. Dépêchez-vous de la reprendre. Le mal d'amour peut être mortel. »

Le style ampoulé du petit homme ne me faisait plus rire. C'est bouleversé d'émotion que je courus au bureau de poste et expédiai à Agnès le télégramme suivant : « Je t'aime et je t'attends. »

Le lendemain, au quartier, je reçus la réponse : « Arriverai dimanche prochain. » Je lui télégraphiai : « Ai retenu une chambre chez Brigant. »

M. Brigant n'avait manifesté aucune hésitation à procurer un abri à mes amours illégitimes. Il n'avait plus à craindre la réprobation de « ces messieurs », tous maintenant partis et remplacés par des réservistes mal fringués qu'il méprisait cordialement, eux, leurs femmes et leurs bicyclettes.

« Vous vous rappelez quand M. de Laurisse passait devant l'hôtel sur sa jument Charlotte, il ne manquait jamais de m'adresser une plaisanterie : " Eh bien, vieux Brigant, toujours dans ton antre ? " C'était un autre monde. J'espère qu'ils reviendront bientôt ! Monsieur Georges vous pouvez bien avoir toutes les chambres que vous voudrez ! »

Le dimanche arriva enfin. J'étais à la gare une heure avant l'arrivée du train. Agnès avait un peu maigri. Elle portait la même robe de laine que je lui connaissais et tira du filet la même vieille valise. Je l'aidai à descendre. Nous nous embrassâmes sur les joues. Je pris la valise et nous nous dirigeâmes vers l'hôtel Brigant. Pendant le trajet nous n'échangeâmes pas un mot. De temps en temps nous nous regardions et amorcions un petit sourire signifiant : « Maintenant ça y est. On s'est retrouvé ! » A peine dans la chambre, nous nous jetâmes dans les bras l'un de l'autre et nous embrassâmes avec fureur. Je retrouvais le goût de sa bouche et me demandais comment j'avais pu accepter l'idée de m'en passer. En même temps, de mes mains maladroites, je la déshabillais. Elle m'aida. En un instant je la sentis nue entre mes bras. Sans prendre le temps de me dévêtir moi-même, je la couchai sur le lit. Nos soupirs agacèrent un voisin qui frappa à la cloison. Nous continuâmes sans prêter aucune attention à sa protestation. Nous planions au-dessus du monde et de ses minuscules contingences.

Je savais devoir être envoyé au front dans un délai

assez bref. Aussi mettions-nous à profit les trop rares instants que nous passions ensemble. La chambre de l'hôtel Brigant en vit certainement de drôles.

Pendant notre période dans la petite maison, nos étreintes avaient été celles de deux époux, profondément amoureux l'un de l'autre, mais peu désireux de sortir des limites des convenances conjugales. Maintenant, il semblait que nous fussions possédés d'une fringale réciproque de nos corps. Je voulais la posséder tout entière, depuis les cheveux jusqu'aux ongles des doigts de pied.

La pensée de ces moments m'aidait à supporter mes journées. Le tir et le lancer de grenades étaient les deux matières sur lesquelles nous devions insister. On parlait de guerre de tranchées, j'étais toujours désireux d'aller me battre contre l'envahisseur, mais je dois avouer que l'idée de me séparer d'Agnès modérait mon ardeur. De son côté, elle partageait ses journées entre de longues promenades à pied dans la campagne et de non moins longues stations dans l'église. Sur mon insistance elle s'était nippée un peu plus confortablement *Au Chic Parisien* et avait acheté une valise en vrai cuir. Elle ne voyait que peu les Marjeulin et ses amies les pensionnaires de la maison. Elle était reconnaissante à M. Marjeulin de nous avoir réunis mais, comme elle me l'affirma plusieurs fois, elle n'avait pas envie de parler. Elle avait seulement envie d'être avec moi et de faire l'amour. Inutile de vous dire que j'étais sur le flanc. Un matin, j'étais si fatigué que je n'entendis pas la sonnerie du réveil. Le lieutenant de réserve Beltrand, un brave type, métreur arpenteur dans le civil, vint me secouer en riant. Nous prîmes nos bicyclettes et pédalâmes ferme pour rattraper le peloton.

Un prêtre de la paroisse voyant Agnès si souvent perdue dans ses prières l'aborda à la sortie de l'église et lui demanda pourquoi elle ne venait jamais se confesser et ne participait pas au sacrement de la Sainte Communion. Elle répondit évasivement et rentra à l'hôtel. Ce même soir elle se montra particulièrement ardente. Après notre étreinte et comme je reposais sur son sein, je lui demandai s'il y avait une cause à son déchaînement. Elle me raconta l'incident. Je ne vis pas d'abord le rapport.

« Ce curé m'a rappelé que je suis en état de péché mortel, m'expliqua-t-elle. Que j'en fasse un peu plus ou un peu moins, je suis damnée. Alors, autant en profiter ! » C'était le vieil argument qui revenait, mais cette fois-ci d'une manière purement académique.

Cet excès de logique m'amusa d'abord puis me rappela les engagements que j'avais pris devant M. Marjeulin, et surtout vis-à-vis de moi-même. J'en fis part très sérieusement à Agnès, lui disant mon désir de retrouver Emilien, ma presque certitude d'obtenir une annulation et ma proposition en attendant cette décision forcément lointaine, de sanctionner notre union par un mariage civil. Mon optimisme faisait fi des difficultés à venir. Dans mon ignorance de la question, je ne me rendais pas compte qu'un mariage civil compromettrait grandement le succès de notre cause auprès des autorités ecclésiastiques. Je voulais faire plaisir à Agnès et voulais aussi, très sincèrement, me sentir lié à elle. Dans ma naïveté, je croyais que le monde entier était prêt à me seconder dans ce dessein.

La première résistance que je rencontrai fut chez Agnès elle-même. Comme une mère sermonnant son enfant, elle me représenta que je ne connaissais rien à sa situation. Elle se moquait pas mal du mariage civil. Tout ce qu'elle pouvait faire était de prier pour qu'Emilien soit tué au champ d'honneur et cela sans trop de souffrances. Ayant proféré cette monstruosité, elle m'entoura de ses bras et m'embrassa de toute sa tendresse. Ce vœu était une vieille connaissance. Agnès avait de la suite dans les idées.

« C'est mal de vouloir la mort de quelqu'un, dit-elle entre deux baisers. Dans mes prières, je fais bien attention de tout prendre sur moi. Je leur dis et je leur redis que tu n'y es pour rien.

— Tu le dis à qui ?

— A eux ! à saint Georges, à saint Martin, et surtout à sainte Agnès. »

Enfin notre fringale s'apaisa. Nous retrouvâmes nos chastes étreintes. Nous retrouvâmes le sentiment profond de possession réciproque, nous retrouvâmes la volupté d'être absorbés dans le sein de l'immense nature, aussi inconscients qu'un astre ou qu'un couple d'insectes. Je retrouvais Nancy. Agnès redécouvrait l'enfant qu'elle n'avait pas mis au monde.

Prévoyant notre séparation, j'avais écrit à Paris, à M. Franchet, principal clerc de maître Marton de Cormontaigne, notaire de notre famille, en lui demandant de trouver un petit appartement « pour un jeune couple ». L'inconvénient de M. Franchet était que, par lui, mon père serait très vite au courant. Il eût été de bonne politique d'amener doucement ce dernier à m'aider à libérer Agnès de son mari. J'aurais pu demander à Emmanuèle d'Asti de s'occuper de ce logement, mais je ne voulais pas mettre Agnès en contact avec le milieu des poules. J'eusse encore préféré la confier à M. Marjeulin.

Mon cousin Xavier et les amis de mon âge étaient mobilisés. M. Franchet était encore la meilleure solution.

M. Franchet me répondit très vite. Il avait fort bien compris que le jeune couple n'était autre que moi-même et une amie, et me conseillait un logement de quatre pièces rue d'Astorg. J'acceptai et lui demandai de le meubler. Il répondit qu'il chargerait de ce soin Mme Franchet, lui-même ne connaissant rien à ce genre de choses. La question était de savoir si je voulais du « moderne » ou de « l'ancien ». Agnès ayant déclaré que ça lui était égal, je lui proposai de tirer à pile ou face. Le sort décida pour l'ancien. Elle quitterait la garnison et irait s'installer à Paris lorsque je repartirais moi-même au front.

Une lettre de mon père m'annonça sa visite et celle de ma mère. Ils s'étaient provisoirement installés dans notre château de Bretagne. La distance de ce château à la ville de garnison n'était que de cent kilomètres par route. Par chemin de fer il fallait changer tant de fois que ça devenait une expédition. Mon père avait obtenu une carte d'essence du ministère de l'Agriculture. Il avait accumulé assez de carburant pour pouvoir venir en auto. Il ne se servait que de la de Dion, plus économique que l'Hispano et les autres voitures. Cette nouvelle me réjouit et en même temps m'ennuya. J'étais heureux de revoir mes parents avant de retourner au « casse-pipe ». Mais je voulais choisir mon moment pour entamer la grande discussion concernant Agnès. Elle me proposa d'aller se cacher chez Marjeulin pendant cette visite. Sa proposition, vous vous en doutez, ne comportait ni hypocrisie ni calcul. Elle pensait qu'en ces temps de guerre contre l'étranger on avait besoin de paix entre Français.

« Si on commence à se chamailler dans les familles, c'est les Prussiens qui en profiteront. »

Mon père et ma mère furent retenus par des problèmes domestiques : leur gérant avait été mobilisé et il fallait en trouver un autre.

Le jour de mon départ, Agnès se débrouilla pour pénétrer sur le quai de la gare. Elle-même devait prendre le train le soir pour Paris. Nous nous embrassions comme de vieux époux. Nous avions vraiment l'un et l'autre l'impression que cette fois-ci rien ne nous séparerait.

Avant de clore ce chapitre, il me vient à l'esprit que jamais Agnès et moi ne cherchâmes à nous donner de raisons pour notre séparation précédente. Agnès, plus qu'aucun être que j'aie connu, possédait le don de télépathie. Au moment de ma maladie, ses antennes lui avaient clairement signifié que je lui en voulais. Puisque je ne l'aimais plus, elle n'avait plus rien à faire avec moi et elle était partie. C'était aussi simple que cela.

A ce moment de ce récit j'aime aussi me remémorer qu'Agnès n'avait, pour ainsi dire, pas extérieurement changé depuis le jour où j'avais fait sa connaissance au cours de notre banquet chez Brigant. Elle n'avait rien perdu de son accent paysan et son ignorance du monde était stupéfiante.

Notre escadron à pied rejoignit d'autres escadrons à pied venus d'un peu partout. On nous logea d'abord dans des villages désertés des environs d'Arras. Puis on nous donna des pelles et des pioches et on nous mit à creuser des tranchées. Ensuite on nous fit occuper ces tranchées. Nous commençâmes à nous résigner à ce genre de vie, qui devait être celui de presque toutes les armées pendant quatre ans. Agnès m'écrivait souvent. Ses lettres étaient courtes : « Je vais bien », disait Agnès. « Moi aussi », lui répondais-je. Les protestations d'amour nous paraissaient superflues.

Mon unité repoussa plusieurs assauts allemands. Quelques hommes de mon peloton furent blessés. Nous passâmes Noël les pieds dans l'eau. D'autres hommes eurent les pieds gelés. J'eus une crise de rhumatismes. Je ne pouvais plus remuer les jambes. On m'expédia dans un hôpital de Berck-sur-Mer. En huit jours je recouvrai l'usage de mes jambes. On m'accorda huit jours de convalescence.

Avant de quitter l'hôpital, je fis une demande de passage dans l'infanterie. Puisqu'on me faisait faire un métier de fantassin, autant valait en être un vrai. Mon raisonnement me rappela celui d'Agnès concernant son état de péché mortel. Bien entendu, j'allai passer ma convalescence à Paris.

Dans l'appartement de la rue d'Astorg je trouvai une Agnès inchangée. Elle l'occupait comme on occupe un cantonnement. « Tant que tu ne seras pas là, je ne serai pas chez moi ! » Seul semblait habité un minuscule bureau dont la bibliothèque contenait trois ou quatre livres. Elle m'annonça qu'elle était en train de s'instruire pour devenir digne de moi. Je remarquai la *Vie des Saints,* les *Petites Fleurs* de saint François d'Assise et, évidemment, plusieurs ouvrages sur sainte Agnès. Sur la table traînaient une grammaire et quelques ouvrages de comptabilité. Elle me dit qu'elle apprenait cette science pratique sur le conseil de Mme Franchet. Cette dame s'était prise d'amitié pour Agnès. Elle-même, avant d'épouser M. Franchet, avait été sa secrétaire à l'étude du notaire. Elle pensait qu'en attendant de devenir ma femme, c'était une bonne chose pour Agnès que d'avoir un métier. Celle-ci avait trouvé l'idée excellente, pensant que plus tard elle pourrait « m'aider dans mes comptes ». Je lui avouai n'avoir pas de comptes. « Tu en auras un jour ou l'autre. Tous les gens riches ont des comptes. Ne serait-ce que pour l'impôt. M. Marjeulin disait que c'est un casse-tête. »

Au bout de deux ou trois jours à faire le canard dans la salle de bains, à dévorer des repas de charcuterie arrosés de champagne sur la table de la cuisine, et bien sûr à nous livrer à nos effusions dans le lit de la chambre à coucher, nous eûmes l'impression que l'appartement était définitivement habité.

Cependant je m'étais renseigné auprès de l'excellent M. Franchet sur les possibilités de régulariser notre situation. Ce brave homme, que je connaissais à peine avant mon départ pour le régiment, s'était institué notre protecteur. J'attribuais ces bonnes dispositions à l'influence de Mme Franchet que je soupçonnais d'avoir eu une jeunesse orageuse, ce qui la rapprochait d'Agnès. Bien entendu, cette dernière qui était incapable de rien cacher lui avait révélé ses origines. Cet aveu avait provoqué une crise de larmes et de grands élans de tendresse chez Mme Franchet. Malheureusement son mari m'affirma que sans un certificat de décès du mari, ou un divorce s'il était vivant, Agnès ne pouvait pas se remarier. Le divorce, vu les idées d'Agnès, était hors de question. Je demandai aux Franchet de ne pas communiquer à Agnès ces renseignements qui, hélas, me convainquaient de l'impossibilité, tout au moins momentanée, de notre mariage. Après la guerre, je ferais le nécessaire pour retrouver Emilien, mort ou vif.

A la fin de ma convalescence, je repartis évidemment pour le front. Agnès m'accompagna à la gare. Un petit baiser décent ponctua cette séparation que nous savions provisoire. Seule la mort pouvait nous séparer. C'était une hypothèse à ne pas écarter en ces temps où les vies humaines se gaspillaient à plaisir.

NOTES TRANSCRITES
DE MON VIEUX CARNET

Par la fenêtre du train qui me ramène au front, je regarde défiler les quartiers pauvres. Des petites filles d'ouvriers jouent dans la cour d'une école. Elles font des signes amicaux à notre train d'inconnus.

Agnès, si tu voulais me dissimuler quoi que ce soit, il te faudrait porter une épaisse voilette. Je lis dans tes yeux comme dans un livre.

J'y lis la confiance en moi, comme je la lisais dans les yeux de la Joconde.

Mais toi, je saurai te garder à l'abri des shrapnels ! Si je survis à cette idiote de guerre !

Agnès n'est pas timide. Souvent les filles élevées pauvrement se figent en face des « inconnus distingués ». Leur langue se paralyse. Agnès dit bonjour, secoue la main très fort, puis recule d'un pas pour ne pas gêner la conversation. Elle me dit : « Ça m'est bien égal de leur plaire ou non. J'ai tout ce qu'il me faut à la maison. » C'est l'expression qu'employait Léon, le garçon de M. Marjeulin, lorsqu'il parlait de son peu d'intérêt pour les dames de l'établissement. Peut-être Agnès tient-elle cette expression de Léon.

Pourvu qu'on ne remonte pas en ligne tout de suite ! Agnès ! Agnès ! Ça m'embêterait de tomber sans transition dans les bombardements. Ça amollit le bonheur.

Je lui ai acheté une robe de soirée. Elle l'a mise à notre retour à la maison. Elle a passé le reste de la journée à se regarder dans la grande glace de l'entrée. Dès que je tentais de m'éloigner d'elle, elle me ramenait à la glace et disait : « Ce que je suis belle. Tu ne trouves pas que je suis belle ! » Je lui proposai d'aller montrer la robe dans un restaurant chic. Elle refusa. « Je suis mieux avec toi tout seul. Et puis je ne serais pas plus belle dans ma belle robe parce qu'il y aura plus de gens pour la voir ! » Elle prépara le dîner dans sa belle robe et cela sans la tacher. Elle ne la quitta que pour se glisser toute nue dans notre lit. Et encore la robe s'étalait-elle sur une chaise, à bonne portée. Avant de nous endormir, elle alluma l'électricité pour la regarder.

Je suis d'accord avec Agnès, elle est très belle cette robe.

C'est une robe de style un peu oriental, avec des verroteries rouges et dorées. Agnès, là-dedans, a l'air d'une princesse des Mille et Une Nuits. A ma prochaine permission, je lui achèterai un turban.

J'ai très peur des bombardements. Depuis l'obus qui tua la Joconde, les scientifiques ont joliment travaillé la question. Terré dans mon trou, j'ai tellement peur que parfois j'en oublie Agnès. Je ne pense plus qu'à ma peur. Dès que ça se calme, Agnès revient.

Je sais qu'elle abrutit le bon Dieu et ses saints de prières pour moi. Là-haut ils doivent frémir au simple énoncé de mon nom si souvent répété. Mais non, Agnès est trop belle et trop pure. Ils doivent l'écouter avec plaisir. C'est pour cela que je suis vivant. Et c'est peut-être aussi pour cela qu'au fond de moi-même persiste la vague certitude que je m'en tirerai.

CHAPITRE XIV

Après trois mois de front, je revins en permission avec, sur ma vareuse, les ficelles de sous-lieutenant. Au sortir de la gare, je remarquai les jupes raccourcies des femmes. Puis je remarquai leurs cheveux également raccourcis. C'était leur façon de marquer le passage du temps. Ça ne m'épata qu'à demi. Depuis la mort de la Joconde, je savais que les temps étaient révolus. Je me demandais comment j'allais retrouver Agnès.

Sa jupe était un peu moins longue qu'avant, mais sans excès. « Il faut bien faire comme tout le monde. Sinon on se fait remarquer. » Elle n'avait pas touché à ses cheveux. « C'est pas que j'y tienne, mais je les avais quand je t'ai connu, alors j'aime mieux les garder. » L'accent paysan était toujours là. Par contre, elle montrait une aisance dans la conversation qu'elle n'avait pas auparavant. Un nouveau meuble était venu s'ajouter à ceux choisis par Mme Franchet : une machine à écrire. Très fière d'elle-même, elle m'en fit une démonstration. « Je ne tape pas encore très vite, mais ça viendra. » Mme Franchet et elle allaient souvent donner un coup de main à l'étude du notaire, plusieurs secrétaires ayant quitté pour aller travailler en usine.

Ma permission se passa à faire l'amour. Je vis mes parents, qui me parurent moins véhéments que je ne m'y attendais. J'invitai les Franchet à déjeuner chez *Maxim's*. J'emmenai Agnès au théâtre et nous nous retrouvâmes sur le quai du départ pour une nouvelle séparation. La vie continua ainsi pendant quatre ans. La guerre m'envoya des Flandres en Alsace, de la Champagne à Verdun. La mort de camarades fit de moi un lieutenant. Comme chante dans *Les Turcs*, l'opérette d'Hervé, le chœur des soldats commentant les pertes de l'armée : « Ça nous donn'ra de l'avancement ! »

Une légère blessure au bras m'apporta la Légion d'honneur et, ce qui me fut infiniment plus précieux, une bonne convalescence auprès d'Agnès. Je connus les pilonnements de terrain qui ébranlent la tête ; je connus les charges à la baïonnette, je connus les gaz asphyxiants. Je connus surtout l'extraordinaire solidarité des tranchées, l'amitié de ceux qui grelottent ensemble, mangent ensemble, font leurs besoins ensemble et meurent ensemble. Les garçons que l'on rencontrait dans les tranchées étaient surtout des paysans. Beaucoup parlaient comme Agnès. Comme elle, ils mettaient en pratique l'émouvant principe des humbles : l'acceptation. Ils acceptaient cette vie de forçat. Ils acceptaient que ceux des états-majors et les aviateurs et les malins aient des lits et mangent sur des tables. Ils acceptaient tout. Tout, parce qu'ils savaient que la vie ça consiste à accepter. De temps en temps la grosse couche de patience craquait. Je me souviens d'une représentation du Théâtre aux Armées qui fut particulièrement réjouissante. Nous venions d'arriver au repos dans un patelin délabré, après un mois de tranchées boueuses et de grosses pertes. Sur la place du village, les gars du Théâtre aux Armées avaient installé leur estrade. Devant, il y avait quelques fauteuils et chaises pour les « huiles », quelques bancs pour les « demi-huiles ». Le troupier ordinaire avait droit à ses jambes. J'étais déjà lieutenant et j'avais droit à un coin de banc.

Un acteur de la Comédie-Française nous fit suer en détaillant *Le chat, la belette et le petit lapin*, de La Fontaine. Heureusement, un gars de la coloniale le remplaça. Il avait dégotté un uniforme d'avant-guerre, bleu foncé à liséré rouge, képi cassé à la « bat' d'Af' ». Déjà, ça nous faisait plaisir. Nos vêtements kaki ou bleuâtres nous puaient au nez. Tous les combattants des tranchées étaient évidemment antimilitaristes, mais aucun d'eux ne pensait sans nostalgie aux tenues d'avant-guerre. Le colonial chanta le refrain des coloniaux :

Pour faire un soldat de mari-i-ne
Il faut avoir dans la poitri-i-ine
Le cœur d'un matelot
et l'âme d'un soldat... etc.

Il eut un triomphe. Après lui se succédèrent un chanteur d'opéra, un trio de pensionnaires de l'Odéon qui joua une scène de Labiche. J'oublie les autres. Le clou du spectacle était une chanteuse de la Gaîté-Lyrique. La pauvre avait été mal conseillée. Elle nous apparut vêtue d'un uniforme de cantinière de fantaisie, calot coquettement épinglé sur ses cheveux, jupon court, baril au côté. D'une voix puissante, elle nous envoya *La Madelon*. Ce chant, décrivant une charmante guinguette, agrémentée d'une accorte servante toute prête à faire le bonheur des « poilus » était encore une nouveauté. Il devait devenir célèbre. Mais à cette audition, la première pour nous, il nous sembla une insulte. Nos cantonnements de repos étaient soit des villages déserts et crasseux, soit des baraques Adrian encore plus déprimantes. En fait d'excitante jeune servante, nous avions droit à un limonadier rébarbatif, qui nous débitait tristement une décevante bibine. Peut-être dans d'autres secteurs, en Alsace par exemple, où il y avait encore des habitants, la chanson était-elle acceptable. Mais ici, dans cette dévastation, elle nous parut impossible. Un gars cria le premier : « Au claque la chanteuse », un autre reprit : « Au claque. » Bientôt, le chahut fut général. Le dernier refrain entonné par tous les acteurs fut salué de nos hurlements. Les « huiles » des premiers rangs applaudissaient pour contrecarrer le mauvais effet. Les acteurs et la chanteuse n'y comprenaient rien. Ils saluaient et re-saluaient et ne se décidaient pas à partir. Enfin le vacarme s'apaisa. Un général félicita la chanteuse.

« Que criaient-ils donc ? demanda-t-elle, " au claque ", cela a-t-il une signification spéciale ? »

Le général avait de l'esprit.

« C'est le cri de guerre de la brigade, répondit-il.

— Eh bien je l'adopte, dit la chanteuse. Désormais, quand j'entrerai dans un salon, je ferai le salut militaire et je crierai : " Au claque ! " »

Les manifestations de mécontentement ne devaient pas se limiter à des plaisanteries. Je ne tenterai pas d'évoquer les attaques d'avril 1917. Il va y avoir trente ans de cela et je n'arrive pas à me débarrasser du souvenir de cette boucherie. Je me réveille la nuit avec la sensation que le sergent Lucas se cramponne à moi. Sa figure est coupée en deux par un éclat d'obus. La cervelle dégouline, se mélange à la boue. Lucas était un Parisien, pâle, flegmatique et spirituel. Dans l'espoir de me protéger, je me couche sur une pile de cadavres. Il y a Larminois, dit le « péquenot », Janvier, le mélancolique. Il y a le rigolo de la compagnie, Trouillebert, garçon de café dans le civil. Ils sont tous morts. Agnès m'avait à peu près guéri de mes doutes sur l'humanité. Le souvenir de cette boucherie les ravive.

Un beau matin, mes hommes me déclarèrent qu'ils en avaient assez. Ils voulaient se joindre à ceux qui allaient marcher sur Paris et faire la révolution. Je leur répondis que je n'y voyais aucun inconvénient. Trois ans et demi de tranchées m'avaient rendu sceptique sur les possibles avantages de la victoire. J'étais loin du jeune maréchal des logis désespéré de ne pas aiguiser son sabre en même temps que les autres. Quand je songeais à mon attitude d'alors vis-à-vis d'Agnès, j'en rougissais. Je faisais mon boulot, je risquais ma peau, je lançais des grenades, au besoin tuais quelques Allemands. Je prenais mon tour de garde, je veillais à ce que les hommes graissent leurs armes. Il ne fallait pas me demander en plus de chanter *La Marseillaise* en agitant un drapeau.

Mes hommes voulaient que je me joigne à eux. C'était une grande preuve d'affection dont je fus touché. Je leur fis observer qu'en tant qu'officier une telle action me mènerait soit à la position de tribun révolutionnaire pour laquelle je ne me sentais pas doué, soit, si ça ratait, devant un peloton d'exécution qui me fusillerait. Je ne leur dis pas le fond de ma pensée, qui était que seule Agnès m'importait. Quoi qu'il en soit, ils approuvèrent mon point de vue et s'en allèrent. Nous restions trois ou quatre gradés dans une tranchée conçue pour contenir deux cents fantassins. Les Allemands n'avaient qu'à arriver et s'installer. Nous passâmes notre temps à courir d'une mitrailleuse à l'autre pour faire croire qu'il y avait encore du monde. Je soupçonnais les Allemands de connaître la vérité et d'espérer la réédition du coup de la Commune de 1871, qui leur avait permis de terminer la guerre en qualité de spectateurs, position beaucoup plus confortable que celle d'acteurs.

Le lendemain, les hommes revinrent. Ils avaient marché dix kilomètres, puis s'étaient arrêtés pour se reposer. Le caporal Butat leur avait dit : « Je crois qu'on fait une connerie. » Les autres avaient hoché la tête, et ils étaient rentrés.

Agnès, dans l'appartement de la rue d'Astorg, pas plus que dans la maison du quartier des maraîchers, ne voulut de bonne. Ce n'était plus par crainte d'avoir à donner des ordres. « C'est embêtant de commander... plus embêtant que d'obéir, mais on s'y fait. » Elle voulait être seule avec moi. « Supposons qu'on soit tous les deux à poil en train de lire au salon. La bonne entre. De quoi a-t-on l'air ? » Elle avait d'autant plus de mérite à se passer d'aide qu'elle avait horreur des soins du ménage. Quand elle était seule, elle se contentait de retaper son lit et prenait ses repas dans une seule assiette. Comme ça, la vaisselle se limitait à ladite assiette, une casserole, une fourchette, un couteau, une cuiller et un verre. Pendant mes permissions, elle sortait le beau service en porcelaine blanche à filets d'or qu'elle avait acheté au *Printemps* sur le conseil de Mme Franchet.

Cette indispensable protectrice essaya d'enseigner à Agnès quelques rudiments de cuisine. Le succès de ses leçons se limita, contre toute logique, à trois plats assez compliqués : le bœuf bourguignon, la quiche lorraine et la blanquette de veau. Agnès ne réussit jamais à cuire proprement un œuf à la coque. Ses biftecks étaient des semelles de bottes. Cela nous était bien égal. Nous aimions surtout grignoter des « cochonneries » : saucissons à l'ail, salade de museau de bœuf, harengs marinés à l'huile. J'introduisis Agnès au pâté de foie gras, qu'elle accepta sans hésitation.

Agnès s'amusait à me soigner comme on soigne un bébé ou un chien. Elle faisait couler mon bain, me savonnait, me frictionnait quand je sortais de l'eau, me coupait les ongles des pieds et des mains, préparait mes vêtements sur mon lit. Moi, je me laissais faire. Je savais que ça lui faisait plaisir. Et pourquoi ne pas avouer franchement que c'est très agréable de se faire dorloter. Le bonheur commençait dès que j'avais franchi la porte. Les horaires des trains de permissionnaires étaient irréguliers. Il nous arrivait d'avoir des retards de plus de vingt-quatre heures. A cause de cela je ne la prévenais pas. Elle n'eût pas hésité à m'attendre des heures à la gare dans les courants d'air et la bousculade. Je courais rue d'Astorg, grimpais les escaliers quatre à quatre et, tout essoufflé, je sonnais. La porte s'ouvrait aussitôt. Ses « ondes » l'avaient prévenue de mon approche. Sa bouche se collait à ma bouche. Loin d'elle je me sentais incomplet, estropié, une sorte d'unijambiste ou de manchot. A son souffle, je retrouvais mon intégrité. Le temps est relatif. Si vous me demandez de vous raconter la guerre, je vous dirai mes paisibles joies de la rue d'Astorg. Les heures passaient avec une rapidité navrante. Maintenant, le souvenir de ces mêmes heures occupe plus de place dans mon esprit que les semaines, les mois et les années passés à simplement essayer de survivre. Dommage que ce reflet de paradis terrestre n'ait pas été coupé brusquement par quelque catastrophe de style classique, une bombe nous pulvérisant tous les deux, le taxi nous menant au théâtre tombant dans la Seine ou une épidémie mortelle nous fauchant pendant notre sommeil. Je souhaitais ne pas être tué au front sachant qu'Agnès ne s'en consolerait pas. Malheureusement la bombe qui devait nous détruire était d'un ordre tout à fait différent. Avant d'en arriver au récit de ce lamentable événement, je veux noter encore quelques souvenirs d'Agnès :

Une fois de plus je lui proposai d'acheter un chien. Elle avait manifesté un certain intérêt pour le loulou de notre concierge. Une fois de plus elle fit son habituelle réponse : « J'aime les bêtes mais je n'en ai plus besoin puisque je t'ai, toi ! »

J'avais la manie de lire aux cabinets. A l'une de mes permissions, je trouvai le « petit endroit » agrémenté d'étagères garnies de livres. Bien en place, traînait mon roman favori *Le Capitaine Fracasse* de Théophile Gautier.

Elle ne fumait pas, mais veillait à ce que dans toutes les pièces j'aie un paquet de cigarettes ouvert, des allumettes et un cendrier. Elle n'aimait pas les briquets, moi non plus.

Elle n'utilisait aucun maquillage et ne se parfumait

pas. Elle savait que le parfum qui me plaisait le mieux était celui de son corps. Cependant, elle manquait curieusement de coquetterie. Ou plutôt non ! Elle avait sa coquetterie à elle. Nous l'avons vu avec sa première robe de soirée. Elle aimait se mettre une fleur dans les cheveux. Quelquefois, c'était son seul vêtement. Je sentais une sorte de paix à regarder son corps brun, ses cheveux noirs et cette fleur qu'elle préférait rouge.

Quelquefois, elle mettait cette fleur à sa ceinture, quand elle était habillée évidemment !

La mode nouvelle de ne pas porter de corset lui plaisait. Elle ne portait pas de soutien-gorge. Quand je l'embrassais, je pouvais sentir sa poitrine sous la chemisette de lingerie.

Elle portait des chemises de jour décolletées en carré, j'aimais la caresser à travers l'étoffe légère. Je glissais son bras hors de la bretelle, découvrant un sein. Puis je dégageais l'autre bretelle, découvrant l'autre sein. La répétition de ces gestes peut sembler monotone aux millions de mâles des nouvelles générations dont les femelles portent le rébarbatif « soutien-gorge », cet accessoire orthopédique cousin du suspensoir masculin. Je salue avec émotion la chemise des femmes de notre jeunesse, disparue avec les fiacres à chevaux et les feux de bois dans les cheminées. A ceux qui ne le savent pas et ne le sauront jamais, je peux garantir que la découverte du corps de la femme aimée à travers le léger tissu de la chemise constituait un plaisir digne des dieux de l'Olympe. Bien entendu, dans mon souvenir, il n'existe qu'un corps dont la découverte mille fois renouvelée vaille la peine d'être évoquée. Je sens encore sous mes doigts la douceur de la peau d'Agnès. Drôle de chose que « la peau » et curieux sens que le toucher. Pourquoi le contact d'une certaine peau vous ravit-il et celui d'une autre est-il désagréable ? A l'œil on ne peut voir aucune différence. Même épiderme, même derme, mêmes corpuscules tactiles, même coloration, même grain. Le toucher de l'une vous irrite. La nuit, dans le lit, son contact vous donne des démangeaisons. Le toucher de l'autre vous ravit. Son contact calme vos nerfs. C'est comme le reste. Agnès était très jolie. Mais je connaissais des tas de femmes aussi jolies. Elle était bonne et intelligente. Mais elle n'était pas la seule. C'était elle qui était mon complément et pas la voisine.

Les mariages sont mal faits. Avant d'unir les deux époux pour la vie, il faudrait s'assurer que leurs peaux s'attirent comme le fer et l'aimant. Le maire et le curé, aux certificats qu'ils exigent, devraient en exiger un garantissant que les fiancés couchent ensemble, depuis au moins deux ans. On oublie qu'après le mariage il y a le contrecoup. L'objet adoré vous semble infiniment repoussant. Ça ne m'est pas arrivé avec Agnès parce que nous étions faits l'un pour l'autre. On ne devrait s'embarquer ensemble pour ce périlleux voyage qu'est l'existence que lorsqu'on est bien sûrs d'être faits l'un pour l'autre. Je passe une partie de ma vie à me le répéter : Agnès et moi étions faits l'un pour l'autre. La société, le monde, l'Eglise auraient dû être frappés de cette vérité aveuglante et empêcher notre séparation. Je n'en suis pas encore là.

Avant de clore le chapitre de la guerre, je citerai plusieurs rencontres d'Agnès et de mes parents. Elles me renforcent dans l'idée qu'avec de la patience je serais venu à bout de leur opposition. S'il n'y avait eu que cela !

Mon père, curieux de connaître cet obstacle à ses grands projets matrimoniaux, exprima le désir de rencontrer Agnès. Ma mère voulut aussi connaître cette « créature ». L'entrevue fut arrangée chez Rumpelmayer par Mme Franchet. Ça se passa au moment où nous nous cassions le nez sur les barbelés allemands au Chemin des Dames. Ils burent du thé. Agnès l'aimait avec beaucoup de lait et beaucoup de sucre. Cela fit sourire mes parents. Ma mère se lança dans le « jeu des relations », ce qui, avec Agnès, était salive perdue. Le bon côté des gens qui ont toujours été très riches c'est qu'ils croient que tout le monde est comme eux. Cela leur donne un sens d'égalité basé sur un mensonge éhonté, mais un sens d'égalité tout de même. Ayant su, par les Franchet, qu'Agnès était de la Côte-d'Or, ma mère lui énuméra de sa voix de bébé les parents et amis que nous comptions dans les châteaux de cette région. « Vous connaissez certainement le duc de la Marche !... charmant, n'est-ce pas ?... charmant !... »

Agnès, sans aucune intention ironique, répondit que ses amis de la Côte-d'Or étaient tous morts, à savoir la vieille voisine Hortense, Miraut le chien, Lisette et Fleurette les vaches, et Bismarck le cochon.

En passant, je note cette caractéristique d'Agnès que j'ai oublié de mentionner. Elle n'établissait aucune différence entre les bêtes et les hommes. Je veux dire qu'elle n'avait aucun sens de la hiérarchie. Pour elle, un homme n'était pas supérieur à une grenouille qui, elle-même, n'était pas inférieure à un éléphant. Leur « boulot » était différent voilà tout.

Mais après leur mort, ils se retrouveraient tous au ciel, où elle ne doutait pas que les animaux soient admis au même titre que les humains.

Mes parents rirent beaucoup à cette histoire d'amitié avec des bestiaux, surtout qu'elle leur fut débitée avec le charmant accent que nous connaissons.

Agnès, ne voulant pas s'imposer, prit congé. Elle s'inclina dignement devant ma mère et non moins dignement tendit la main à mon père.

« Il faut reconnaître qu'elle est amusante, dit mon père, dommage qu'elle soit tombée sur Georges !

— Elle aime les bêtes », dit ma mère qui croyait les aimer, ce qui ne l'empêchait pas de s'exciter au point de faire craquer son maquillage lorsqu'elle courait le renard en Bretagne.

Au cours de ma permission suivante, M. Franchet me mit au courant de ce premier bon résultat. Cela m'encouragea à pousser les choses. Je réunis mon père, ma mère et Agnès à dîner chez Larue. Agnès se tint parfaitement, donna ses ordres au maître d'hôtel avec une fermeté polie et, ce qui la fit monter dans l'estime de mon père, dégusta, en connaisseur, le Vosne Romanée 1893. La conversation roula sur les modes féminines. Les cheveux et les robes continuaient à raccourcir.

« C'est à cause du travail en usine, dit mon père. Avec les cheveux longs, elles risquent de se faire happer par une courroie. »

Agnès fit observer que les vendeuses du *Printemps* avaient les cheveux courts. « Pourtant il n'y a pas de courroies au *Printemps !* » Cette réflexion, marquée au coin du plus robuste bon sens, fit beaucoup rire mes parents.

Avant de quitter la guerre de 14, je tiens à raconter la mort du capitaine Gramme. Comprenant que le temps des chevaux était révolu, ce roi des cavaliers était passé aux chars d'assaut. Je le rencontrai un jour que nous quittions les lignes pour un repos que nous savions devoir être court. C'était le 10 avril 1917. Les préparatifs secrets de la grande offensive, dont nous fîmes porter la responsabilité à Nivelle, alors qu'elle fut probablement le résultat de délibérations et discussions et marchandages de toutes les « huiles » alliées, n'étaient un secret pour personne. Au bordel d'Epernay, les poules disaient aux fantassins : « Profites-en, mon p'tit gars. T'attaques le 17 ! » La conviction que cette offensive tournerait au massacre était générale. J'ai déjà fait allusion à cet épisode. J'y reviens parce qu'il est lié à ma dernière rencontre avec Gramme. Ses tanks, dissimulés sous des branchages, occupaient un terrain à la lisière des ruines d'un village dans lesquelles on nous envoyait camper. Je le repérai au milieu d'un groupe d'officiers, dont un général que je sus plus tard être le général Estienne, l'apôtre des tanks. Ils nous regardaient défiler d'un air qui signifiait : « Les pauvres bougres, ils ne savent pas ce qui les attend. » Nous le savions très bien ! Je lui fis un signe, il me reconnut, courut pour me rattraper et me demanda, si le service me le permettait, de venir dîner avec lui. J'étais heureux de retrouver sa voix de fausset : « La dernière baraque Adrian au bout de la ligne. Après ce sont des champs de pommes de terre, évidemment sans pommes de terre ! »

Je remarquai sur sa manche un quatrième galon. « Compliments, mon commandant ! lui criai-je en m'éloignant.

— Après l'attaque nous serons tous généraux, ou morts, me répondit-il. C'est l'évidence même. »

Les hommes, témoins de notre rencontre, se joignirent à notre rire.

Le soir, avec la permission de mon capitaine, je me rendis à l'invitation de Gramme. Il me présenta à ses officiers, presque tous des anciens cavaliers. Tout en débouchant une bouteille de champagne, il proclamait :

« Si les deux cents chars arrivent à la deuxième position, tout ira comme sur des roulettes. En principe, nous n'intervenons que contre cette seconde position. Mais la première position sera-t-elle détruite ? Probablement pas. Et le terrain sera tellement bouleversé que nous pataugerons et cela à découvert. C'est évident ! Et les autres nous descendront comme on casse des pipes à la foire. C'est évident !... »

Un jeune sous-lieutenant, rouge d'indignation, lança :

« Mais à quoi pensent-ils donc à l'état-major ? Ce sont donc des cons ?

— Mais c'est évident, mon jeune ami, répondit Gramme, des cons... c'est évident ! Mais ça, ça ne nous regarde pas ! A Reichshoffen, les cuirassiers n'ont pas demandé pourquoi on les envoyait se faire tuer. Ils y sont allés. Voilà tout. C'est ça la cavalerie. Evident ! Evident ! »

Quelqu'un frappa à la porte. Gramme se tourna vers moi. « J'ai une surprise pour vous. » Il alla ouvrir la porte découvrant Herriot, ou plutôt le sergent Herriot. Celui-ci me salua, puis me secoua la main. Il était très ému. Moi aussi. Il balbutiait, dans un rire tremblotant : « ... celle-là, elle est bien bonne ! Ah oui, elle est bien bonne ! On peut dire que c'en est une drôle!... » L'*r* de « drôle » roulait comme lorsqu'il nous chantait *Jean Couille bitera.*

Ayant ainsi manifesté sa joie de me revoir, il courut rejoindre son unité.

Gramme leva son verre et porta le toast suivant : « A une morte, à la Cavalerie ! » Nous répétâmes gravement : « A la Cavalerie. »

En remplissant de nouveau nos verres, Gramme ne cessait de murmurer : « Tous des cons... c'est évident ! »

Nous passâmes à table. Le dîner fut excellent. La conversation roula sur les chevaux. La Joconde en eut sa part. Au dessert, une discussion s'éleva entre Gramme et le lieutenant Moreau, un artilleur, sur la possibilité d'enflammer les pets. Gramme prétendait que le pet humain était un gaz inflammable. Moreau se refusait à l'admettre, basant sa dénégation sur la composition chimique d'un pet normal après le repas normal d'un homme normal. « Là où votre raisonnement cloche, répondait Gramme, c'est que personne n'est normal ! » Il proposa un essai. On amena une bougie. Le commandant baissa culotte suivi par plusieurs d'entre nous. Les résultats ne furent pas convaincants. Certains affirmaient avoir vu une petite flamme. D'autres prétendaient que c'était un reflet. La soirée se termina sur cette joyeuse note de doute.

Je n'eus pas l'occasion de revoir Gramme. Les conférences d'officiers se succédèrent et aussi les exercices divers. L'armée française donnait l'impression d'un outil admirablement au point, bien graissé et bien affûté. C'est la tête qui manquait.

Le 16 dans la nuit nous montâmes en ligne. Puis ce fut l'attaque, avec les terribles résultats que nous connaissons. Ensuite se situe l'épisode de la révolte déjà mentionnée. Nous savions que les tanks avaient été mis en pièces, mais ce n'est que deux mois plus tard que j'appris que Gramme y était resté. Nous étions alors au repos dans un cantonnement très à l'arrière et relativement confortable. Depuis les mutineries on nous soignait.

Je vis passer Herriot dans un camion. Il fit arrêter la voiture et demanda à un lieutenant avec qui il était de lui donner dix minutes pour me parler. C'est en déambulant dans la rue du village qu'il me fit le récit dont voici l'essentiel :

« Notre objectif était la seconde position allemande. Le terrain de la première position avait été défoncé par notre artillerie, des trous grands comme des maisons, des buttes hautes aussi comme des maisons. On y avançait sous le feu des grosses batteries allemandes. A onze heures, on atteignit la ligne des batteries. On aborda la deuxième position que les Allemands venaient d'évacuer. Alors les Allemands firent donner d'autres batteries préparées plus en arrière. Le passage de la deuxième position n'était pas commode. Plein de trappes et de pièges. Le commandant Gramme était en avant. Moi j'étais à deux cents mètres derrière lui. C'est le sergent Petiot, qui était avec lui, qui m'a donné les détails, mais j'ai pu le voir qui sortait de son tank et allait parler à Brette, dont le tank était coincé devant une entrée d'abri. Le commandant avait dit à Petiot : “ Plus il force, plus il s'enlise. C'est évident ! Il lui faut reculer. ” Tu te rappelles comme il disait tout le temps “ c'est évident ”. On ne retrouvera jamais un commandant comme cela. Il avait dit à Petiot de s'arrêter et, malgré ses protestations, il était sorti pour parler à Brette. Ça tombait comme giboulées en mars.

« Les derniers temps, le commandant ne quittait jamais sa canne. Il avait reçu un petit éclat dans le genou pendant la charge du régiment au début en Belgique. Il boitait légèrement quand il était fatigué. Il fallait le voir traverser ce terrain sous une pluie de ferraille, jouant avec sa canne, aussi tranquille que s'il avait traversé la cour du quartier en temps de paix. Il avait donné à Petiot l'ordre de rester. Petiot avait une rude envie d'aller le tirer par sa tunique pour le faire rentrer dans sa boîte. Moi aussi, mais j'étais trop loin. Et il me fallait avancer. Bientôt je dépassai le tank du commandant et je ne vis plus rien. Ma consigne était de coller au tank du capitaine Mugnier. Je n'oublierai jamais le commandant marchant sous le bombardement. Je ne m'étais jamais rendu compte avant qu'il était élégant. Même, au quartier, on rigolait de ses culottes en sac et de ses bottes avachies. Les bandes molletières et la culotte mal fichue qu'il portait à cette heure ne valaient guère mieux. N'empêche qu'il était élégant. Plus élégant que le lieutenant Dugay avec ses habits d'un grand tailleur de Paris. Je me sentais fier d'avoir un commandant aussi élégant. Il frappa de sa canne à la porte du tank de Brette comme il aurait frappé à la porte d'un copain pour prendre l'apéritif. Un obus tomba de plein fouet sur le tank qui se retourna en flammes. Ceux qui étaient dedans étaient coincés. Le commandant avait ses vêtements qui brûlaient, et se roulait par terre. Petiot courut pour essayer de l'éteindre avec sa veste de cuir. Il y réussit mais s'aperçut que le commandant était mort. Le sang dégoulinait de son casque. Quand il s'était roulé par terre, ce devait être des mouvements nerveux, comme un canard à qui on a coupé la tête et qui court encore. »

CHAPITRE XV

Les hommes sont égoïstes. Etant homme, il m'arriva d'oublier les nécessités les plus évidentes de mon prochain, ce prochain fût-il Agnès. Il ne m'était pas venu à l'idée que, tandis que j'étais au front, ma maîtresse, seule dans l'appartement de la rue d'Astorg, risquait de s'ennuyer à périr. La femme de ménage qui venait tous les jours donner un coup de balai, M. et Mme Franchet qui venaient s'enquérir de ses besoins matériels, constituaient des distractions plutôt limitées. Heureusement elle s'était découvert elle-même un passe-temps qui devait devenir une passion : la lecture. Ayant lu et relu ses deux ou trois ouvrages religieux et réabsorbé *Les Misérables*, elle me demanda si Victor Hugo avait écrit autre chose que ce roman. Cette question marquait une importante révolution dans l'esprit d'Agnès. Au début de notre liaison elle se fût refusée à lire quoi que ce soit de nouveau, ne s'intéressant qu'à ce qu'elle connaissait déjà. Je l'emmenai chez le père Laroche, mon libraire du boulevard Saint-Germain et lui offris les œuvres complètes du poète. Ayant tout dévoré, elle retourna voir le père Laroche et, en mon absence, lui demanda de la conseiller. Ravi, le bonhomme l'avait orientée sur ses deux auteurs préférés, Tolstoï et Dostoïevski. Ce fut, pour Agnès, une révélation.

Quand j'arrivais en permission, elle mettait ses livres de côté. De même qu'elle ne se sentait pas le besoin de la compagnie d'un chien puisqu'elle m'avait, de même la lecture ne l'intéressait que lorsque je n'étais pas avec elle. Mais les traces des livres restaient dans son esprit. Pendant la permission qui suivit son absorption de *L'Idiot*, elle ne cessa de me chanter les louanges du prince Muichkine. Je me félicitai de ce nouvel intérêt, espérant qu'il concurrencerait l'influence de sainte Agnès. Cette manie de lire pouvait peut-être, en lui ouvrant les yeux sur le monde tel que compris par de grands esprits, l'amener à considérer notre problème d'un point de vue plus large. Néanmoins je restais résolu, dès que la guerre serait terminée, à tout mettre en œuvre pour lui permettre de rentrer dans le giron de l'Eglise.

Agnès engloutit tout Zola et tout Rabelais, *La Chanson de Roland* et les *Lettres* de Mme de Sévigné, *L'Enfer* de Dante et les romans d'Honoré de Balzac. Le plus extraordinaire est qu'elle retenait tout, mais ne « marchait » que pour ce qui lui semblait « divin ». Elle disait : « Ceux qui écrivent sont poussés par le diable, ou bien ils sont poussés par le bon Dieu. » Flaubert, à son avis, était poussé par le diable. Sa Madame Bovary était « une pécheresse de la pire espèce, pas tellement parce qu'elle avait des amants, mais surtout parce qu'elle était orgueilleuse ». Par contre, Dostoïevski était poussé par le bon Dieu. Le prince Muichkine était un saint. « Du temps des Romains, il aurait été un martyr dans l'arène. » De Stendhal elle disait : « Il est poussé par le bon Dieu, mais le diable le tire par la queue de son habit. Dommage ! parce que j'aime beaucoup Fabrice del Dongo. Il te ressemble. »

Je craignais qu'elle ne vît une analogie entre le cas de la Dame aux Camélias et le sien. Pas du tout. « Une faiseuse d'histoires », disait-elle de Marguerite Gautier.

Malgré son ancienne profession, Agnès n'était pas bégueule et adorait Boccace. L'histoire des « lunettes » la faisait tordre de rire.

La découverte de cette littérature lui conférait mieux qu'un vernis, une véritable culture. Mon père et ma mère s'en aperçurent à l'occasion d'un déjeuner chez Prunier au cours duquel elle leur compara *Candide* au *Sapeur Camember*. Dans l'après-midi mon père me téléphona. « Sais-tu que cette fille est très intelligente ? me dit-il, et cela sans être bas-bleu. Elle nous a parlé de Voltaire comme s'il s'était agi de la marchande de marrons du coin. »

J'étais très flatté et ne pus m'empêcher de transmettre ces compliments à l'intéressée. Elle s'en étonna. « C'est pour m'amuser que je lis quand tu n'es pas là. Je ne vois pas ce qu'il y a de rare à s'amuser ! » Elle ajouta : « Tu sais, j'en prends et j'en laisse. Ton Voltaire est un grand homme, mais il ne comprend rien du tout aux femmes.

— Peut-être aurait-il fallu l'envoyer faire un stage chez M. Marjeulin, suggérai-je.

— Ça lui aurait fait le plus grand bien », admit Agnès.

Enfin, ce fut l'Armistice. Le jour de mon retour, Agnès empila les livres dans une malle qu'elle me demanda de l'aider à transporter dans la chambre de bonne inoccupée au sixième étage. C'était très lourd.

Elle me dit en redescendant : « C'est bien joli les livres, mais ça ne remplace pas quelqu'un en chair et en os ! »

J'écrivis au maire de la commune où Emilien était né — et où Agnès avait grandi — pour lui demander s'il avait trace du jeune homme. La réponse fut négative. Emilien n'avait pas reparu au village ni donné de nouvelles depuis la vente de la ferme de ses parents. Je l'avais espéré « mort au champ d'honneur ». Le danger était qu'il y soit mort sans laisser de traces. Dans les pays civilisés n'est considéré « décédé » que le mort qui peut exhiber un certificat de décès. Une autre alternative était qu'il ait déserté et vive quelque part sous un faux nom. Il me fallait absolument le retrouver dans quelque état qu'il soit. S'il était vivant, je lui offrirais tout ce qu'il voudrait. Un tel homme devait être sensible à l'appel de l'argent. Je lui abandonnerais ma fortune tout entière contre la demande d'annulation de son mariage avec Agnès auprès du Vatican. Et si ma fortune ne suffisait pas, je me traînerais aux pieds de mon père et de ma mère — ce qu'ils eussent jugé de mauvais goût — les suppliant de m'aider à compléter la rançon d'Agnès.

Mon avocat, maître Bornes, me mit en rapport avec une agence spécialisée dans ce genre de recherches et à son dire relativement honnête. Des petites annonces furent insérées dans tous les journaux de France, d'Europe et d'Amérique. Les services consulaires français du monde entier furent interrogés ; la Préfecture de Police, les gendarmes furent consultés. Maître Bornes avait d'immenses relations et le nom de mon père l'aidait à aiguiller les bonnes volontés. Ce fut en vain. Emilien ne donna pas signe de vie. Bien entendu, Agnès avait été tenue dans l'ignorance de cette activité. Elle allait souvent prier à Saint-Philippe-du-Roule. Quand j'allais la chercher, je l'attendais dehors. Je ne pouvais pas m'empêcher d'espérer qu'elle trouverait un accommodement avec le ciel. Les dévots les plus sincères savent parfois inventer des sophismes justifiant leurs écarts. Je pensais au bandit calabrais qui priait la Madone de faire tomber un riche marchand dans son embuscade. Plus près de moi, je pensais aux nombreuses messes dites pour la victoire, aussi bien par les Allemands que par les Français. Je comprenais fort bien l'attitude de Dieu qui, les oreilles cassées par tous ces cantiques, le nez bouché par les nuages d'encens, avait décidé de n'accorder cette victoire à personne. Car pouvait-on considérer ces discussions de diplomates, d'industriels et de banquiers comme une victoire ? Dieu s'en lavait les mains, et il avait bien raison. Dans le cas qui m'intéressait beaucoup plus que le statut de la Sarre ou la délimitation de la frontière austro-italienne — à savoir le sort d'Agnès et le mien — peut-être, dans son infinie bonté, enverrait-il à ma bien-aimée un doute sur la sagesse des décisions humaines, fussent-elles les décisions des représentants de sa propre Eglise. C'est dans ce parfaitement supportable statu quo que je vécus cette période de cinq ans qui devait se terminer par l'événement que je souhaitais le plus et qui s'avéra être une irréparable catastrophe. Cet événement fut précédé d'un prologue assez désagréable.

Avant d'en venir là, je tiens à noter une anomalie dans mon comportement vis-à-vis du siècle qui, bien plus que ma liaison avec Agnès, contribua à empêcher mon absorption par le milieu dans lequel j'étais né et auquel j'aurais dû, tout naturellement, m'intégrer. C'est encore une histoire de caste. Le mot d'ordre de la bourgeoisie d'après-guerre était « le travail », ou plutôt ce qu'ils appelaient le travail. Un jeune homme doit avoir un métier. Je ne marchais pas dans ce bobard. D'abord quel métier ? Vendre des automobiles ? J'aimais mieux les acheter. Entrer dans une affaire de reconstruction ? Je ne me voyais pas banquetant avec des politiciens des régions dévastées pour en obtenir des commandes. Si j'avais été chimiste, j'aurais pu peut-être entrer dans une usine de produits chimiques ; métallurgiste, dans une fonderie. J'aurais fait quelque chose, produit des objets bons ou mauvais, beaux ou laids, mais existants. Les hommes d'affaires d'un certain rang ne produisent que des paroles. Et quelles paroles ! le boniment d'un fermier vendant son veau au marché est du Racine comparé aux bobards pseudo-scientifiques de nos modernes grands seigneurs. Mon père me parla de vignes au Maroc. Je lui représentai que je ne savais pas distinguer un plant de pinot d'un aligoté. Il me dit que ça n'avait pas d'importance. « Il y a des ouvriers, des contremaîtres, voire des ingénieurs sortis d'une école d'agriculture pour faire le vin. Nous autres discutons les barrières douanières dans les ambassades, le prix des transports avec les membres de conseils d'administration de compagnies de navigation. Nous intéressons les ministres à notre cause. » C'était précisément ce que faisait mon cousin Xavier et mes parents proches ou lointains, et mes amis de collège, et ce que je ne voulais pas faire. On arrive le matin dans un bureau, un bureau pour caleçons, rails de chemins de fer, chaussures ou produits pharmaceutiques, n'importe quoi. La marchandise n'offre aucun intérêt. Ce sont les négociations autour de cette marchandise qui comptent. La secrétaire, blonde, parfumée, bas de soie, apporte le courrier.

« Vous avez reçu confirmation de la commande des Wagons-Lits.

— Voyons !

— Voici la lettre !

— Que disent-ils ?... Prenez-en dictée, je vous prie... »

Non ! Non ! Non ! et Non ! C'est cela le travail ? Plutôt être terrassier. Malheureusement j'ai horreur de l'effort physique. Et je trouve insuffisant le salaire de terrassier. Ou alors rester dans l'armée ? j'ai horreur de la guerre, et il faut tout de même admettre que l'une n'existerait pas sans l'autre. La vérité est que toutes les entreprises, bureaux, usines, défonçages, forages, noires fumées dans le ciel, chantiers de démolition, prospéraient, faisant la vie belle aux inutiles, pour la seule raison que le monde détruit par la guerre se reconstruisait. J'en arrive à me demander si cette destruction, prélude à la profitable reconstruction génératrice de prospérité, n'est pas la seule, la vraie, l'unique raison de la guerre. J'étais bien décidé à prendre ma part du gâteau. Mais je jugeais inutile l'hypocrisie du bureau, du vêtement sombre à rayures blanches, du chapeau melon et des déjeuners d'affaires. Bien simplement, je décidai de demander à la Bourse, cet écho de nos triomphes et de nos crises, de me permettre d'arrondir l'héritage de ma grand-mère dont je jouissais depuis mes vingt et un ans. Je dois peut-être aux quelques gouttes de sang de l'arrière-grand-père chiffonnier-banquier qui circulent dans mes veines d'avoir su choisir de profitables placements. Je gagnai beaucoup d'argent. Ma modestie me force d'avouer que je ne fus pas le seul. Dans cette période comprise entre l'armistice et la dépression américaine, toutes les valeurs de qualité montaient.

Un mot de mes occupations avec Agnès. Comme tous les gens qui ne font rien, nous ne savions où donner de la tête. Pendant ces cinq ans, nous construisîmes deux maisons. Je dis nous parce que Agnès disait son mot : « Si on faisait un salon tout rond... J'aimerais un pigeonnier comme dans mon village, seulement les pigeons en liberté sont interdits dans le quartier. Un pigeonnier sans pigeons ce n'est plus un pigeonnier. » Son rêve eût été une salle à manger avec des tubes de caoutchouc descendant du plafond : un pour la soupe, un pour la crème au chocolat, un pour le vin. Au lieu de manger dans des assiettes, on aurait mis l'extrémité d'un de ces tubes dans la bouche et tourné un robinet. « Et le gigot ? lui demandai-je, comment passerait-il dans ton tube ? » Cette objection la fit renoncer à son projet.

La première maison s'éleva sur les coteaux de Louveciennes, avec une vue superbe sur la vallée de la Seine. Elle s'avéra trop grande et impossible à tenir sans une kyrielle de domestiques. Nous connaissons la répugnance d'Agnès à se faire servir. Je vendis la maison — avec bénéfice — et nous en construisîmes une autre près de Dieppe avec vue également superbe sur les falaises de Varengeville. Celle-là était raisonnablement petite. Nous la dotâmes de tous les perfectionnements modernes dans l'espoir qu'ils nous permettraient de vivre sans serviteurs. Notre installation était un tribut à la fée « électricité », comme on dit dans les réclames. Agnès s'amusait beaucoup, provoquant des courts-circuits, faisant sauter les plombs. Nous étions constamment en panne de lumière, de chauffage. Elle faillit nous électrocuter et mettre le feu deux ou trois fois. Elle n'avait décidément pas l'esprit mécanique. Nous terminâmes cette saison d'été dans un hôtel de Deauville.

Nous nous liâmes avec le peintre André Derain et sa charmante femme Alice. Nous allions les voir dans leur maison de Chailly-en-Bière à l'orée de la forêt de Fontainebleau. Derain peignit un beau portrait d'Agnès.

Le marchand de tableaux Renou m'aida à commencer une petite collection. Je pris l'habitude de circuler dans l'appartement sous la sauvegarde d'un noble Picasso. On se fait à la présence d'un tableau. Ce Picasso était un témoin non gênant et définitivement amical de ma vie avec Agnès. Elle-même préférait un Braque gris, aussi doux et subtil qu'un Chardin. De temps en temps, nous allions à Montparnasse, où nous rencontrions Man Ray, Kiki et toute la bande du *Jockey*. Nous voyions Jacques et Pierre Prévert, à Saint-Germain-des-Prés.

Les Derain nous firent connaître le restaurant de Marcel Monteil aux Halles. Cet apôtre du beaujolais avait déjà commencé sa croisade. Les gens du monde se pressaient autour de son comptoir, buvant coude à coude avec les forts des Halles. Après le coup d'ouverture, nous montions au premier. L'entrecôte bordelaise arrosée d'un pichet de Fleurie, directement tiré du tonneau, ouvrait la porte à un genre qui allait conquérir Paris, le genre Bistrot. Parfois, dans nos réunions à Montparnasse ou à Saint-Germain-des-Prés, les gens attablés avec nous se chuchotaient des renseignements à l'oreille en regardant Agnès. Leur attitude était d'admiration. Je compris que l'ancienne profession de ma compagne la coiffait d'une auréole dont d'ailleurs l'éclat rejaillissait sur moi. De tous les bobards hérités du romantisme, le culte de la prostituée reste l'un des plus tenaces. C'est tout juste si, lorsqu'on présentait ma maîtresse à un nouveau venu, on n'ajoutait pas : « Vous savez... c'est la dame qui a été pensionnaire dans un bordel ! » Agnès s'étonnait de cet intérêt. « Il ne leur en faut pas beaucoup ! disait-elle, ça n'a rien de rare de travailler en maison ! »

Avec Agnès, nous avions décidé de voyager. J'achetai une petite voiture qui venait de faire son apparition, la cinq-chevaux Citroën et nous partîmes comme deux amoureux que nous étions. La Méditerranée fit son effet habituel. Agnès, grandie dans la rigueur du climat bourguignon, ne pouvait croire à la réalité de ce ciel bleu en plein hiver, de cette mer émeraude, de ces villages gracieusement accrochés sur leurs collines. Elle disait : « C'est ici que devait être le paradis terrestre. » En Italie, j'eus presque une indigestion de saintes Agnès. Mon Agnès en découvrait dans les moindres villages toutes différentes suivant le tempérament des peintres, le climat et le siècle. En Sicile nous en vîmes une datant du temps des Lombards, en mosaïque, aussi raide qu'une impératrice byzantine. Dans une chapelle près de Foligno, sainte Agnès nous accueillit avec la familiarité gracieuse d'une bourgeoise ombrienne du XVIIe siècle. Je pensais que ces dissemblances étonneraient ma compagne. Pas du tout !

Elle m'expliqua que les saints prenaient les apparences, les habitudes et le langage de ceux qui les invoquaient.

« Sinon, comment voudrais-tu que sainte Agnès, qui parlait latin, me comprenne quand je la prie en français ?

— Crois-tu qu'elle prenne du café au lait le matin, comme toi ? » lui demandai-je.

Cette plaisanterie tomba parfaitement à plat.

« Elle n'a pas besoin de café au lait, me répondit Agnès, puisqu'elle est un pur esprit ! »

A Palerme, nous nous embarquâmes avec notre voiture pour Tunis. De là, nous allâmes directement à Biskra. Nous étions en février. La température du désert était délicieuse. A chaque étape de ce voyage, ma joie devant les émerveillements d'Agnès augmentait. Elle trouvait les femmes arabes si belles ! Je lui proposai d'acheter un costume. « J'aurais l'air déguisée », me répondit-elle. Du désert elle disait : « C'est presque aussi beau que s'il n'y avait rien ! » Les étoiles, si proches de la terre dans ce climat sec, l'enchantaient. « Ceux qui ne croient pas aux rois mages n'ont qu'à venir ici ! »

Nous habitions une belle chambre dans un adorable hôtel à Biskra. Nous oubliions que le temps fuyait, que la chaleur approchait et que, bientôt, il nous faudrait abandonner les ombres bleues des palmeraies. Une nuit, je fus pris de coliques. Le lendemain matin, j'avais très mal au ventre. La tête me tournait au point que je devais me cramponner aux meubles pour ne pas tomber. Le médecin, un vieux colonial du nom de Magnal, s'y connaissait et diagnostiqua, sans même avoir à m'examiner, une bonne typhoïde. « Avez-vous mangé de la salade ? »

J'avouai que oui. Il nous rappela, mais trop tard, que dans les pays chauds, il faut éviter les crudités. « Moi je mange de la salade, mais je la lave au permanganate de potasse. »

Il me conseilla d'aller me faire soigner à Alger. Il n'était pas question que je conduise. Il retint la seule ambulance automobile de la ville. Lui-même m'amènerait la Citroën à Alger, où il avait affaire dans deux semaines.

Le voyage en ambulance prit deux longues journées et fut affreusement pénible. Je crois que sans Agnès je ne l'aurais pas supporté. Elle avait sur moi un pouvoir sédatif. Il suffisait qu'elle m'entoure de ses bras nus pour que je sente moins la douleur. Je dus souvent faire arrêter la voiture et me vider le long de la route. Elle me soutenait puis me nettoyait. Rien de moi ne la dégoûtait. J'en aurais fait autant pour elle. Rien d'elle ne me dégoûtait.

Le docteur Magnal m'avait retenu une chambre dans une excellente clinique. Agnès ne quitta pas mon chevet. J'étais insupportable, exigeant, et ma maladie était une maladie dégoûtante. Rien ne la rebutait. Lorsque, dans mon demi-sommeil, je cessais de sentir sa main contre la mienne, ou contre ma joue, je réclamais : « Agnès... je veux Agnès. » De suite elle accourait. Les infirmières professionnelles n'en revenaient pas. Elles lui disaient : « Comment faites-vous ? Vous ne dormez jamais ! » Elle ne répondait rien. Je la connaissais sa réponse. « Je l'aime », aurait-elle dit si elle n'avait considéré que ça ne regardait pas les autres.

Je croyais aller mieux quand une rechute me ramena au plus bas. Plus tard je sus que j'avais déliré et que le médecin avait été inquiet. La crise passa. Je dormis vingt-quatre heures. Quand j'ouvris les yeux, je vis Agnès à genoux devant un crucifix accroché au mur. Elle sentit que j'étais réveillé. Elle se retourna, me vit les yeux ouverts, acheva sa prière et vint m'embrasser doucement. Je guéris. Agnès et moi prîmes le bateau. Presque un an après l'avoir quittée, nous retrouvâmes la rue d'Astorg. Je me sentais extrêmement joyeux. Cependant Agnès n'avait pas retrouvé sa gaieté habituelle. Ce devait être la fatigue. Je m'en voulais de l'avoir ainsi épuisée. En même temps je lui en étais follement reconnaissant. Et je voyais, dans le récit des soins qu'elle m'avait prodigués, un argument qui ne manquerait pas de lever les derniers scrupules de mon père concernant notre mariage. Je téléphonai à mes parents promettant d'aller les voir bientôt. Je téléphonai aussi à maître Bornes, qui ne put que m'annoncer qu'on était toujours sans nouvelles d'Emilien.

Au bout de quelques jours, je me sentais de nouvelles forces. Agnès, de son côté, paraissait plus reposée. Un soir je la pris dans mes bras comme je ne l'avais pas fait depuis ma typhoïde. Elle se dégagea et m'annonça son impossibilité de faire désormais l'amour avec moi. Lorsque j'étais si malade à Alger et qu'on croyait que j'étais perdu, elle avait demandé à sainte Agnès de prier Dieu pour qu'il me conserve la vie. En échange de sa protection, elle avait promis à la sainte de ne plus commettre le péché d'adultère. J'étais atterré. Ma santé revenant, mon envie d'Agnès commençait à me harceler. Elle vit mon désappointement. Pour m'éviter la tentation et se l'éviter à elle-même, elle me proposa de me quitter. Elle reprendrait son métier de serveuse dans une brasserie.

Etant donné la logique étrange d'Agnès, je m'étonnai qu'elle ne m'annonce pas que, pour complaire à sa sainte patronne, elle allait rentrer chez M. Marjeulin. Elle s'en tint à la menace de la brasserie. J'étais sur le point de me fâcher. Elle me regardait comme une condamnée qui attend la lecture du verdict des jurés, mais une condamnée fière. Ses yeux ne me suppliaient pas. Elle était droite et digne. Sa simplicité était bouleversante... sa simplicité et sa force ! J'avais devant moi la même Agnès qui, au début de notre liaison, dans la petite maison du quartier des maraîchers, m'avait avoué qu'elle priait pour la mort d'Emilien. Ses convictions n'avaient pas été entamées d'un pouce. Un roc ! Un instant l'envie furieuse m'effleura de réduire ce roc en poussière. Mais je pensai à la petite main qui calmait ma fièvre dans la clinique d'Alger. Jamais, désormais, je ne pourrais me passer de cette petite main ! Tout, mais ne pas perdre cette petite main. La chasteté, l'abstinence, j'étais prêt à accepter n'importe quelle épreuve, mais me refusais à perdre Agnès, cette partie de moi-même, ma côte d'Adam. Je l'embrassai comme un frère embrasse une sœur. Aussitôt sa gaieté lui revint. Nous ne devons pas oublier qu'Agnès vivait dans le présent, laissant l'avenir entre les mains de Dieu. Le présent lui apportait un cadeau incomparable : ma compagnie sans le péché. Comment cela tournerait-il ? Elle ne voulait pas y songer. Elle prépara le dîner en fredonnant *Prends garde à Chu Chin Chu,* l'air à la mode que nous avions entendu chanter par Harry Pilcer au *Casino de Paris* avant de partir en voyage. Le rôti fut parfaitement raté. Je le dévorai, espérant que cette mastication difficile détournerait mon esprit des charmes de ma maîtresse.

Quelques semaines s'écoulèrent pendant lesquelles je connus vraiment ce que le catéchisme appelle la tentation. Nous avions décidé de faire chambre à part. Malgré cette précaution, la nuit je me réveillais avec des envies terribles. Je me précipitais sous la douche froide au risque d'attraper une bronchite.

Pour lutter contre « l'idée fixe », je me cherchai un dérivatif. J'eus l'idée d'apprendre à conduire à Agnès. Nous commençâmes sur la Citroën que nous avions récupérée d'Alger. Agnès était très douée et passa son brevet facilement. Je la mis alors sur ma Bugatti type Brescia. Elle grattait tout le monde sur la route de Quarante-Sous. Je serrais un peu les fesses. Ces peurs étaient d'excellents dérivatifs.

Un jour, en rentrant, nous trouvâmes une note de la femme de ménage nous disant que maître Bornes avait téléphoné et demandait que je le rappelle d'urgence. Plein d'espoir je me précipitai au téléphone. Agnès devint très pâle. Je compris qu'elle avait peur. Je la serrai — chastement — contre moi et lui représentai que tout valait mieux que l'incertitude dans laquelle nous vivions.

Maître Bornes m'annonça que l'agence avait reçu un coup de téléphone d'Emilien et qu'elle l'avait aussitôt dirigé sur lui. Emilien était présentement dans le bureau de l'avocat, qui l'avait mis au courant de la situation d'Agnès. Il avait assez mal accueilli ces informations, et jusqu'à ce moment, avait fait la sourde oreille à toute proposition d'arrangement à l'amiable.

Maître Bornes téléphonait d'une autre pièce et pouvait parler librement. Il craignait que le prix de la liberté d'Agnès ne soit exorbitant et il pensait que la responsabilité d'une telle dépense ne pouvait être prise que par moi-même. Devait-il assister à l'entrevue ? En m'excusant beaucoup, je lui dis que je ne le pensais pas, donnant comme raison que, puisque l'approche légale avait raté, mieux valait maintenant jouer du : « Nous sommes tous deux dans le même panier. Entre victimes des mêmes malheureuses circonstances il doit être possible de trouver un terrain d'entente. »

Je n'étais pas descendu aussi bas que cela. Mon intention était simplement de jeter à la figure d'Emilien une somme tellement énorme qu'il en serait soufflé et accepterait ma proposition. Maître Bornes n'aurait pas manqué d'être choqué de ma prodigalité. Il ne pouvait se rendre compte de combien peu l'argent pesait pour moi dans la balance. Bref, je préférais qu'il ne soit pas là.

Agnès et moi nous assîmes au salon en attendant Emilien. Elle n'avait pas retrouvé ses couleurs. Elle ne disait rien. Je crus voir sa main trembler légèrement. Ayant surpris mon coup d'œil, elle fit un effort et le tremblement s'arrêta. Au coup de sonnette, elle se dressa d'un trait et chancela. Elle me dit qu'elle préférait que je le voie seul et se retira dans sa chambre. J'allai ouvrir à Emilien. Il était bien tel que je l'avais imaginé, taille moyenne, cheveux châtains, petite moustache, une physionomie molle, l'air d'un commis dans un bazar. Son vêtement allait avec le personnage, veston marron strié de rouge avec une ceinture de la même étoffe. Des culottes courtes et des bas cyclistes. La cravate, en soie à ramages, complétait cet ensemble ridicule. Il tenait à la main un chapeau d'étoffe agrémenté d'une petite plume. Ses épaisses lunettes en simili-écaille étaient d'un genre encore peu connu en France. L'idée que ce grotesque était le mari d'Agnès me paralysa un instant. Il rompit le premier le silence en se présentant. Il ajouta que maître Bornes lui avait expliqué qui j'étais, mes relations avec Agnès et mon intention de lui demander de faciliter une annulation de son mariage religieux.

Cette conversation eut lieu sur le pas de la porte. Ce qui me surprit, dès qu'il ouvrit la bouche, fut son accent, le même accent qu'Agnès. C'était normal puisqu'ils venaient du même village. Ce lien ne signifiait pas grand-chose. Tous les habitants de cette région avaient cet accent. N'empêche que c'était un lien et cela m'agaça. Je me décidai à le faire entrer. La première surprise passée, une nouvelle vigueur m'était revenue. J'avais hâte de conclure le marché et ne doutais pas d'y réussir. Maître Bornes y était allé trop timidement.

Nous nous assîmes au salon. J'allai droit au but : « Maître Bornes me dit que vous n'êtes pas favorable à un arrangement.

— Je ne comprends rien à cette histoire d'arrangement, me répondit-il. Je retrouve ma femme après une longue absence. J'en suis d'autant plus heureux que je vais pouvoir lui annoncer une bonne nouvelle. Elle connaissait mon ambition d'avoir une quincaillerie. C'était le rêve de ma vie. Eh bien, maintenant, c'est fait ! Je l'ai ! Elle n'en croira pas ses oreilles ! Je la vois d'ici tenant la caisse et rendant la monnaie aux clients. Vous n'avez rien à voir là-dedans et nous n'avons rien à nous dire… Ah, si !… bien sûr… J'ai à vous remercier d'avoir mis des petites annonces. Sans vous, Agnès et moi ne nous serions pas retrouvés. Dans notre village ils ne savent pas ce qu'elle est devenue. »

Il s'exprimait avec une sincérité évidente. Je commençai à me sentir moins sûr de moi. Je me trouvais en face d'un interlocuteur parlant ma langue, utilisant les mêmes mots, mais avec un sens complètement différent. Un langage où « oui » voudrait dire « non », ou « blanc » voudrait dire « noir ». Il n'était plus question d'attaque brusquée. Je me repris et finis par articuler :

« Vous rendez-vous compte qu'Agnès et moi vivons ensemble depuis plus de dix ans ? Ça compte cela ! »

Il hocha la tête avec indulgence et répondit avec cet accent qui, chez lui, m'agaçait :

« Je consens à fermer les yeux là-dessus ! Avant de quitter la France, j'avais procuré à Agnès une bonne position. Vous l'en avez privée en la persuadant de vous suivre. J'admets que votre excuse était que vous ne me connaissiez pas. Vous n'aviez aucune raison d'avoir des égards pour un inconnu. Mais enfin, vous m'avez pris ma femme et vous lui avez retiré les avantages d'un bon métier. J'accepte de passer l'éponge, mais à la condition que vous ne mettiez pas des bâtons dans les roues de notre réunion. »

Etait-il cynique ou idiot ? Il fallait jouer serré avec un ennemi dont je découvrais la force aveugle. Je me contins et demandai :

« Où est votre quincaillerie ? »

Cette question amena un sourire sur les lèvres molles du personnage. Il se détendit et même se pencha vers moi comme pour une confidence. J'ajoutai, pensant jeter un jalon :

« Est-elle complètement payée ? »

Il dédaigna le piège et m'expliqua que sa quincaillerie était bel et bien payée et située dans un gros chef-lieu de canton non loin du village d'Agnès. Je ne donne pas ici le nom de ce chef-lieu de canton. Et vous vous doutez qu'Emilien qui vit encore ne s'appelle pas Emilien.

Pour reprendre notre entretien, il se lança dans une description lyrique des articles dont il allait garnir ses vitrines, les escabeaux métalliques tellement plus résistants que ceux en bois, les panoplies d'outils depuis la hache jusqu'aux tenailles, les presse-purée, la pince universelle, le nécessaire du soudeur amateur, la lampe tempête et la boîte à ordures Ki-san-pa, rigoureusement antiseptique. J'avais affaire à un fou, à un maniaque du fer-blanc, à un drogué de la tôle galvanisée. Son opium était le tournevis à lames interchangeables et l'abrevoir à poules en aluminium à niveau constant. Je lui représentai qu'une plus grande quincaillerie dans une plus grande ville serait beaucoup plus passionnante que sa petite boutique de village. Mais son choix était fait. De plus, il ne voulait pas prendre d'employé « tous des voleurs ». Cette quincaillerie correspondait exactement au degré de travail qu'un couple pouvait fournir. C'est pourquoi il lui fallait Agnès. Il ne trouverait jamais de collaboratrice aussi désintéressée. A qui d'autre pourrait-il confier la caisse, sinon à elle, son épouse devant Dieu. Son idée était de lui faire tenir le magasin tandis que lui-même courrait les fermes et ferait l'article aux paysans.

Mon plan d'attaquer par surprise et de faire donner de suite la grosse artillerie avait lamentablement échoué. Je renversai mes batteries et entrepris d'amollir mon adversaire, de le mettre en confiance. Quand je le sentirais moins en garde, je le forcerais dans ses retranchements par l'offre de sommes dont il n'aurait jamais osé rêver. Feignant de m'intéresser à son aventure, je lui demandai ce qu'il avait fait pendant ces dix dernières années. Il me renseigna brièvement. Pour lui, ces détails étaient sans intérêt. L'important était qu'il avait gagné sa quincaillerie. Il était parti pour l'Amérique grâce à l'argent avancé sur le « travail d'Agnès ». A cette allusion je me sentis une démangeaison de casser la figure à ce monsieur. Il ne s'en aperçut pas et continua. Il avait travaillé à New York comme garçon de café. Finalement, avait ouvert son propre restaurant « tout petit, mais une très belle clientèle », puis l'avait vendu et était rentré en France, l'argent en poche. « Et la guerre ? » lui demandai-je. Il avait été réformé ! faiblesse des bronches ! Pour me prouver son mauvais état de santé, il toussa un peu comme le font les acteurs sur une scène. Ce renseignement me terrifia.

« Vous voulez dire que vous êtes tuberculeux ? »

J'imaginais déjà ce crasseux refilant ses microbes à Agnès. A tout prix il fallait l'empêcher de la reprendre. Il me répondit d'un ton supérieur :

« Je l'étais. En Amérique, ils ont des traitements extraordinaires. Et ça ne m'a rien coûté. J'avais une assurance. Maintenant je suis complètement guéri. »

J'ouvre ici une parenthèse pour constater combien le destin aime à grouper les éléments semblables. Tout marche par série. S'il pleut beaucoup, il pleuvra encore plus. Si au théâtre vous remarquez une spectatrice rousse, vous découvrirez bientôt d'autres spectatrices rousses. Si sur la route vous croisez une Panhard, elle sera suivie sur une distance assez courte par plusieurs autres Panhard. Cet imbécile d'Emilien était faible des poumons. Moi-même suis en convalescence chez mon ami Hartley pour cette raison. Hartley lui-même doit à la première guerre d'être dans cet état. Pour couronner le tout, Agnès devait attraper aussi ce mal. Excusez cette diversion. Mes épreuves m'ont rendu superstitieux.

Mais revenons rue d'Astorg. J'entrepris d'attendrir Emilien. Je m'abaissai à lui dire mon amour pour Agnès, et l'amour d'Agnès pour moi. Je lui affirmai qu'elle serait très malheureuse avec lui et moi désespéré de la perdre.

« Que voulez-vous que je devienne sans elle ? ne cessais-je de lui répéter.

— Ce n'est pas mon affaire, répondait-il. J'ai ma quincaillerie et je veux Agnès pour ma quincaillerie ! »

Il me vint à l'esprit, un instant, que je pourrais le faire enfermer. Mais je repoussai immédiatement cette solution. La loi n'accorde pas le divorce aux fous. Et puis il n'était pas assez fou pour être envoyé à Charenton. C'était simplement un exalté, un fanatique. Agnès aussi était une exaltée. Mais c'était pour un motif noble. Cette comparaison m'irritait, me donnant la mesure de la distance qui existait entre ces deux êtres, l'un possédé de la passion du fer-blanc et l'autre ennoblie par l'amour de Dieu et des saints. Leur union était anormale, monstrueuse. D'ailleurs cette union n'existait plus. Il l'avait rompue lui-même en la quittant et en la laissant sans nouvelles. L'amour terrestre d'Agnès, l'amour de sa chair, c'était moi et pas un autre.

Je rentrai les insultes qui me montaient aux lèvres et de ma voix la plus suave me décidai à me lancer dans mes propositions d'argent.

« Pour que vous renonciez à Agnès, je suis prêt à vous verser une forte somme ! »

Il me regarda, étonné.

« Mais, Agnès est ma femme. Je suis son mari légitime. Vous n'êtes qu'un amant de passage. Comme je vous l'ai déjà dit, je ferme les yeux sur vos relations avec elle — relations que je vous prie de considérer comme appartenant au passé — parce que je comprends que j'ai mes torts moi aussi. J'aurais dû écrire à Agnès. Je ne l'ai pas fait parce que je n'étais pas sûr de réussir et je ne voulais pas lui donner une déception.

— Quelle déception ?

— La déception de devoir renoncer à la quincaillerie !

— Vous croyez qu'Agnès tenait tant que cela à la quincaillerie ?

— J'en suis convaincu ! Ensuite, quand j'eus réussi à avoir le restaurant, ça faisait sept ans que je ne lui avais pas donné signe de vie. Et il me fallait encore du temps pour réunir la somme de la quincaillerie. J'ai eu peur que mes bonnes nouvelles ne la rendent impatiente.

— Vous voulez dire impatiente de ?...

— Je veux dire impatiente de la quincaillerie. »

Je n'invente rien. Je me sentais devant un insecte entêté, une fourmi incapable de concevoir toute autre activité que le transport du brin de paille qu'elle charrie vers la fourmilière. Je fis une dernière tentative et avançai un chiffre énorme. Il parut un instant ébranlé.

« Vous vous rendez compte, me dit-il, qu'en monnaie américaine cela fait quatre-vingt-dix mille dollars ? »

Il continuait à compter en dollars comme lorsqu'il recevait des pourboires à New York. Il était vraiment soufflé par ma proposition. Je lui affirmai :

« Je vous les donnerai volontiers si vous renoncez à Agnès.

— Mais comment puis-je renoncer à Agnès ? Nous sommes mariés religieusement ! »

Je lui exposai l'idée que lui avait déjà présentée maître Bornes de lui faire rédiger une demande en annulation basée sur l'impossibilité d'Agnès d'avoir des enfants. Il marchait dans le petit salon, d'un mur à l'autre, en proie à une grande agitation. Il répétait de temps à autre : « Quatre-vingt-dix mille dollars ! »

Finalement il s'arrêta devant moi et comme en s'excusant me dit : « Décidément je ne peux pas. Ce serait... ce serait... » Il cherchait les mots et finit par dire, en rougissant : « Ce serait trahir la quincaillerie. Voyez-vous, monsieur, sans Agnès, je n'oserais pas me lancer !... » A partir de cette déclaration, il resta inébranlable. Je me raccrochai à une dernière branche que je savais devoir casser.

« Vous ne pouvez pas emmener Agnès de force, lui dis-je. Demandons-lui quelle sera sa décision. »

Il haussa les épaules. « Demandez-lui si vous voulez. Moi je m'en tiens à mes droits. »

Je trouvai Agnès à son petit bureau, s'amusant à faire des dessins avec les X de sa machine à écrire. Je lui résumai ma conversation avec Emilien.

« Je le savais qu'il ne me lâcherait pas. Que veux-tu, je suis sa femme. Je suis heureuse de l'avoir oublié pendant toutes ces années, mais ça devait avoir une fin. On ne vit pas sur le péché. La punition arrive tôt ou tard. J'ai de la chance qu'elle m'arrive avant ma mort. »

Elle parlait d'une voix neutre. Puis elle se remit à trembler. Je lui pris les mains et touchai son front. Elle avait une forte fièvre. Je retournai à Emilien et lui annonçai qu'Agnès était malade et qu'il fallait qu'elle se mette au lit. Pas un instant l'idée ne lui vint que ça pouvait être une blague.

« Je téléphonerai dans quelques jours, dit-il. Quand le docteur jugera qu'elle peut voyager, je viendrai la prendre en automobile. Le trajet est d'environ deux cent cinquante kilomètres. Puis-je la voir ? »

Il m'était difficile de refuser. Emilien entra dans le petit bureau, embrassa sa femme sur le front.

« Soigne-toi bien, lui dit-il, nous aurons pas mal de travail à la quincaillerie ! »

Et ce fut tout. Je m'étais préparé à l'odieux spectacle de ce mari enlaçant sa femme, l'embrassant tendrement, constatant qu'elle avait changé ou bien qu'elle n'avait pas changé, lui disant sa joie de la retrouver, sa foi dans l'avenir, tout ce que des gens unis par les liens du mariage peuvent se raconter après une séparation de plus de dix ans. Rien ! Il la gratifia d'un second baiser également sur le front, et partit.

Je couchai Agnès et appelai le médecin qui diagnostiqua une crise de foie.

CHAPITRE XVI

Au bout de huit jours, Agnès se déclara guérie. Pendant cette dernière semaine de vie commune, nous n'échangeâmes que de rares paroles, d'ordre purement pratique. Nous ne nous étions pas embrassés. Emilien avait téléphoné plusieurs fois. C'est moi qui lui avais répondu. Un certain matin, Agnès qui était déjà levée depuis deux jours, me dit que maintenant elle pourrait supporter le voyage. Quand Emilien téléphona, je dus admettre qu'Agnès était guérie. Il décida de venir la chercher le lendemain de bonne heure. J'agissais comme un somnambule. Je n'éprouvais aucune colère. Je me demande si même le sentiment qui dominait en moi était de la vraie tristesse. C'était plutôt comme une paralysie. Emilien retéléphona une heure après. Il devait prendre livraison à Paris d'un lot de poêles à pétrole. A cause de cela il ne pourrait être rue d'Astorg qu'à dix heures du matin. Un moment j'eus l'idée de m'en aller n'importe où, de prendre un billet pour Nice et de ne revenir que lorsque je serais fait à cette séparation. Comme si mon plus fervent désir n'était pas de profiter de la présence d'Agnès jusqu'à la dernière minute.

Pendant la maladie d'Agnès, la concierge avait préparé nos repas. Ce dernier soir encore elle nous servit. Nous nous mîmes à table et ne touchâmes à rien. Nous passâmes cette dernière nuit assis sur le canapé du salon. Agnès, changeant de rôle, finit par s'endormir sur mon épaule. C'était elle qui demandait protection. C'était elle qui était le petit enfant. C'était moi qui étais Nancy.

Tandis qu'elle somnolait, il me vint une idée. Le lendemain, je suivrais Emilien avec mon automobile. Arrivé dans un certain coin de la forêt de Sénart que je connaissais, je passerais devant lui et bloquerais sa voiture. Je possédais deux revolvers, l'un que j'avais acheté dans le civil, avant le régiment, l'autre était mon revolver d'ordonnance. Je lui donnerais le choix et nous réglerions rapidement notre affaire par un duel à mort. S'il refusait de se battre, je saurais l'y contraindre. Je le tirerais hors de sa voiture et je le forcerais à aller prendre position hors de la vue des usagers de la route. Le survivant serait forcément arrêté, mais très certainement acquitté. En ce qui me concernait, je n'aurais qu'à raconter aux jurés le marché ignoble qui avait fait d'Agnès une prostituée. D'ailleurs je me fichais pas mal d'être condamné ou non. Tout ce que je voulais c'était écraser ce ver de terre. Ce plan était idiot. Mais toute l'histoire l'était. L'amour d'Emilien pour cette quincaillerie était idiot. L'obstination d'Agnès à le considérer comme son mari était idiote. Mon duel cadrait parfaitement dans cette histoire de fous.

Je finis par m'endormir et fus réveillé par Agnès qui voulait me faire du café. Je me rasai et dévorai un gros croûton de pain beurré. Elle-même mangea un reste de tarte aux pommes. Puis elle passa dans la salle de bains. Je lui criai à travers la porte que je m'absentais un instant. J'allai chercher ma voiture au garage qui était à deux pas et la garai dans la rue, devant ma maison. A dix heures moins cinq, Emilien sonna. Il embrassa Agnès sur la joue et lui souhaita le bonjour. Il ne remarqua pas qu'elle était verte. Il me serra la main et m'invita à aller un de ces jours visiter sa quincaillerie. Agnès et moi ne nous dîmes rien du tout. Agnès partit avec tout juste les vêtements qu'elle avait sur le dos. Elle ne prit pas même une valise. Emilien ne s'en étonna pas. Dans son petit cerveau il dut penser que je désirais garder ce que j'avais payé.

Agnès rompit son silence pour me poser une question dont seulement elle et moi pouvions comprendre l'importance. Elle me demanda si je voulais qu'elle me laissât son image de sainte Agnès. Je lui répondis qu'elle avait plus que moi besoin de la protection de cette sainte. Je le pensais sérieusement.

Nous hésitâmes à nous embrasser, puis pensant que notre réserve pourrait passer pour de l'ostentation, nous nous embrassâmes discrètement sur la bouche. La bouche d'Agnès sentait la fièvre. Je ne l'en aimai que plus. Cependant, Emilien faisait remarquer que la route était longue. Ils partirent. J'attendis quelques instants et me précipitai à mon tour dans l'escalier. Quand Emilien démarra dans sa dix-chevaux Renault, j'étais derrière lui dans ma Bugatti. Je ne crois pas qu'Agnès m'ait vu. D'après ce que je pouvais deviner, elle ne regardait rien et ne disait rien. Emilien eût pu aussi bien transporter un mannequin.

Dans la forêt de Sénart, je me collai à la Renault. Emilien me vit dans le rétroviseur. Il dit quelque chose à Agnès qui ne répondit ni ne bougea. Arrivé à l'endroit que j'avais choisi, je le dépassai d'un coup d'accélérateur et, m'arrêtant brusquement, je lui bloquai le passage. Et c'est ici que le destin m'accorda une dernière chance. Emilien, surpris, donna un coup de frein. La route était légèrement mouillée. Il dérapa. La Renault roula dans le fossé. Je bondis de ma voiture et vis une fumée s'élever du capot ouvert par le choc. Pas de doute, la voiture allait brûler. Je me précipitai. Agnès était évanouie. Je pus ouvrir la portière et la tirer dehors. Elle n'était pas blessée. Elle et Emilien avaient été projetés contre le plafond de la voiture. Le choc sur leur tête leur avait fait perdre connaissance. La fumée augmentait. Le réservoir d'essence de ce modèle était près du moteur. Dans un instant, ce serait un brasier inapprochable. Je n'avais qu'à laisser Emilien où il était. Il ne se réveillerait que pour mourir. Agnès serait libre. Nous nous épouserions avec les bénédictions de tout le clergé et la certitude d'aller présenter nos hommages à sainte Agnès après notre mort, le plus tard possible.

Hélas, je ne suis pas né assassin. Avec bien du mal, je tirai Emilien de son siège. A peine l'avais-je hissé en haut du talus que le réservoir explosait. Je portai Agnès un peu plus loin. Elle ouvrit les yeux et me reconnut. Comme je la posais sur une partie du remblai où l'herbe me paraissait plus épaisse, elle me passa les bras autour du cou. Nous nous embrassâmes passionnément. Son regard me rappela celui de la Joconde dans le petit bois près d'Arras. Je partis en courant, sautai dans la Bugatti et m'arrêtai au premier café où je téléphonai à la gendarmerie.

C'est cela que je ne puis me pardonner. Je n'ai pas

eu le courage de choisir entre la mort d'un nuisible et celle de l'être que j'aimais le plus au monde. La vie d'Agnès avec Emilien devait être une mort au ralenti. Je le savais. Je n'aurais pas dû hésiter. La guerre m'avait endurci. J'avais tué des Allemands qui ne m'avaient pas pris Agnès. Je me souviens d'un petit joufflu que je transperçai d'un coup de baïonnette. J'avais l'impression d'égorger un bébé.

Quelques jours plus tard, Emilien me téléphona pour me remercier de lui avoir sauvé la vie. Lui et Agnès s'en tiraient avec des bosses sur le crâne. Quant à la voiture et au chargement, ils étaient assurés. Il entremêlait ses explications de la question suivante : « Pourquoi avez-vous voulu me doubler ? » Ça revenait comme un refrain. Il s'étonnait aussi de ma présence sur cette route. Je lui parlai vaguement d'une visite à un cousin de Bourgogne.

Je ne saurais m'étendre sur les cinq années qui suivirent. Je me lançai dans ce qu'on appelait alors « une noce carabinée ». La race des grues d'avant-guerre, genre Gilberte, était en train de disparaître La débauche s'encanaillait. Les Halles et Montparnasse remplaçaient la rue Royale. Les partenaires de mes jeux étaient en général des bourgeoises affranchies. Le mot d'ordre était à la sodomie. J'essayai de m'intéresser à une jeune actrice de cinéma dont la réputation était largement basée sur cette pratique. Elle marchait en baissant les yeux, avec un petit sourire entendu qui démentait la modestie de son attitude. Elle était fluette, petite, blonde, un corps de garçon.

Elle s'exprimait d'un ton agressif, passant sa vie à se figurer qu'on l'avait insultée. J'émigrai de ses bras dans ceux de créatures aussi insignifiantes. Leur semblant d'originalité était soit l'usage des drogues, soit un penchant qu'elles prétendaient irrésistible à faire l'amour avec des camarades de leur sexe. Bien vite j'arrivai à la conclusion que je n'aimais pas les drogues. Elles sont un merveilleux moyen d'isolement. Or ce que je recherchais était exactement le contraire de l'isolement. L'histoire de ma vie, comme celle de la vie de beaucoup de bourgeois, n'est autre chose qu'une recherche éperdue du contact humain. Nous revenons presque toujours bredouilles de cette poursuite parce que nous croyons que c'est une chasse. C'en est une, mais qui ne s'avère fructueuse que si l'on accepte de jouer le rôle de gibier. Et il en est de même pour « l'autre ». Drôle de chasse, où il n'y a que du gibier et pas de chasseur. Les drogues dans mon cas eussent été justifiées du fait qu'Agnès était maintenant hors de ma portée et qu'aucun autre gibier ne m'intéressait vraiment. Mais je ne voulais pas me couper de son souvenir. Tout de suite après son départ, j'avais essayé de me persuader du contraire. Oublions ! Oublions ! me répétais-je jour et nuit. Je reviendrai sur ce naïf essai.

Pas plus que les drogues, les lesbiennes ne m'amusaient vraiment. Quant aux actrices, elles ne pensent qu'à leur théâtre, comme Emilien à sa quincaillerie. Passons !

La grande mode du Paris d'après la guerre de 14 était « la partouse ». Cela consistait à se rendre au Bois de Boulogne à une heure précise et en un lieu précis. Les arrangements préliminaires et anonymes s'établissaient par téléphone. Le numéro de l'organisateur se trouvait en consultant les petites annonces du *Sourire*. Les conditions de la réussite d'une partouse étaient le beau temps et pas de lune. Les participants, en principe, ne se connaissaient pas. C'est le hasard qui réunissait les couples. Madame, après s'être fait posséder par un inconnu, regagnait la voiture où elle retrouvait monsieur en train de se reboutonner après son étreinte avec une fille qu'il ne reverrait jamais. Je fus entraîné dans ces étranges réunions par des amis « à la page ». Mon cousin Xavier était un grand amateur de ce jeu.

Un soir, au moment où j'allais écarter les jambes de la fille que le hasard m'avait désignée, j'eus l'idée de frotter une allumette et d'examiner son visage. Elle était affreuse. Une vieille fée Carabosse, une duègne de Goya ! Je me sauvai, épouvanté.

Les partouses passèrent de mode. Les professionnelles du Bois de Boulogne les avaient envahies et prétendaient faire payer les messieurs que le hasard et un coup de téléphone leur avaient envoyés.

Je me mis à fréquenter les boîtes de nuit. Un soir je tombai sur Gilberte. Ça se passa au *Bœuf sur le toit.* J'aimais le côté toile cirée noire, chromes discrets, élégance endeuillée de ce temple des goûts nouveaux. J'aimais surtout Wiener et Doucet. J'étais seul à une table. A la table voisine trois Américaines buvaient du champagne. Suivant la mode, elles étaient à peine vêtues d'un carré d'étoffe précieuse. L'après-guerre nous a valu la révélation des corps féminins. Ce n'est pas désagréable. Le seul mystère demeure la poitrine. Les soutiens-gorge sont tellement perfectionnés que les plus navrants appas trouvent moyen de faire figure honorable. Hélas, bien souvent, quand on en arrive à dépasser les bagatelles de la porte, quel déballage. Il m'est difficile de noter cette observation sans penser à

Agnès. Elle n'avait pas besoin de ces artifices astucieusement baleinés.

Il m'est difficile de noter quoi que ce soit sans que cela me ramène à Agnès. Elle domine ma vie ici, chez mon cher Hartley, comme elle la dominait il y a vingt ans quand j'allais traîner mon désespoir sur les banquettes du *Bœuf sur le toit.*

Agnès, ta poitrine remplit ma pensée comme elle remplissait ma main.

J'avais rêvé que nous terminerions nos jours ensemble, comme nous nous sommes aimés. Dans mon agonie, j'aurais respiré ton odeur, caressé ta poitrine, entendu ton souffle. Et puis je n'aurais plus rien entendu. Tu n'aurais plus rien entendu. Nous aurions abordé le grand mystère la main dans la main.

Me voici loin du *Bœuf sur le toit.* Une des Américaines se balançait sur sa chaise comme chez nous seuls les hommes osent le faire. Pour maintenir son équilibre, elle écartait les jambes, et mes yeux pouvaient plonger jusqu'au plus profond de son intimité. Malgré ses cheveux blonds, elle était brune comme l'ébène. Je regardais d'ailleurs sans grande attention. Mon esprit était loin dans le passé. Mes voisines parlaient anglais. Soudain, l'une d'elles — pas celle aux jambes écartées — me dit en français : « Eh bien Georges, ça te plaît ? » Je regardai plus attentivement mon interlocutrice. C'était Gilberte, la même Gilberte qui m'accueillait sur ses draps de soie noire, la même et pourtant si différente que moi, qui la connaissais si bien, ne l'avais pas reconnue. S'il est un proverbe menteur, c'est bien « L'habit ne fait pas le moine ». Je me refuse à admettre cette affirmation de l'hérédité souveraine, cette négation de l'importance de l'environnement. En tout cas, l'habit de Gilberte après-guerre de 14 en faisait un moine bien différent de celui que j'avais connu. Nous nous serrâmes la main cordialement. Puis je l'embrassai, ce qui eut l'air de lui faire plaisir. Elle me présenta à ses amies, qui insistèrent pour que je m'asseye à leur table. Avec une autorité masculine, l'ex-petite marquise commanda une autre bouteille de champagne. Nous parlâmes en anglais pour ne pas embarrasser les deux Américaines qui ne comprenaient pas le français. Gilberte me demanda ce que je faisais. Je lui parlai d'une étude sur les peintres modernes, Matisse, Picasso, Braque, Bonnard et Albert André que j'avais commencé d'écrire. J'espérais y ajouter Miró, Derain, Vlaminck, Dufy et bien d'autres. Je ne lui dis pas que depuis le départ d'Agnès j'étais incapable de rien faire, et que les feuillets de mon étude s'étalaient en désordre sur ma table sans que j'aie la moindre intention d'y toucher. Bien entendu, je ne lui parlai pas d'Agnès. Je ne voulais parler d'Agnès à personne, encore moins à Gilberte qui, bonne fille, eût cherché à me consoler. Je ne voulais pas de consolation. Ma douleur ne regardait que moi. A l'énoncé de mon entreprise elle sourit, amusée : « Je ne vous demande pas quels sont vos " hobbies " mais quel est votre métier. » Je lui avouai que je n'en avais pas. Elle secoua la tête, navrée : « Venez chez moi, au Texas. Je vous mettrai dans le pétrole... ou bien dans un cattle ranch. Vous étiez bon cavalier ! » Je fis un geste vague signifiant que tout cela était trop loin pour moi. « Vous avez l'air tout endormi, remarqua-t-elle, j'espère que ce n'est pas une déception amoureuse. Vous n'étiez pas sentimental quand je vous ai connu. » Je lui demandai des nouvelles de son mari. « Dick est formidable. Il est une sorte de champion de l'Ouest. Il s'occupe de toutes sortes d'affaires, mais la base de sa puissance est le pétrole. Je l'ai aidé au début. J'avais la responsabilité des relations avec l'Europe. J'ai appris à parler allemand, espagnol, italien, rien que pour cela. Nous avons trouvé que je ferais plus d'argent dans un business à moi toute seule. J'ai une affaire de cosmétiques. En français vous diriez la parfumerie. Pas seulement les parfums, mais aussi les crèmes, les savons, shampooings, lotions, poudres de riz. J'ai un bureau à New York, un à Dallas et un à San Francisco. Je vais ouvrir une succursale à Hollywood à cause du cinéma. Maintenant je vais à Grasse pour acheter des essences. »

Les deux Américaines furent invitées à danser par deux Français genre « affaires ». Ils ressemblaient à Gilberte. Une fois seule elle me dit : « Veux-tu que nous couchions ensemble ce soir. J'ai ma soirée libre. » Je remerciai et, prétextant un rendez-vous, pris congé.

Mon père et ma mère se montraient pleins d'attentions pour moi. Les projets de mariage se succédaient. J'avais trente ans, l'âge de me ranger. Il fut question d'une jeune Américaine alliée aux Vanderbilt. Mon père n'avait pas renoncé à ses rêves de grande noblesse, mais quand une fortune arrive à certaines proportions, elle confère à ses bénéficiaires une auréole qui vaut bien celle de la couronne d'un descendant des Croisés. J'emmenai la jeune personne déjeuner ches *Maxim's.* Elle était charmante. Nous décidâmes d'un commun accord que nous ne nous plaisions pas et que nous ne marcherions pas dans les projets de nos parents. Elle m'avoua qu'elle était amoureuse d'un toréador et qu'elle s'était donnée à lui à Séville dans une petite auberge pleine de mouches.

Un autre projet de mariage fut avec la fille du comte de Thesse. C'étaient des Belges apparentés à la famille royale et à toute la noblesse allemande, française, italienne, anglaise, luxembourgeoise et, bien sûr, belge. Ils passaient leur vie à l'église. Mon père, ma mère et moi-même nous allâmes leur rendre visite à Bruxelles. La fille était dans le genre Hélène Fourment de Rubens en plus maigre. Je pensai que la meilleure façon de me tirer de là était de lui parler franchement d'Agnès. Elle n'avait que dix-huit ans. Son livre de chevet était *Paul et Virginie*. Elle fut émue, me remercia de ma confiance et me conseilla la prière. « Dieu seul peut apporter une atténuation à votre peine et donner à votre amie le courage de continuer. »

Comme vous le voyez, au début de notre séparation, j'avais mis tout en œuvre pour essayer d'oublier Agnès. Cependant je n'avais pas eu le courage de quitter l'appartement de la rue d'Astorg. J'enfermai dans une armoire tous les objets lui ayant appartenu. Je changeai le mobilier et jusqu'aux casseroles de la cuisine. Je déposai dans une banque son portrait par Derain, mon Braque, mon Picasso et mes autres tableaux. Elle les avait trop regardés. En eux elle avait laissé quelque chose d'elle-même.

Je tombais constamment sur un témoin oublié. C'était un pli de tapis, une tache au plafond. Cela me plongeait dans une tristesse affreuse. Un matin que je préparais mon bain, je revis nettement le mouvement de sa main tournant le robinet du gaz. Je compris que mon attitude était idiote et indigne d'Agnès. Je résolus d'accepter la situation telle qu'elle était et, puisque mes essais de distractions et de mariage avaient raté, de chercher au contraire une consolation dans son souvenir. Je sortis son portrait et mes autres tableaux de la banque. J'avais fait cadeau des meubles à Fernand, l'ancien valet de chambre de mes parents maintenant retiré en banlieue. Je les lui repris, les remplaçant à sa grande joie par des articles style moderne du *Bûcheron*. Je sortis la machine à écrire d'Agnès et m'en servis pour taper mes lettres. Souvent ma dactylographie tournait en figures géométriques comme elle le faisait pour jouer.

Ma résolution de regarder les choses en face porta ses fruits. Il m'arriva — rarement je l'avoue — de me reprendre à espérer contre tout espoir. Emilien tomberait un jour d'une échelle et se tuerait. Ou bien Dieu, que je priais maintenant pour cela, le frapperait tout simplement de sa foudre. J'imaginais mon rival détesté allant livrer à un fermier l'arrosoir en tôle galvanisée dernier modèle. Il fait de l'orage. Comme un idiot qu'il est, il se met à l'abri sous un arbre et tombe foudroyé par un éclair. J'étais en train d'adopter la mentalité du bandit calabrais.

Enfin je pris la très grave décision de revoir Agnès. Pas de vraies visites, de simples rencontres, comme des gens qui se croisent dans la rue et sans même s'arrêter s'envoient un petit bonjour. Je ne voulais à aucun prix la troubler. Je la comparais à une naufragée sur une île malsaine. Il ne fallait surtout pas lui rappeler qu'il existait des pays sans fièvre et à climat tempéré. Mais je sentais un danger à garder d'elle l'image physique du moment de notre séparation.

Les époux qui ne se quittent jamais ne se voient pas vieillir. Je ne voulais pas voir vieillir Agnès. Je ne voulais pas qu'après l'enterrement d'Emilien — auquel je songeais de plus en plus — nous ayons besoin de refaire connaissance. Il y avait cinq ans qu'elle m'avait quitté. Nous étions en 1929. Elle avait trente-trois ans, j'en avais trente-cinq.

Je garai ma voiture dans une rue voisine et m'approchai de la quincaillerie. Mon cœur battait à me faire mal. Agnès ne me vit pas tout de suite. Elle était penchée sur des comptes. Dieu merci, elle ne me parut pas trop changée. Une petite ride autour de la bouche, faisant ressortir ses joues et son menton de bourgeoise d'Hogarth. Très belle, plus belle que jamais, mais aussi plus pâle que jamais. Je pensai à la tuberculose d'Emilien. Il ne manquerait plus que cela ! Emilien me vit. Il sortit et me proposa d'entrer. Je refusai. Il renouvela ses remerciements pour mon intervention dans l'accident, répétant comme un refrain « ce que je ne comprends pas, c'est pourquoi vous avez voulu me doubler ! » Au bruit de nos voix, Agnès leva la tête, m'aperçut et vint me serrer la main. Il y eut un banal échange de paroles :

« Tu vas bien ?

— Pas mal, et toi ? »

Ça se passa sur le trottoir. Elle s'en retourna à son tiroir-caisse et reprit ses comptes. Je m'éloignai en serrant de rage mes poings cachés dans mes poches de veston. Quand je pensais que cet idiot !... Je regagnai ma voiture.

Je renouvelai cette visite tous les deux mois. J'entrais dans la boutique. Chaque fois, je trouvais Agnès plus pâle. Elle devenait transparente. Emilien ne faisait plus attention à moi. Agnès et moi échangions quelques paroles banales. Je m'emplissais les yeux de son image et je partais.

Un jour où son mari n'était pas là, je lui rappelai que de négliger sa santé pouvait être considéré comme un suicide, ce qui, aux yeux de l'Eglise, était au moins aussi grave que de vivre avec un homme en dehors des liens du mariage. Ma réflexion amena un flot de sang à ses joues. Elle m'affirma qu'elle consultait le médecin et suivait ses directives. Plus tard, Emilien m'avoua qu'il aurait fallu l'envoyer à Davos ou lui faire un pneumo-thorax. Mais les soucis de leur entreprise les en avaient empêchés.

Le 12 février 1931, je reçus un coup de téléphone d'Emilien. Agnès venait de mourir. Je sautai dans ma voiture et me précipitai vers la petite ville. Je me rappelle vaguement ne pas m'être arrêté au coup de sifflet d'un gendarme, et avoir monté un escalier en bois. Le cercueil était placé sur des tréteaux au milieu d'une pièce bourrée de monde. L'odeur de la cire fondue des cierges m'écœura. Enfin je pus m'approcher. Un prêtre agenouillé priait à voix basse. Il y avait aussi une religieuse assise qui débitait son chapelet. En me voyant le prêtre s'interrompit, fit le signe de la croix et s'approcha de moi. Agnès était étendue dans le cercueil. Il me sembla qu'elle avait rajeuni et que je retrouvais l'Agnès de la petite maison du quartier des maraîchers. Je ne pleurai pas. Pourtant je savais très bien qu'elle était morte. Parfois, il faut du temps pour accepter un fait. Par exemple, quand Nancy était partie, il m'avait fallu un moment pour me convaincre que je ne la verrais plus. Mais là, je n'avais aucun doute, Agnès était morte !

Je remarquai qu'elle tenait un objet dans sa main gauche. Je reconnus un de mes mouchoirs. Je me gardai bien d'en rien dire. Le prêtre me glissa à l'oreille qu'elle semblait tenir à cet objet, et qu'il avait conseillé au mari de le lui laisser. A ce moment, je vis Emilien. Cet imbécile pleurait comme un veau.

Je vis aussi l'image de sainte Agnès que je connaissais si bien. Elle reposait sur la poitrine de la morte. Le prêtre me tira à l'écart.

« Vous connaissez certainement sa dévotion pour sainte Agnès. J'ai pensé qu'elle aimerait être enterrée avec cette image. »

A l'attitude de cet homme je compris qu'il savait quel rôle j'avais joué dans la vie d'Agnès. Sans doute était-il son confesseur. Je lui serrai la main ne sachant que lui dire. Cette invention de la poignée de main est bien commode. Lorsqu'on n'arrive pas à rassembler ses esprits, elle tient lieu de toute déclaration. Il me proposa de prier, de ce ton réaliste qui est souvent celui des curés de campagne. Il eût pu aussi bien me dire :

« Vous avez faim, mangez donc un morceau ! »

Je pensai que, s'il y avait une vie éternelle, ma prière ferait plaisir à Agnès. J'essayai de joindre mon murmure à celui du prêtre, mais la tête commençait à me tourner. Je ne quittais pas des yeux le visage d'Agnès. J'avais peur d'oublier où j'étais, qui j'étais. Je ne cessais de me répéter : « Tu n'es qu'un passant, un inconnu. Tu n'as pas le droit de manifester une douleur dont le privilège appartient au mari. » Je faisais un gros effort pour me retenir de me précipiter sur ce visage. Mon envie de sentir encore une fois le grain de sa peau était irrésistible. Je chancelai et crus que j'allais me trouver mal. Je me retins à un meuble et fis tomber une statuette en fonte imitation bronze représentant une vache. Le bruit attira l'attention d'Emilien qui me dit cérémonieusement : « Merci d'être venu. » A ce moment, le menuisier et son aide mirent le couvercle sur le cercueil. Le visage d'Agnès disparut.

Je repris mon essai de prière. Je ne connaissais que le « Notre Père » et le « Je vous salue Marie ». Les mots ne me semblaient pas appropriés à la circonstance. Pourquoi aurais-je sanctifié le nom du Seigneur alors qu'il m'enlevait ma raison de vivre. Ces prières se transformèrent en une prière à moi : « Sainte Agnès, priez pour Agnès. » Je répétai et répétai cette phrase pendant qu'on descendait le cercueil par l'escalier en bois. Je la répétai pendant la messe et pendant qu'on marchait vers le cimetière. Je la répétai quand on descendit le cercueil dans le trou et lorsque je jetai la symbolique pelletée de terre.

Souvent, pendant mes années de séparation d'avec Agnès, j'avais pensé à ce que j'éprouverais si elle mourait. Eh bien, maintenant que j'y étais, ça n'était pas du tout ce que j'avais imaginé.

C'était beaucoup moins dramatique. Je me sentais pris dans l'engrenage d'une cérémonie dont les détails d'exécution devenaient plus importants que le but. A l'église, ma préoccupation de m'agenouiller ou de me lever en même temps que les autres me fit presque oublier pourquoi j'étais là. Je n'avais pas de monnaie pour la quête. Je sortis de mon portefeuille un billet de banque et le mis dans la sébile. C'était, par hasard, un gros billet. L'enfant de chœur quêteur fit un mouvement de surprise. Le billet tomba. Il le ramassa et me le tendit. Toute l'assistance avait les yeux fixés sur moi. Ce billet au bout des doigts de l'enfant de chœur paraissait énorme. Je le lui repris et l'enfonçai profondément dans la sébile. Le gosse partit. Alors seulement je retrouvai Agnès. Je l'avais oubliée pendant quelques instants. Je me replongeai dans « sainte Agnès, priez pour Agnès ».

Malgré mon désir de ne pas me faire remarquer, je ne pus me résoudre à quitter le cimetière après la cérémonie. Tout le monde était parti, même Emilien, et je restais là, planté à regarder les fossoyeurs qui finissaient de boucher le trou. Soudain il me vint à l'esprit qu'Agnès n'était peut-être pas morte et qu'elle pouvait se réveiller dans son cercueil. Epouvanté à cette idée, je courus à la quincaillerie. Emilien était en train de boire du vin mousseux avec les amis qui étaient venus assister à l'enterrement. « Vous êtes le bienvenu », me dit-il. Je l'entraînai dans l'arrière-boutique et lui fis part de mes craintes. Il appela un grand et gros homme qui posa son verre et nous rejoignit. C'était le médecin. Il me certifia qu'Agnès était bien morte. « L'être humain ne saurait vivre sans poumon, dit-il. Or vous pouvez considérer que ma cliente n'avait pratiquement plus de poumon ! »

Je me sentais mou, sans courage, sans force. J'acceptai un, puis plusieurs verres de mousseux. Je trinquai avec Emilien. Enfin, je partis. La nuit me surprit aux environs de Sens. Il faisait froid. La voiture rendait admirablement. Dans la forêt de Fontainebleau, je dus donner un coup de frein pour éviter un cerf qui traversait la route. Cela me donna envie de prendre sous bois. Je m'arrêtai sous une futaie de hêtres. A la lueur des phares, les troncs semblaient les piliers d'un palais de conte de fées. Je songeai qu'Agnès n'avait jamais vu cela. Nous nous étions pas mal promenés en automobile, mais jamais dans une futaie aussi parfaite et de nuit. « Trop tard » me dis-je. Le ridicule de cette situation me fit rire. Ce rire amena quelques larmes à mes yeux. Enfin je me laissai aller et pleurai comme je n'avais pas pleuré depuis mon enfance. Mon visage dégoulinait, la morve me coulait. Je sanglotais à haute voix, je roulais mon visage sur les coussins de la voiture. Je ne sais combien de temps cela dura.

Le lendemain je retournai dans la petite ville. Je passai par le cimetière puis me rendis chez Emilien. Je lui fis part de la croyance d'Agnès en un buisson d'églantier qui aurait poussé sur la tombe de sa sainte patronne. Je lui demandai la permission de planter un tel buisson sur la tombe d'Agnès. Il accepta à la condition que cela ne gêne pas un entourage en métal galvanisé qu'il avait commandé. Il avait aussi commandé une croix de fonte. Les deux articles seraient prêts et mis en place dans environ deux mois. Je le remerciai. Je lui aurais baisé les mains. Cette tombe était maintenant le centre de mon existence et je lui étais reconnaissant de me permettre de m'en approcher.

Ce n'est pas commode de trouver un buisson d'églantier. Ça pousse où ça veut et quand ça veut. Je finis par m'en procurer un chez un pépiniériste de Dijon qui s'intéressait aux fleurs sauvages. Aussitôt que la croix et l'entourage métallique furent en place, je fis planter mon églantier par le fossoyeur. Il avait des chances de prendre. Nous étions en hiver et il était « dormant ». Je fis un arrangement avec ce brave homme pour qu'il en prenne soin. Il me le promit d'autant plus volontiers qu'il avait deviné que quelque chose s'était passé entre Agnès et moi. Les Français garderont toujours un tendre intérêt pour les amours illégitimes.

L'églantier prit superbement. Le fossoyeur en était fier. Il y avait des gens qui s'arrêtaient au cimetière rien que pour l'admirer.

Quant à moi, tout ce que je peux dire est qu'à partir de la mort d'Agnès, mon histoire fut sans intérêt. Je me mariai. Je divorçai. Je continuai ma collection de tableaux. J'écrivis quelques études sur la peinture. Quand je doutais que la vie vaille d'être vécue, je rendais visite à la tombe d'Agnès. Il fallait bien que je vive pour conserver son souvenir. Car moi seul, entendez-vous, moi seul ai vraiment connu Agnès. Elle vit en moi et ne mourra tout à fait que lorsque je mourrai moi-même.

La Deuxième Guerre mondiale éclata. Je me mis à la disposition du gouvernement en exil à Londres, non pas tellement par patriotisme mais parce que j'étais convaincu qu'Agnès eût considéré Hitler comme une incarnation du diable.

Fin des notes du capitaine Georges

CHAPITRE XVII

Votre serviteur Richard Edmond Hartley s'excuse d'intervenir alors que le lecteur est encore en esprit avec Agnès et le capitaine Georges. C'est que les notes de mon ami s'arrêtent ici, alors que son histoire n'est pas encore arrivée à une conclusion. Cette conclusion je la connais. Elle ne surprendra personne mais couronnera dignement cette touchante histoire.

Après l'armistice, je me rendis à Londres, à l'ambassade de France, et demandai si je pouvais savoir ce qu'était devenu le capitaine Georges. Il me fut répondu qu'il était mort, mais personne ne put me dire dans quelles circonstances. Décidé à en avoir le cœur net, je commençai à faire des plans pour un voyage sur le continent. Le fils de mon voisin Adams — sa maison n'est qu'à deux milles de la mienne — accepta de venir loger chez moi pendant mon absence et d'aider la vieille Margaret avec les chiens.

A propos de chiens, je dois vous dire que Daisy était morte — un arrêt du cœur — et que je l'avais remplacée par une petite femelle âgée seulement de quelques semaines, cadeau de M. Lodge, le grand éleveur de Pembroke. Margaret et moi avions d'un commun accord baptisé la nouvelle venue Daisy. Comme cela, l'autre nous manquerait moins.

Mes recherches en France n'étaient pas faciles, le capitaine Georges n'ayant dans ses notes utilisé que des noms supposés. Cependant une chose me semblait non déguisée : le district où Agnès avait passé son enfance et où, plus tard, Emilien avait eu sa quincaillerie, c'est-à-dire le nord de la Côte-d'Or. J'avais attendu, pour lever l'ancre, que les choses se calment un peu sur le continent et que la circulation normale des automobiles soit rétablie. Je louai une petite Citroën et visitai soigneusement toutes les agglomérations d'importance de la région en question. Finalement, je tombai sur une quincaillerie tenue par un vieil homme à cheveux blancs. Une voix intérieure me dit que c'était Emilien. Je ne me trompais pas. Son vrai nom était inscrit sur la devanture de son magasin, mais je respecterai la volonté du capitaine Georges en ne le révélant pas. Voici ce qu'il me raconta.

Le capitaine Georges, pendant la guerre, était venu moins souvent visiter la tombe d'Agnès. La petite ville était dans la zone occupée. Plusieurs fois des gens de la Gestapo, soit allemands, soit français, étaient venus interroger Emilien au sujet du capitaine Georges. Il paraît qu'il était un important agent de liaison dans la Résistance. Je demandai à Emilien en quoi consistaient les visites du capitaine. La réponse fut qu'il passait plusieurs heures à tourner autour de la tombe d'Agnès. Je demandai à voir cette tombe. Connaissant l'histoire je fus très ému. L'églantier était superbe. « C'en est un autre » me dit Emilien. Il me raconta qu'à son dernier passage, le capitaine Georges avait trouvé l'églantier mort. C'était tout de suite après le débarquement dans le

Midi. Les Allemands étaient nerveux, les gestapos plus méchants que jamais. Il avait dû aller jusqu'à Dijon chez son pépiniériste pour trouver un autre églantier. Il l'avait rapporté et planté lui-même. C'était étonnant que cet églantier ait si bien pris. D'habitude on transplante les épines en hiver.

Les gens de la Gestapo avaient surpris le capitaine Georges alors qu'il allait quitter le cimetière. Il essaya de sauter par-dessus le mur. Ils l'abattirent à coups de revolver. Il ne mourut pas tout de suite. Un gestapo alla téléphoner pour une ambulance. Le capitaine Georges demanda aux autres de le porter près de la tombe d'Agnès. C'était dans le ventre qu'il était blessé et il souffrait beaucoup. Le gestapo qui était allé téléphoner l'avait fait chez Emilien qui, prévenu de cette façon, se rendit au cimetière. Le capitaine Georges lui donna son portefeuille, qui était bourré d'argent, et lui demanda de le faire enterrer auprès d'Agnès. Un des gestapos, avant de laisser Emilien prendre le portefeuille, le vida de son contenu et ne laissa que l'argent. Ce qui étonna Emilien est qu'il n'y avait aucune photographie d'Agnès. Moi, je comprends cela. Connaissant le capitaine Georges, je peux affirmer qu'il n'était pas un homme à photographies. La photographie d'Agnès, il l'avait dans son cœur.

Emilien fit enterrer le capitaine avec Agnès, dans le même caveau. Quand je visitai le cimetière, il n'y avait pas encore d'inscription parce que le tailleur de pierre était mort et pas remplacé.

De penser au capitaine Georges me donna envie d'ajouter à ma vieille maison un peu de chaleur humaine. Margaret est bien gentille, mais elle crie tout le temps. J'allai à Liverpool et parlai à un de mes amis médecin dans un hôpital pour filles délinquantes. Je lui demandai de m'aider à adopter un enfant. Il me présenta un nouveau-né du sexe féminin absolument adorable. Margaret, qui m'avait accompagné, en tomba amoureuse à première vue.

« Je vous préviens, dit mon ami le médecin, que la mère qui est morte avant-hier dans la nuit, était une prostituée. »

Je lui déclarai que je n'y voyais aucun inconvénient.

FIN

DU MÊME AUTEUR

Aux Éditions Gallimard

ORVET, pièce en trois actes.

LES CAHIERS DU CAPITAINE GEORGES. Souvenirs d'amour et de guerre.

ŒUVRES DE CINÉMA INÉDITES. Synopsis. Traitements. Continuités dialoguées. Découpages.

PIERRE-AUGUSTE RENOIR, MON PÈRE.

Composition Bussière
et impression S.E.P.C.
à Saint-Amand (Cher), le 4 janvier 1994.
Dépôt légal : janvier 1994.
Numéro d'imprimeur : 2387-2554.
ISBN 2-07-038828-X. Imprimé en France.

66007